Martin Österdahl
Silvester

MARTIN ÖSTERDAHL

SILVESTER

Psychothriller

Deutsch von Leena Flegler

blanvalet

Die Originalausgabe erschien 2022 unter dem Titel
»Parmiddagen« bei Bookmark Förlag, Stockholm.

Sollte diese Publikation Links auf Webseiten Dritter enthalten, so übernehmen wir für deren Inhalte keine Haftung, da wir uns diese nicht zu eigen machen, sondern lediglich auf deren Stand zum Zeitpunkt der Erstveröffentlichung verweisen.

Der Verlag behält sich die Verwertung des urheberrechtlich geschützten Inhalts dieses Werkes für Zwecke des Text- und Data-Minings nach § 44 b UrhG ausdrücklich vor. Jegliche unbefugte Nutzung ist hiermit ausgeschlossen.

Penguin Random House Verlagsgruppe FSC® N001967

1. Auflage 2023
Copyright der Originalausgabe © Martin Österdahl 2022
Published by agreement with Salomonsson Agency
Copyright der deutschsprachigen Ausgabe © 2023 by
Blanvalet in der Penguin Random House Verlagsgruppe GmbH,
Neumarkter Straße 28, 81673 München
Redaktion: Nike Müller
Umschlaggestaltung: www.buerosued.de
Umschlagmotiv: mseidelch / E+ / Getty Images
JaB · Herstellung: sam
Satz: Vornehm Mediengestaltung GmbH, München
Druck und Bindung: GGP Media GmbH, Pößneck
Printed in Germany
ISBN 978-3-7645-0848-7

www.blanvalet.de

Prolog

Lillängen, Nacka,
in der Silvesternacht

Die herrliche Aussicht auf den See ist im Augenblick ein blinder Fleck, verschluckt von der Dunkelheit, auf der falschen Seite des gleißenden Scheinwerferlichts. Spurentechniker in weißen Overalls und mit Plastiküberziehern an den Schuhen starren in der Hocke hinab ins Becken.

Ein Pool erstreckt sich vom Haus bis an die Grundstücksgrenze, hinter der ein steiler Hang zum Ufer des Järlasjön führt. Das Becken ist so ausgerichtet, dass der Pool optisch in den See überzugehen scheint, was eine Illusion endlosen fließenden Wassers erzeugt. Nur dass hier nichts fließt. Der Pool ist leer und über den Winter stillgelegt.

Die Leichen am Beckengrund sind nackt. Halb umschlungen wie ein schlafendes Liebespaar liegen sie auf dem harten Mosaik. Im starken Scheinwerferlicht glitzern Glasscherben in der rosa Pfütze, in der die beiden liegen. Ihre Haut ist schon blau, die Oberkörper von Verfärbungen gezeichnet. An Bauch und Brust sind Schnittwunden zu erkennen, und die reglosen Gliedmaßen sind in Richtungen verdreht, die jeglichen Regeln der Anatomie widersprechen.

Große Schneeflocken wirbeln vom schwarzen Nachthimmel wie Flitter, der am Ende der Vorstellung auf eine Bühne regnet. Die feuchte Kälte dringt einem durch Handschuhe, Daunenjacke und Uniform bis tief ins Mark.

Die beiden Streifenpolizisten, die als Erste vor Ort waren, wechseln einen flüchtigen Blick. So etwas haben sie noch nie gesehen.

Das Haus hinter ihnen hat um der Aussicht willen riesige Panoramafenster. Dach und Dachrinnen sind aus glänzendem Kupfer. Die mit unbehandeltem Zedernholz verkleidete Fassade sieht rau, fast schäbig aus, dabei ist klar, dass sie – wie alles hier – ein Vermögen gekostet hat.

Der Flur im Haus ist mit hübschem schwarz-weißem Keramikklinker gefliest. An einer Wand steht ein auffälliger grüner Metallspind. An den einzelnen Türen hängen handgeschriebene Schilder mit den Namen der Familienmitglieder.

Lisa, Mikael, Ebba.

Hinter der Tür mit der Aufschrift *Ebba* stehen flache weiße Segeltuchschuhe in Größe neununddreißig.

Das Haus ist verhältnismäßig neu, gleicht aber in der Raumaufteilung den Fünfzigerjahre-Bauten der Nachbarschaft. Küche, Wohn-Ess-Bereich und Schlafzimmer liegen im oberen Stockwerk. Sie beschließen, sich dort umzusehen. In die Deckenverkleidung sind dimmbare Spots eingelassen, die warmes Licht verströmen und für eine ruhige Atmosphäre sorgen. Allerdings ist es keine friedvolle Ruhe, ganz im Gegenteil. Im Bad gibt es eine Regendusche mit Glaswand, eine Whirlpoolbadewanne und ein Doppelwaschbecken aus weißem Marmor. Auf dem Ehebett im Elternschlafzimmer liegen ein Bettüberwurf und am Fußende eine zusammengelegte Wolldecke. Aus dem Zimmer führt eine Tür in einen angrenzenden kleineren Raum mit Dusche und Toilette. Im Toilettenschrank diverse Medikamente.

In Ebbas Zimmer ist eine Wand mit Fotos bedeckt: Ebba als kleines Mädchen. Ebba mit Freundinnen. Ebba im Pferdestall. Ebba mit einem attraktiven dunkelhaarigen Jungen mit Lippenpiercing und schwarzem Kajal um die Augen. An der gegenüberliegenden Wand hängen alte Film- und Bandplakate und darüber unter der Decke ein Banner mit der englischen Aufschrift *Bride to be.*

Auf dem Schreibtisch liegt ein Laptop. Die übrige Schreibtischplatte ist mit Papierkram und Plunder übersät.

Im Wohnzimmer ist eine elegante Sitzgruppe mitsamt Sesseln in hellem Leder um einen niedrigen Couchtisch arrangiert. Stufen führen hinauf zum Essbereich mit einem blitzblanken klavierlackschwarzen Esstisch. Weingläser, Sektflöten, Kognakschwenker und leere Flaschen. Die Stühle sind schräg vom Tisch weggerückt.

»Was zum Henker war hier los?«, fragt der Polizist, ein Mann Anfang, Mitte dreißig.

Seine Kollegin schüttelt den Kopf.

»Als wir gestern hier waren, war Lisa durch den Wind, eindeutig. Aber das hier ...«

Sie sehen sich wortlos an. Sie waren am Vorabend schon einmal hier, um mit der Dame des Hauses zu sprechen. Inzwischen ist offensichtlich, dass sie länger bleiben und mit ihnen allen hätten reden sollen.

Sechs Personen haben hier am Silvesterabend zusammen gegessen. Es sieht aus, als hätten sie anschließend alles stehen und liegen lassen und angesichts einer herannahenden Katastrophe überstürzt die Flucht ergriffen.

Eine der Schiebetüren zur Terrasse steht einen Spalt offen und kalte Luft und Feuchtigkeit ziehen herein. Es hat die ganze Nacht geschneit und schneit immer weiter, als wollte eine höhere Macht die Ereignisse der vergangenen Stunden unter einer weißen Decke verschwinden lassen, auf dass sie vergeben und vergessen werden. Nicht mehr lange, und die Spuren auf der Terrasse sind vollends verdeckt. Mit jeder

Sekunde, die verstreicht, wird ausradiert, was immer hier vorgefallen ist.

Die Spuren enden am Terrassengeländer. Noch sind die Abdrücke zweier Paar Füße, die nah beieinandergestanden haben, deutlich zu erkennen. Vielleicht haben sich die beiden an den Händen gehalten, als sie gesprungen sind.

Von oben ist der Anblick – sofern das überhaupt möglich ist – noch viel makabrer.

Die nackten Leichen, wie weggeworfene Schaufensterpuppen.

Zwei Leben, zu früh erloschen.

Einladung

1

Lillängen, Nacka,
in der Nacht auf Silvester

Ebba und Marlon liegen eng umschlungen auf dem Sofa im Fernsehzimmer und sehen zu, wie der endlose Abspann von Stephen Kings *Es* über die riesige Mattscheibe rollt. Ebba hat den Kopf an Marlons Schulter gelegt, dem die langen, dunklen Haare über beide Schultern bis auf das schwarze T-Shirt fallen. Darunter hat sie die Hand geschoben und spielt mit seinen Brusthaaren.

Sie wüsste nicht, was ihr mehr Bauchkribbeln und Gänsehaut beschert hat – der Club der Verlierer oder die als Clown verkleidete Bestie, die immer wiederauftaucht und Kinder umbringt ... oder schlicht und einfach Marlons Körper. Sie hat in seinen Armen gelegen und sich an ihn gedrückt. Als der Film vorbei war, hat sie ihn abermals geküsst.

Ein paar Stündchen zuvor kam er durch die Hintertür geschlichen. Als ihre Mutter sich endlich hingelegt hatte, hatte Ebba ihm eine Nachricht geschickt. Sie wusste, er würde so schnell wie möglich vorbeikommen.

Marlon schiebt seine Hand unter ihren Pullover und streichelt ihre Brust. Sie lässt es zu, obwohl sie Gefahr laufen, dass jemand unversehens die Treppe herunterkommen könnte. Wenn er sie berührt, fühlt sie sich, als wäre ihr von Kopf bis Fuß heiß und als wollte ihr das Herz zerspringen.

Seine Hände sind weich und zärtlich. Als seine Lippen sich nähern, spürt sie seinen Atem auf Wangen und Kinn – wie eine Sommerbrise. Allein die Andeutung einer körperlichen Berührung versetzt sie in einen Zustand, den sie sich zutiefst herbeigesehnt hat. Sie war sich nur nie bewusst, wie lange schon.

Sie sind jetzt seit zwei Monaten zusammen, und sie fragt sich, ob es sich immer so anfühlen wird, ob es überhaupt möglich ist, noch mehr zu fühlen.

Sie kann es sich nicht vorstellen.

Als sie ihm erstmals gegenüberstand, war es, als hätten sie sich ihr Leben lang gekannt. Als hätte sie, ohne es zu ahnen, ihr Leben vor sich hingelebt und nur auf ihn gewartet. Marlon verstand das sofort – als wäre er ein Vampir, der ihre geheimsten Gedanken hören konnte. Es war fast schon peinlich.

Wenn ihre Eltern jetzt runter ins Fernsehzimmer kämen, wäre es nicht einmal mehr wahnsinnig schlimm. Sie hat nicht vor, ihn zu verheimlichen, und kein Problem damit, vor ihnen zu ihren Gefühlen zu stehen.

Marlon ist nicht nur Schlagzeuger. Er hat gute Noten und ist womöglich der bestaussehende Junge in ganz Stockholm. Ihre Mutter macht sich bestimmt Gedanken, weil er zu gut aussieht – weil er anders ist als andere und weil er Ebba das Herz brechen wird.

Dabei sieht sie gar nicht, wie toll er ist. Er würde Ebba niemals wehtun.

Sie behauptet, dass auf »Romanzen«, die im Internet beginnen, kein Verlass wäre. Als hätte sie eine Ahnung davon. Sie behauptet außerdem, dass man als junger Mensch seine Gefühle mitunter falsch deuten würde. Dabei spielt es überhaupt keine Rolle, wie alt man ist. Wenn man etwas weiß, dann weiß man es.

Morgen Abend, wenn Marlon und seine Eltern zu Besuch kommen, um mit ihnen Silvester zu feiern, und sie alle wie erwachsene Paare zusammensitzen, werden sie es begreifen. Sie werden ihre Beziehung akzeptieren, einfach weil sie müssen, sie haben gar keine Wahl, das hier wird nie zu Ende gehen.

Marlons Hand wandert nach unten, in Richtung des Gummizugs ihrer Jogginghose. Die Küsse werden intensiver und ihr Puls beschleunigt sich. Der Ring in seiner Unterlippe fühlt sich kühl an, kitzelt ihre Zunge, reizt sie umso mehr.

Sie beide gegen den Rest der Welt – und womöglich bräuchte sie sich gar keine Gedanken zu machen, was ihre Eltern von ihrer Beziehung halten. Es ist ja nicht so, als stammten sie aus italienischen Adelsfamilien, die miteinander verfehdet sind.

Als Julia aufwachte und sah, dass Romeo sich umgebracht hatte, nahm sie seinen Dolch und rammte ihn sich in die Brust. Aber genau so ist es doch: Echte Liebe kennt keine Grenzen.

Sie schließt die Augen. Marlons Atmung wird immer erregter. Und im selben Moment passiert es wieder: Die Angst ist zurück. Ebba ist von Kopf bis Fuß angespannt. Es ist, als würde sie zu Eis erstarren. Genau wie die vorigen Male. Behutsam windet sie sich aus seinen Armen und sieht ihn an.

»Denk daran, was wir ausgemacht haben.«

Er sieht ihr tief in die Augen. Lächelt sehnsüchtig.

In seinen grünbraunen Augen kann sie sich verlieren. Die Farbe verändert sich ständig, der Blick hat eine Tiefe, die sich unendlich anfühlt, und wird perfekt eingerahmt von seinen langen, dunklen Haaren, von seiner hellen, blassen Haut, dem markanten Kinn und den Kieferknochen. Wenn sie ihn länger ansieht, kann sie das Changieren in seinen

Augen sehen, all die Gefühle, die in ihm sprudeln – die nur für sie allein sprudeln.

Sie gibt ihm noch einen Kuss. Auf dem Fernsehbildschirm erscheint das DVD-Menü. Es ist nach zwei Uhr nachts, und Marlon muss allmählich nach Hause.

Plötzlich ist von draußen ein dumpfer Knall zu hören und Ebba zuckt zusammen.

»Was war das?«

»Keine Ahnung«, sagt Marlon. »Vielleicht eine festgefrorene Autotür?«

Noch ein Knall, diesmal lauter, als wäre etwas kaputtgegangen.

Ebba springt vom Sofa auf und tritt ans Fenster.

»Marlon, beeil dich. Meine Eltern sind vielleicht wach geworden und kommen runter. Die dürfen dich hier nicht sehen, nicht jetzt – damit wäre morgen Abend gelaufen.«

»Okay, okay.«

Er steht auf, zieht sich den Gürtel und den Pullover zurecht.

Sie lacht, als sie seinen Gesichtsausdruck sieht.

Er greift nach seiner Lederjacke und den schwarzen Schuhen und zieht die Hintertür auf. Er lächelt schief – ihr Lieblingslächeln –, zwinkert und sagt: »Dann bis morgen!«

Von der Schwelle wirft er ihr noch ein Küsschen zu, bevor er sich wegdreht und geht.

Sie huscht zum Fenster neben der Hintertür. Als sie ihn dort draußen sieht, wie er auf einem Bein balanciert, um sich den zweiten Schuh anzuziehen, muss sie kichern. Sein T-Shirt ist verdreht, die Jacke hat er sich über die Schulter geworfen, und er hat Probleme, das Gleichgewicht zu halten. Es kommt ihr fast so vor, als würde er für sie ein Tänzchen aufführen, von dem er nicht ahnt, dass sie es sehen kann. Sie strahlt übers ganze Gesicht und ihr wird innerlich ganz warm.

Am liebsten würde sie vorspulen, bis zum Abend, wenn sie Silvester feiern. Bis wenige Minuten vor Mitternacht.

2

Storängen, Nacka,
am Silvesternachmittag

Lisa Kjellvander steht im Garten des Maria-Regina-Heims auf der Leiter und versucht, das Ende einer Lichterkette in einem der obersten Äste des Apfelbaums zu befestigen. Der Ast hat eine dünne Eiskruste und mit ihren Fäustlingen kann sie nicht richtig zufassen. Es dauert schon jetzt länger als gedacht. Sie wirft einen Blick in Richtung Gewächshaus und hofft, rechtzeitig fertig zu werden, bevor der Mann dort wieder herauskommt.

Als die Schlinge endlich fest sitzt, lässt sie noch kurz den Blick über den Garten des Hospizes schweifen. Im Sommer ist es hier herrlich grün. Flieder und Rhododendren säumen die gepflasterten Wege – perfekte Verstecke, wenn Kinder und Enkel zu Besuch sind und draußen spielen wollen. Es ist wirklich ein schöner, heimeliger Ort, das findet Lisa nicht nur, weil sie schon seit fast zwanzig Jahren hier arbeitet, sondern weil es sie überdies an ihr Elternhaus in Lyckeby unten in Blekinge erinnert. Als Ebba noch klein war, hat sie es hier geliebt. Und Lisas Mutter Ann-Christin hätte es ebenfalls geliebt, weil sie hier einen Garten wie ihren eigenen gehabt hätte. Sie wäre bei Tagesanbruch auf gestanden, hätte sich den zerschlissenen alten Morgenmantel übergezogen und wäre nach draußen gegangen, hätte Flieder geschnitten und Fliedersaft daraus gekocht. Wenn sie nur ein bisschen länger leben und hier mit Ebba Zeit hätte verbringen dürfen. Es wäre wunderbar gewesen.

Nun ist der Sommer weit entfernt. Angesichts der dicken Wolkendecke am Himmel und des fahlen Dezemberlichts wirkt die Gegend, als wäre sie in einen Schlummer versunken. Irgendwo dort jenseits der Wolken muss die Sonne allmählich untergehen und bald wird es stockdunkel. Das Hospiz liegt zwischen den großen Gründerzeitvillen von Storängen und wirkt inmitten der großen Bürgerhäuser wie ein Palast, wie die Kirche in einem Dorf. An einem sonnigen Tag schimmern die Fassaden hier in klaren Farben: rot, gelb und grün. Jetzt, im grauen Dämmerlicht, sind die Farben wie ausradiert. Sie ist froh, dass sie hier wohnt, nur ein paar Kilometer vom belebten Södermalm und den Kopfsteinpflastergassen von Gamla stan entfernt, in einem Vorort, der ein so einheitlich wertiges Stadtbild hat wie Jerusalem höchstselbst.

Sie hat die Heilige Stadt nie besucht, aber Schilderungen der Hospizleiterin von einer Reise mit dem Vorstand und Vertretern der Schulschwestern Unserer Lieben Frau gehört, die das Maria Regina einst gegründet haben. Obwohl Lisa nicht denselben Glauben hat wie die Schulschwestern, sind das Hospiz und der Garten für sie zu heiligen Stätten geworden.

Wer ein Menschenleben rettet, ist ein Held.
Wer hundert Menschenleben rettet, ist eine Pflegekraft.

Sie weiß noch gut, was ihre Vorgesetzte damals bei ihrem ersten Gespräch nach der Krankschreibung zu ihr gesagt hat. Sie hat sie an die Werte erinnert, auf denen ihre Arbeit beruht: Familie, Pflichtgefühl, Gottesfurcht. Ihre Rückkehr ist jetzt vierzehn Jahre her. Sie hat eine zweite Chance bekommen. Eine Chance, für die sie unendlich dankbar war. Im Vorstand sind sie der Ansicht, dass Lisa die Leitung übernehmen soll, wenn die jetzige Chefin in ein paar Jahren in den Ruhestand geht. Sie selbst mag noch nicht recht daran glauben.

In der Umgebung ist derzeit nicht allzu viel los, aber die Ruhe täuscht. Bald kommen die Taxis aus der Stockholmer Innenstadt und aus den anderen Vororten. Der Himmel wird in grellen Farben explodieren und die Luft angefüllt sein mit guten Wünschen, Vorsätzen und Voraussagen. Dann geht die Zählung von vorn los, und vor ihnen allen liegen neuerliche zwölf Monate, in denen sie ihr Leben in den Griff bekommen können.

Eine Tür fällt ins Schloss. Tom Abrahamsson, Lisas engster Kollege und Arzt im Maria Regina, kommt aus dem Gewächshaus und sieht überrascht zu ihr hoch.

»Hast du da drüben Strom?«, ruft sie.

Er nickt und reckt den Daumen.

»Schalt mal an!«

Tom geht vor der Steckdose an der Außenwand in die Hocke.

Als die Lichterkette angeht, erwacht die dunkle Außenfläche zum Leben. Unter einem Sonnensegel haben sie einen Tisch und zwei lange Bänke mit Schaffellen aufgestellt. Am Tischende ist Platz für den Rollstuhl des Patienten. Eine einsame Schneeflocke segelt vom Himmel und schmilzt, als sie auf einem der Heizstrahler landet.

»Es fängt an zu schneien«, ruft sie. »Das wird perfekt!«

Tom kommt auf sie zugeschlendert. Er legt den Kopf in den Nacken und mustert die Wolken.

»Hoffentlich hält das Segel.«

Lisa klettert nach unten

»Danke für deine Hilfe«, sagt Tom.

»Na ja, wir sind ja nicht gerade überbesetzt, da müssen wir doch zusammenhalten«, erwidert Lisa. »Außerdem war es schön, zur Abwechslung mal nach draußen zu kommen. So kriege ich den Kopf wieder halbwegs frei.«

»Machst du dir wegen irgendwas Sorgen?«

»Wir treffen heute Abend die Eltern ihres Freundes ... Es fällt mir wahrscheinlich einfach nur schwer, zu akzeptieren, dass Ebba so langsam erwachsen wird.«

»Ihr feiert Silvester zusammen und plant nicht ihre Hochzeit! Ebba und ihr Freund sind doch gerade erst – was? Siebzehn? Knapp achtzehn?«

»Ja, ja, du hast bestimmt recht.«

Sie zuckt mit den Schultern.

»Was wisst ihr denn über seine Eltern?«

Was wissen wir über *Marlon*?, schießt es Lisa durch den Kopf. Nicht viel mehr, als dass er Musik macht, nur Schwarz trägt und immer einen Anflug von Trauer im Blick hat, selbst wenn er sich die Augen nicht mit Kajal umrandet hat. Auf jeden Fall hat er Mut zu einem eigenen Stil und geht seinen eigenen Weg, und das ist mehr, als man heutzutage von den meisten Teenagern behaupten könnte, die nur noch darum zu wetteifern scheinen, alle gleich auszusehen. Sie will auch nicht sagen, dass Marlon nicht gut aussähe, ganz im Gegenteil, und Ebba und er sind auf gewisse Weise wirklich ein hübsches Paar, auch wenn sie das Ebba nie gesagt hat.

»Eigentlich wissen wir gar nichts.«

»Und was meint Mikael dazu?«

Lisa schnaubt und zuckt die Achseln. Tom weiß genau, wie Mikael tickt.

»Er hofft nur, dass sie nicht bei den verdammten Grünen sind.«

Tom muss laut lachen.

»Was wäre denn daran so schlimm?«

»Sie würden nicht wie Mikael denken. Und wären Veganer. Und würden für *Sveriges Radio* arbeiten.«

»Und, sind sie Veganer? Was gibt's denn zu essen?«

»Nein, sie sind keine Veganer, sie haben auch keine Unverträglichkeiten, aber das ist auch schon das Einzige, was ich aus Ebba herauskitzeln konnte.«

Sie versucht, Toms verblüfften Gesichtsausdruck zu deuten.

»Wir sind nicht ganz dicht, oder?«

»Fremde Gäste sind oft das Beste – gibt's da nicht irgend so ein Sprichwort?«

Lächelnd zieht Tom die Augenbrauen hoch. Um die Mundwinkel und auf der Stirn bilden sich Fältchen. Abgesehen davon sieht er so aus wie sonst, wie er immer schon ausgesehen hat. Seine braunen Haare sind frisch geschnitten und akkurat frisiert, nicht das geringste Anzeichen für graue Haare oder eine beginnende Glatze. Er hat ein maskulines Kinn, und sein immer noch athletischer Körperbau zeugt von der Sportlerkarriere, die er zu früh beendet hat. Als sie sich erstmals begegnet sind, hat er sie an den jungen Arzt aus einer amerikanischen Fernsehserie erinnert, in den sie verschossen war. Dass er so amerikanisch wirkt, liegt daran, dass er in den USA studiert hat. Hin und wieder trägt er noch heute seinen geliebten lila Collegehoodie mit dem Uniwappen auf der Brust. Er hat sich auf Palliativmedizin spezialisiert. Unfassbar, dass er schon fünfzig ist.

»Ist das unser Gast aus der Fünf, der hier draußen zu Abend essen will?«, erkundigt sich Lisa.

»Ja, Albrektsson, der Ica-Mann. Großer Silvesterschmaus, wie früher bei den Wikingern. Er hat sogar seinen Porsche-Händler samt Familie eingeladen.«

Lisa muss lachen. Sie sieht das Bild regelrecht vor sich. Das Maria Regina wird seinem Ruf gerecht. Für die letzte Mahlzeit wird hier jeder Wunsch erfüllt. Das Lachen fühlt sich heilsam an. Der Stress, der ihr im Nacken gesessen hat, fällt ein wenig von ihr ab.

»Ich hoffe nur, du hast nicht auch noch irgendein Opfer für die alten Götter geplant?«

Tom grinst.

»Was hast du denn geplant?«

»Unsere üblichen Neujahrsgeschenke. Diesmal habe ich mich richtig ins Zeug gelegt. Hoffentlich kommen sie gut an!«

»Warum ist das so wichtig? Die Geschenke, meine ich. Ihr habt doch schon alles.«

Lisa ist angesichts der Frage leicht sprachlos und weiß nicht recht, was sie darauf erwidern soll.

»Ich will einfach nur, dass der Abend gut wird«, sagt sie schließlich. »Ich sollte allmählich heimgehen. Noch irgendwas, was ich wissen müsste?«

»In der Drei könnte es zu Ende gehen«, sagt Tom. »Starker Progress des Tumors im vierten Wirbel und Durchbruchschmerzen. So gut wie keine Nahrungsaufnahme mehr. Dauert wohl nicht mehr lange.«

»Die Abendschicht heute ... Die sind alle noch ein bisschen grün hinter den Ohren, oder? Ich hätte mir die Urlaubsscheine der anderen genauer ansehen sollen.«

»Mach dir keine Sorgen. Ich gehe rüber und rede mit ihnen.«

Tom hat das Talent zuzuhören, Rückhalt zu geben und Zutrauen einzuflößen. Es gibt nicht allzu viele, die sich ihm, seinem Charme und der verbindlichen Art entziehen können.

»Und Analgetika? Haben wir genug, dass wir über den Feiertag kommen?«

»Es sind wohl noch Methadon und Oxycodon da – und sogar ein letzter Rest Instanyl«, sagt Tom.

Drei starke schmerzlindernde Arzneimittel, die unterschiedlich verabreicht werden.

»Aber das weißt du ja selbst«, fährt er fort. »Hast du nicht die Inventur gemacht?«

Es fühlt sich an wie ein Schlag in die Magengrube.

Verdammt!

Hektisch sieht sie auf die Uhr. Die Inventur hat sie völlig vergessen. Bevor Monat und Jahr zu Ende gehen, muss das System auf dem aktuellen Stand sein. Als Pflegeleitung ist das ihre Aufgabe.

Wie sieht es zu Hause aus? Haben Mikael und Ebba aufgeräumt und angefangen, den Abend vorzubereiten? Sie selbst hat noch nicht einmal darüber nachgedacht, was sie anziehen soll.

»Könntest du vielleicht die Inventur für mich übernehmen?«, fragt sie Tom. »Oder hast du es auch eilig?«

»Du weißt, dass ich Silvester nicht feiere. Ein Abend für schlichte Gemüter.«

Wieder muss sie lachen. Sie erinnert sich daran, dass er das schon einmal gesagt hat.

»Dann könntest du für mich einspringen?«

»Gar kein Problem«, antwortet er. »Und wenn du dir während eures Essens die Beine vertreten musst, bin ich daheim und sitze vor dem Fernseher.«

»Mann, wirst du langweilig!«

»Langweilig? Purple und ich haben große Pläne.«

Purple, Toms Bulldogge, liegt unter Garantie zu Hause, schont seine Kräfte und freut sich darauf, auf dem Schoß seines Herrchens zu liegen und vor dem Fernseher Käsepopcorn zu futtern.

Der Hund und das große Interesse an amerikanischen Sportarten sind ein Teil von Toms Persönlichkeit und Charme. Er scheint es völlig in Ordnung zu finden, älter zu werden, trotzdem hält er seine Jugend und die Dinge, die er früher mochte, in Ehren. Was gut ist. Gleichzeitig wohnt er in selbst gewählter Einsamkeit in einer Zweizimmerwohnung in dem großen Gerichtsgebäude, das zu einem Wohnkomplex umgebaut wurde, nur wenige Hundert Meter von seinem Arbeitsplatz und einen kurzen Spaziergang von Lisa entfernt, was sie nie richtig nachvollziehen konnte.

»Danke«, sagt sie, »du bist ein Schatz.«

»Wie du selbst gesagt hast: Wir müssen zusammenhalten. Fahr nach Hause, ich kümmere mich hier um alles.«

Kaum dass Tom im Gebäude verschwunden ist, sieht Lisa erneut auf die Uhr. Erst jetzt dämmert ihr, dass sie geistesabwesend ihren Ehering hin- und hergedreht hat, eine schlechte Angewohnheit, die sie einfach nicht loswird. Die Sekunden verstreichen unerbittlich. Die schwarzen Ziffern auf ihrer Digitaluhr schlagen in einem Affenzahn um.

Bis die Gäste kommen, sind es nur noch zwei Stunden und acht Minuten.

3

Lillängen, Nacka,
am Silvesterabend

Ebba dreht das Wasser ab, klaubt ihr Handtuch vom Badezimmerboden auf und trocknet sich ab. Nackt beäugt sie sich im großen Spiegel. Sie hat sich mit Intimseife gewaschen und anschließend eingecremt, damit die roten Pünktchen sich beruhigen und verschwinden – ganz gemäß den Empfehlungen, die sie online gefunden hat. Sie fährt über die Stellen, wo sie sich rasiert hat, und malt sich aus, wie Marlon reagiert, wenn er sie sieht, wenn es seine Finger sind, die sich dort unten vortasten.

Was er wohl gerade macht? Er wird sich ebenfalls für den Abend fertig machen. Steht er bei sich zu Hause unter der Dusche und denkt an sie?

Am Waschbeckenrand liegt ihr Handy. Sie lässt das Handtuch zu Boden fallen, greift zu ihrem Handy und schießt ein Foto. Dann betrachtet sie das Bild, das verschwommene Schimmern der Deckenbeleuchtung auf dem beschlagenen Spiegel und die Wassertropfen auf ihrer nackten Haut, ihr langes, nasses Haar, das an Kopf und Hals aufliegt. Einen Arm hat sie nach unten ausgestreckt, um ihre Brüste zusammenzudrücken, die Hand schwebt strategisch günstig über dem Schritt. Sie hat die Lippen geschürzt, um ihrem Liebling einen Kuss zuzuwerfen.

Bald hat das Warten ein Ende.

Sie schickt das Bild ab.

Die Antwort lässt nicht lange auf sich warten, und Ebba muss lachen, als sie es sieht: ein Foto von Marlon mit weit aufgerissenen Augen, der auf einer Bombe mit Zeitzünder sitzt, plus Text.

OMG!!!

Das Lachen tut gut. Bald sind sie vorbei, die Tage, die nie enden wollen, an denen sie bloß auf und ab tigert, wartet und sich verzehrt.

Auf Ebbas Vorschlag hin war ihre Mutter zunächst fast ausgerastet. Die Vorstellung, Marlons Eltern – Leute, die sie nicht kannte – ausgerechnet an Silvester zu sich nach Hause einzuladen, sagte ihr überhaupt nicht zu. Sie kenne doch selbst Marlon kaum. Dabei hatte sie ihn schon mindestens fünfmal getroffen.

Ausnahmsweise hatte ihr Vater für sie Partei ergriffen, ganz ohne anstrengende Fragen zu stellen. Womöglich war er gespannt, zu erfahren, ob Marlons Familie genügend Geld hatte oder so. Marlons Eltern hingegen nahmen die Einladung ohne Bedenken an, allerdings wirkten sie auch generell sehr viel entspannter.

Dass Ebba und Marlon um Mitternacht noch auf die Party in Storängen gehen wollen, haben sie niemandem erzählt. Das soll eine Überraschung werden. Dabei ist dies das Beste an ihrem Plan: dass die beiden Elternpaare zusammen sitzen bleiben, weiter Wein trinken, lustig und Freunde werden würden. Machen sie das nicht immer so bei Pärchenabenden?

Ebbas Mutter hatte sie gefragt, ob sie sich über das mit

dem Sex unterhalten sollten; es war der peinlichste Moment ihres Lebens gewesen. Ebba hatte abgewinkt, doch Lisa bestand darauf und führte ins Feld, dass auch sie mit ihrer Mutter über Bienchen und Blümchen gesprochen hatte und dass alle Mütter und Töchter dieses Gespräch führen sollten. Dass seither hundert Jahre vergangen waren und es inzwischen ein Internet gab, schien daran nichts zu ändern. Ebba lenkte ein, hauptsächlich, um ihre Mutter erzählen zu lassen, was diese für ihre Schuldigkeit hielt – dass Sex auf Vertrauen und Einvernehmen beruhe. Das wiederholte sie wie ein Mantra – so oft, dass Ebba es niemals vergessen würde. Sex ist das Privateste, Exklusivste, Intimste. Etwas, was nur zwischen zwei Individuen zustande kommen kann, die die allerhöchste Achtung voreinander haben. Sonst kann er gefährlich sein und tiefe Wunden reißen. Der Vortrag hat sich auf ewig in ihr Gehirn eingebrannt.

Dass ihre Mutter selbst Schwierigkeiten damit hat, so viel ist klar, auch wenn ihre Eltern es nie ausgesprochen haben. Aber man muss kein Genie sein, um das mitzubekommen: Jedes Mal, wenn sie sich einen Film mit einer Sexszene ansehen, ist ihre Mutter von Kopf bis Fuß angespannt.

Die Vorstellung, Ebba könnte irgendein Sexproblem ihrer Mutter geerbt haben, macht sie ganz kirre. Kann man ein Trauma erben?

Sie hat es selbst an sich festgestellt, als sie gerade frisch mit Marlon zusammen war. Sie liebt ihn, da ist sie sich vollkommen sicher – warum also hat sie solche Angst? Warum ist sie so verspannt?

Sie hat Antworten im Netz gesucht, auf Aufklärungsseiten und in Liebeshoroskopen, die sie nächtelang durchforstet hat. Und sie weiß, aus welchem Grund es ihr schwerfällt, sich jemandem anzuvertrauen, sich einem anderen komplett auszuliefern, und dass da Dinge sind, die in ihrer

Vergangenheit begründet liegen, tief in ihrem Unterbewusstsein. Es hat mit dem zu tun, was vor tausend Jahren passiert ist.

Heute Nacht darf es ihr nicht in die Quere kommen.
Das, was immer im Weg war, was alles überschattet hat.
Ihre Eltern haben es eine Million Mal zu ihr gesagt.
Dass es nicht Ebbas Schuld war.

Marlon ist perfekt, aber auch seine Geduld hat natürlich Grenzen. Jungs verlieren das Interesse, wenn es zu lange dauert.

Nächstes Jahr wird sie achtzehn. Und bis dahin sind es nur noch wenige Stunden. Heute Nacht, an Silvester, an einem besonderen Ort, weitab von Eltern, die ein wachsames Auge auf sie haben, unter freiem Himmel und im Licht der Sterne. Um kurz nach Mitternacht. In den ersten flirrenden Minuten des neuen Jahres.

Das hat sie ihm versprochen.
Da wird es passieren.
Sie hat nicht vor, am Neujahrsmorgen aufzuwachen und immer noch die einzige Jungfrau auf der ganzen Welt zu sein.

4

Ihr üblicher Heimweg von der Arbeit führt sie vorbei an der kleinen Wohnsiedlung Kranglan, die halb versteckt im Wald am Ufer des Järlasjön liegt. Dort sind bereits vier, fünf Zentimeter Schnee gefallen, und als Lisa hangabwärts läuft, muss sie mit ihren flachen Schuhen aufpassen, dass sie nicht ausrutscht. Sie überquert die Fußgängerbrücke, die die Wespentaille des Järlasjön überspannt, bleibt in der Mitte stehen, holt tief Luft, lässt den Blick über den See schweifen. Zur einen Seite erstreckt sich das Wasser in Richtung der belebten Hauptstadt mit dem hell erleuchteten Hammarbybacken und dahinter dem Globen, zur anderen Seite liegen der eingemottete Wasserskiverein und die Stelle, an der das Seewasser sich in einen Flusslauf ergießt und in Richtung Saltsjö-Duvnäs strömt, wo es zu guter Letzt unterirdisch zwischen Felsen und durch Lehm hindurchfiltert und am Ende Süßwasser zur Saltsjön und zur Einmündung nach Stockholm zufließen lässt.

Die Umgebung ist eine Naturoase und liegt direkt vor den Toren des Nacka-Reservats. Der Stadtverkehr und die großen Einkaufszentren der Vororte sind angenehm weit weg. Ein riesiger roter Ziegelbau aus dem frühen zwanzigsten Jahrhundert ragt inmitten des Schneetreibens über den Baumkronen auf.

Heute sind dort familienfreundliche Wohnungen, zu Anfang des vorigen Jahrhunderts waren noch Frauen dort untergebracht – unter elenden, harschen Bedingungen und zur Behandlung eines Krankheitsbilds, das die Ärzte damals Hysterie nannten.

Tom hatte schon recht damit, dass es schwer für Eltern ist, wenn die eigenen Kinder erwachsen werden. Aber er kennt Lisas und Ebbas spezielle Geschichte. Er weiß, dass es für Lisa schwerer ist als für andere Mütter.

Ebba kann sich nicht daran erinnern, wie es war, als Lisa krankgeschrieben war. Trotzdem quält das schlechte Gewissen Lisa bis heute, obwohl seither so viele Jahre vergangen sind.

Heute Abend will sie eine normale, fröhliche Mutter sein, die eine schöne Silvesterfeier ausrichtet und bei den Eltern des Freundes der Tochter einen guten Eindruck macht. Jeder weiß, dass sie ihre Tochter mehr liebt als alles andere. Jetzt gilt es, allen zu zeigen, dass sie Ebba auch beim Erwachsenwerden eine Stütze sein kann. Dass ihre Liebe stark genug ist. Dass sie sie in die große, weite Welt entlassen kann. Sie wird für sie da sein, wann immer Ebba fantastische Dinge erlebt, und ebenso in den Momenten, in denen ihr das Herz gebrochen wird.

Weil sie selbst weiß, wie es ist, wenn ein junges Herz bricht.

Machen sie einander deshalb Neujahrsgeschenke?

Tom hat nur eine dumme, unbedachte Frage gestellt.

Sie sieht erneut auf die Uhr. Keine zwei Stunden mehr, bis Marlons Familie kommt. Lisa stapft den Hang hinauf, der vom Spazierweg bis zu ihrem Haus führt. Dort, wo es steiler wird, nimmt sie leicht Anlauf und stemmt die Füße fest in den Boden, um das letzte Stück zu erklimmen. Ihre Sohlen finden im Neuschnee keinen Halt, und sie stürzt vornüber, kann sich gerade noch abstützen, doch im selben Moment schießen ihr Schmerzen ins Handgelenk. Sie starrt ihre Hand an, dreht sie vorsichtig in alle Richtungen.

Die Schmerzen ziehen bis hoch in die Achsel. Sicher nicht gebrochen, aber eindeutig verstaucht.

Scheiße.

Wie soll sie jetzt die Gastgeberin spielen, wenn sie nur eine funktionierende Hand hat?

Als sie zu Hause ankommt, pulsiert das verletzte Handgelenk immer noch. Sie öffnet die Haustür und spürt ihr Handy in der Manteltasche vibrieren, als sie über die Schwelle tritt. Tom ruft an.

Sie zögert kurz. Ist der Patient aus der Drei gerade gestorben? Aber deshalb ruft Tom doch nicht an, für solche Fälle gibt es festgelegte Abläufe. Vielleicht hat er nur vergessen, wie das mit der Inventur geht?

Sie drückt auf das grüne Symbol auf dem Display und meldet sich.

»Lisa, wir haben ein Riesenproblem.«

Es ist Toms Stimme, allerdings in einer Tonlage, die sie von ihm nicht kennt.

»Was ist los?«, fragt sie.

»Hier ist eingebrochen worden.«

5

Die Medikamente werden streng nach Vorschrift in einem verschließbaren Schrank aufbewahrt. Sie versteht nicht, wie sich ein Dieb dort hat Zugang verschaffen können, ohne dass irgendwer vom Personal es bemerkt hat.

Tom wollte wie versprochen die Inventur machen. Als er den Medikamentenschrank öffnete, war auf einen Blick klar, dass darin etwas nicht stimmte. Das Fach mit den stärksten, als Betäubungsmittel eingestuften Präparaten war durchwühlt worden. Das Undenkbare war passiert: Jemand hatte die potentesten Medikamente aus dem Hospiz entwendet. Gemäß Sicherheitsprotokoll informierte er umgehend die Polizei, anschließend kontaktierte er Pflegeeinrichtungen in der näheren Umgebung und bat dort um Hilfe, damit sie die Nacht und den folgenden Feiertag überstehen würden.

Noch immer in ihrer Wintergarderobe steht sie im Flur. Und ihr ist schlecht. Was Tom erzählt hat, ist fürchterlich. Fentanyl ist unter Junkies immer beliebter geworden, doch weder die Junkies selbst noch die Dealer wissen, womit sie es zu tun haben. Das Fentanyl, das Lisa und ihre Kollegen einsetzen, ist fünfzigmal stärker als Heroin. Es muss von sachkundigem Personal genauestens dosiert und darf nur Patienten verabreicht werden, die kein anderes Analgetikum bekommen können.

Aber das ist ihnen anscheinend egal, den Dieben und Dealern.

Sie hat eine Doku im Fernsehen gesehen – darüber, wie

der zunehmende Fentanyl-Konsum Städte in Russland und im Baltikum in Zombiezonen verwandelt, in denen junge Leute sich von einer Dosis zur nächsten hangeln, ohne zu wissen, ob sie noch einmal aufwachen. Ist das jetzt wirklich auch hier angekommen? In Schweden, in Nacka und Storängen?

Sie hofft inständig, dass sie nie auf einen von denen trifft, die ihr Geld mit dem Leid anderer verdienen. Sie wüsste nicht, wozu sie imstande wäre.

Ihr wird eiskalt. Sie versucht, sich einzureden, dass ihr Gefühl völlig irrational ist. Sie ist schließlich nicht schuld an dem, was passiert ist.

Trotzdem fühlt es sich an wie ein Übergriff.

So wie damals, als sie selbst das Opfer war, könnte sie momentan nicht sagen, ob sie jemals verstehen wird, wie und weshalb das passieren konnte. Sie weiß lediglich, wer die Opfer sind. Die sind nicht schwer zu benennen.

Das Maria Regina wurde gegründet, um den Kränksten in der Gesellschaft Pflege angedeihen zu lassen, jenen, die in den letzten Tagen auf Erden unbeschreibliche Qualen leiden. Doch jetzt sind die Sicherheit und die Geborgenheit in Gefahr – für Patienten, Kollegen und Angehörige. Wenn es Tom nicht gelingt, Ersatzmedikamente zu organisieren, gerät das Personal in Panik, und die Patienten müssen in ihrer letzten Silvesternacht unerträgliche Schmerzen erleiden.

Sie muss an den Ica-Mann denken, Albrektsson, der sich bald mit Familie und Freunden draußen im Garten niederlassen will. Hoffentlich hat Tom bis dahin zumindest ein bisschen Morphium besorgt, damit dem Mann das Schlimmste erspart bleibt.

Ist heutzutage denn gar nichts mehr heilig?

Bei dem Gedanken wird ihr schwarz vor Augen.

Tom hat so komisch geklungen, als er anrief; fast hätte

sie ihn nicht wiedererkannt. Seine übliche Gelassenheit war wie weggefegt. Vielleicht war es der Schock, der diese Unruhe in ihm ausgelöst hat, die ihr an ihm so fremd war – oder vielleicht eine Art Selbstschutzmechanismus?

Dabei hat sie doch keinerlei Grund zu der Annahme, dass Tom etwas falsch gemacht haben könnte?

Er war ins Lager gegangen und hatte den Medikamentenschrank mittels Chipkarte und Zifferncode geöffnet. Allein, ohne Zeugen.

Hat er die Gelegenheit, die sie ihm unverhofft verschafft hatte, ausgenutzt? Seine Chance gewittert, ein bisschen zusätzliches schnelles Geld zu verdienen? Aber als Arzt verdient er doch gut, und er hat keine großen Ausgaben für Haus und Familie. Er trinkt nicht mal Alkohol.

Gott, dass sie überhaupt darüber nachdenkt! Sie kennt Tom seit zwanzig Jahren. Seit damals arbeiten sie eng zusammen, sind gute Freunde und mehr.

Aber wie kann niemand etwas bemerkt haben?

Sie hätte die Inventur selbst machen müssen. Vielleicht wundert sich Tom, warum sie sich nicht selbst darum gekümmert hat, obwohl das ihre Aufgabe ist und sie es bislang doch auch immer selbst gemacht hat. Klang er deshalb so komisch? Weil er sich nicht recht traute, sie direkt zu fragen?

Dann kommt ihr ein Gedanke, und alles in ihr zieht sich zusammen.

Die Chipkarte.

Die hat sie den ganzen Tag nicht gebraucht.

Schlagartig macht sich Angst in ihr breit. Ihr Hals fühlt sich starr an, als hätte sie jemand in den Würgegriff genommen. Plötzlich ist ihr viel zu warm in ihrem Mantel, es kribbelt überall, sie ahnt, dass das Blut nur so durch ihre Adern rauscht. Ihr Kopf fühlt sich schwerelos an und ihr wird leicht schwindlig.

Dieses Gefühl hatte sie lange nicht mehr – ein Gefühl, das sie über Jahre ans Bett gefesselt hat. Diese abgrundtiefe Verunsicherung, als könnte sie auf nichts und niemanden vertrauen. Als wäre kein Ort mehr sicher. Als würde der Boden unter ihr nachgeben.

Sie darf nicht zulassen, dass die Panik überhandnimmt, sie wieder dorthin mitnimmt, nicht noch einmal … Sie muss sich daran festklammern, dass auf sie selbst und auf ihre Kollegen Verlass ist. Sie muss sich an feste Routinen halten. Die Ungewissheit in kleine, hantierbare Häppchen zerlegen und dann eins nach dem anderen angehen. Sie weiß noch gut, was sie sich geschworen hat – was sie Ebba für den Abend versprochen hat. Wenn sie sich nicht schleunigst beruhigt, geht alles in die Binsen.

Sie schiebt ihr Handy in die Manteltasche und greift zu ihrer Handtasche. Mit den Fingern kramt sie zwischen Lippenstift, Monatskarte, Haargummis, Kaugummipäckchen und Kassenbons herum. Die Chipkarte findet sie nicht.

Sie holt tief Luft und sucht erneut, langsam und diesmal anfangs systematischer, doch dann kann sie sich nicht mehr beherrschen. Sie dreht die Handtasche um, schüttelt nach Kräften, bis alles, was die Tasche enthalten hat, auf dem Fußboden gelandet ist. Dann geht sie in die Hocke, durchwühlt alles, fährt mit den Händen alles ab.

Doch die Chipkarte bleibt verschwunden.

6

»In der Arbeit ist eingebrochen worden.«

Mikael steht an der Küchenspüle, nickt zum Takt der Musik aus dem Radio und bereitet in einer großen Karaffe den Aperitif für heute Abend vor. Als er Lisa sieht, dreht er die Lautstärke runter.

»Was hast du gesagt?«

»Es gab einen Einbruch. Ich muss also noch mal zurück und mit der Polizei reden.«

»Ist denn etwas geklaut worden?«

»Medikamente«, antwortet Lisa. »Starke, gefährliche Schmerzmittel.«

Er kommt auf sie zu und nimmt ihre Hände.

»*Au!* Ich bin unterwegs ausgerutscht«, erklärt sie ihm. »Ich muss mir das Handgelenk verbinden.«

»Ist es was Ernstes?«

»Nein, sicher nicht, bloß eine Stauchung – aber der Einbruch, der ist ernst.«

In ihrem Augenwinkel schimmert eine Träne.

»Hast du den Autoschlüssel?«, fragt sie dann.

»Nein«, antwortet Mikael knapp und verdreht die Augen, als hätte sie gerade die dümmste Frage überhaupt gestellt.

»Guck im Schlüsselkasten nach.«

Er blickt ernst drein, womöglich wütend – oder zumindest irritiert.

»Die sollten wir in den Kühlschrank stellen«, sagt Lisa mit Blick auf die Vorspeise, die auf der Kücheninsel bereitsteht: sechs Krabbencocktails, schön dekoriert, in Orrefors-Kristallschälchen.

»Da hast du recht.«

»Das hast du echt schön gemacht – es ist nur, dass …«

»Tu, was du nicht lassen kannst, Lisa.«

Er dreht sich von ihr weg und geht wieder an der Küchenspüle zu Werke.

Er trägt eine enge Hose, die wie eine zweite Haut an seinen schlanken Beinen sitzt. Einen dünnen schwarzen Strickpulli, den Lisa für einen Siebenundvierzigjährigen insgeheim für zu kurz hält, weil sofort der Bauch hervorblitzt, wenn Mikael sich nach etwas ausstreckt. Er war nach Weihnachten beim Friseur, hat die gleiche Frisur wie seit einigen Jahren, seit er anfing, mit dem Rad statt mit dem Auto zu fahren. Die kurz geschnittenen Haare verleihen ihm eine gewisse Härte, aber das scheint er zu mögen. Sie rahmen seine schmale, spitze Nase und die Kinnpartie in einer Art höheren symmetrischen Ordnung ein – allerdings sieht er so auch leicht ausgezehrt aus.

»Tut mir leid«, sagt sie, »ich bin gerade nur ein bisschen durch den Wind.«

»Hoffentlich findest du wenigstens das gut, was ich mir als Aperitif ausgedacht habe«, sagt Mikael noch immer mit dem Rücken zu ihr. »Dein früherer Lieblingsdrink – Southern Comfort mit Bitter Lemon. Just like the good old days.«

The good old days.

Als sie noch jung und an der Uni waren.

Der Wink ist angekommen. Lassen wir an diesem Abend mal alles hinter uns und haben Spaß, so wie früher. Sei die Frau, die ich mal geheiratet habe. Genau das hat er sich dabei gedacht. Für sie fühlt es sich an wie die Besteigung des Mount Everest.

»Vielleicht muss ich auch gar nicht hinfahren«, sagt Lisa. »Aber ich hab meine Sporttasche im Auto vergessen, da muss meine Chipkarte drin liegen, die hab ich gestern dort verstaut, als ich im Friskis war.«

»Dann geh endlich nachsehen, verdammt.«

Sie kehrt in den Flur zurück, nimmt sich den Autoschlüssel und hastet nach draußen, joggt runter zum Carport. Wind und Schneefall haben zugenommen. Sie zieht ihren Mantel enger um den Leib. Da braut sich ein ordentlicher Schneesturm zusammen.

Noch auf dem Weg zum Carport bleibt sie abrupt stehen. Der Boden ist mit Glitter übersät – allerdings nicht mit Eiskristallen.

Eins der hinteren Autofenster ist eingeschlagen worden.

Vorsichtig geht sie auf den Wagen zu. Er ist der Witterung ausgesetzt und ausgekühlt. Sie starrt auf die Rückbank hinab, auf das dunkelgraue Sitzpolster, auf dem ihre Sporttasche gelegen hat. Nie hat das Auto so leer ausgesehen.

Schlagartig ist ihr speiübel. Doch es ist nicht ihre Panik – dieses altbekannte Gefühl, das sie seit damals verfolgt und jetzt wieder an die Oberfläche kommt. Das hier ist etwas Neues.

Ihre Tasche wurde gestohlen.

Ihr erster Impuls ist, Tom anzurufen, doch dann fällt ihr wieder ein, wie aufgewühlt er klang. Und was sollte sie ihm erzählen?

War es ihre Chipkarte, mit der sie sich Zugang zum Heim verschafft haben? Sie will gar nicht darüber nachdenken, welche Konsequenzen das haben könnte. Vielleicht wird sie sogar gefeuert. Würde die Polizei der Heimleitung mitteilen, dass es gar nicht erst zu dem Einbruch gekommen wäre, wenn sie nicht so nachlässig gewesen wäre? Oder würden sie sogar denken, dass sie ... Nein, den Gedanken will sie gar nicht erst zu Ende denken.

7

Ebba zieht die Tür auf und späht den Flur hinunter. Was war das gerade? Ihr Vater ist laut geworden, und ihre Mutter ist durch die Haustür rein und wieder raus. Haben sie sich schon wieder gestritten?

Als Lisa die Treppe hochkommt, fragt Ebba: »Was ist denn los?«

Ihre Mutter atmet schwer und sieht aus, als würde sie verzweifelt versuchen, Ruhe zu bewahren.

»In der Arbeit ist etwas passiert.«

Sie geht an Ebba vorbei in die Küche. Ebba läuft ihr hinterher.

Mikael, der die Ärmel hochgeschoben hat und Zitronen schneidet, blickt auf.

»Hast du die Tasche?«, fragt er.

Lisa schüttelt bloß den Kopf. Sie sieht aus, als wäre sie draußen einem Gespenst begegnet.

»Ich weiß wirklich nicht, ob wir heute Abend noch Gäste haben können.«

»*Wie bitte?*«, kreischt Ebba. »*Das ist nicht dein Ernst! Kapierst du überhaupt, wie peinlich das ist? Du verarschst mich ja wohl!*«

»Okay, ihr zwei, jetzt mal in aller Ruhe«, fährt Mikael dazwischen.

»Mal wieder cool, dass dein Job am wichtigsten ist«, sagt Ebba. »Jedenfalls wichtiger als die Frage, wie es irgendwem in dieser Familie geht.«

»Ebba, hör auf«, sagt Mikael. »Jetzt bist du ungerecht.«

»Bei uns ist eingebrochen worden. Ich muss mit den Kollegen und eventuell auch mit der Polizei reden, weil Medikamente gestohlen wurden.«

»Warum ist das so wichtig? Warum müssen wir deshalb das Essen absagen?«

Mikael sieht Lisa unverwandt an. Sie schließt die Augen, beißt die Zähne zusammen. Ebba kann sehen, wie die kleinen Muskeln im Kiefer sich wie Beulen vorwölben. Wenn sie noch härter zubeißt, bersten ihr die Zähne.

»Mir ist klar, dass so ein Einbruch eine ernste Sache ist«, sagt Ebbas Vater. »Aber lass die Polizei doch erst mal ihre Arbeit machen. *Du* kannst da sowieso nichts ausrichten.«

»Zum einen müssen wir Ersatzmedikamente besorgen, zum anderen kann ich wie gesagt meine Karte nicht finden ...«

»Deine Karte?«, hakt Mikael nach. »Du meinst, sie könnten deine Chipkarte benutzt haben, um an die Medikamente zu kommen?«

»Ich wollte nur sichergehen, dass das nicht passiert sein kann, aber irgendwer war gestern Nacht an unserem Auto und hat meine Sporttasche geklaut – und darin lag meine Chipkarte.«

»Jemand war an unserem Auto?«, wiederholt Mikael. »Gestern Nacht?«

»Ja, das Rückfenster ist eingeschlagen worden.«

Ebba muss an vergangene Nacht denken, als sie mit Marlon auf dem Sofa unten im Fernsehzimmer lag. Die komischen Geräusche, die von draußen kamen. Als wäre etwas kaputtgegangen. Vielleicht hat nur sie es gehört? Trotzdem will sie nichts sagen, sonst würden sie ihr sofort jede Menge Fragen stellen. Warum sie noch wach war. Warum Marlon da war.

»Dann fährst du jetzt noch mal hin?«, fragt Ebba. »Zur Arbeit? Dann mach – solange du zurück bist, bis die anderen kommen.«

»Das wird nicht hinhauen«, wendet Mikael ein. »Es ist gleich so weit.«

»Ihr wollt Marlon und seine Eltern ja wohl nicht ernsthaft wieder ausladen? Wir können sie doch jetzt nicht mehr anrufen und sagen, dass sie zu Hause bleiben sollen? Dass sie an Silvester allein daheimsitzen sollen?«

»Ich muss zumindest Tom anrufen und ihm erzählen, dass meine Chipkarte gestohlen wurde«, sagt Lisa.

Ebbas Vater wendet sich ab und starrt aus dem Fenster. Er versucht, Ruhe zu bewahren, und Ebba ahnt, dass er das nur ihretwegen macht. Innerlich brodelt er. Das ist jedes Mal so, wenn Toms Name fällt. Mamas Kollege. Bester Freund. Der immer alles zu durchkreuzen scheint. Sie hat ihre Eltern mal reden hören, als sie allein in der Küche waren, da war die Tonlage eine ganz andere. Sobald Ebba dabei ist, versuchen sie, gute Miene zu machen, aber sie hört es trotzdem, durch die Decke und durch die Wände hindurch.

»Wir denken jetzt mal scharf nach«, sagt Mikael. »Das Ganze könnte doch ein Zufall sein. Die beiden Vorfälle müssen ja nicht unbedingt miteinander zusammenhängen.«

Lisa presst die Hände an die Schläfen.

»Ich muss da jetzt anrufen«, sagt sie. »Zumindest müssen wir das mit dem Auto melden.«

»Du weißt aber schon, was dann passiert?«, erwidert Mikael. »Hast du nicht gesagt, dass die Polizei unterwegs zum Maria Regina ist? Wenn du jetzt anrufst, kommen sie auf direktem Wege hierher. Unser Carport wird Gegenstand von Ermittlungen, wir werden befragt, und der Abend ist im Eimer. Da haben wir erst recht keine Wahl mehr – dann müssen wir Marlon und seine Eltern wirklich wieder ausladen.«

»Aber Marlon kann jeden Moment hier sein«, kreischt Ebba. »Die Polizei kann das Auto doch auch morgen absuchen.«

»Ebba hat recht«, sagt Mikael. »Es ist absolut nichts gewonnen, wenn wir unseren Abend platzen lassen.«

»Und was machen wir stattdessen?«

Lisa nimmt beide Hände hoch.

»Herrgott im Himmel, *du* hast doch nichts geklaut«, entgegnet Mikael.

»Heutzutage kann man doch auch online Anzeige erstatten, oder?«, wirft Ebba ein.

Sie rennt in ihr Zimmer und holt ihren Laptop. Dann kehrt sie in die Küche zurück, setzt sich an die Kücheninsel und ruft die Website der Polizei auf.

Ihre Mutter schiebt sich auf den Barhocker neben ihr.

»Ebba«, sagt sie, »du musst das hier nicht für mich lösen.«

»Ihr streitet sonst nur«, entgegnet sie. »Und wir dürfen den Abend nicht absagen!«

»Lass mich die Anzeige schreiben«, mischt sich Mikael ein.

Ebba rutscht von ihrem Hocker und überlässt ihrem Vater den Laptop. Sie sieht zu, wie er die Kontaktdaten der Familie eintippt. Seine Finger bewegen sich zügig über die Tasten.

»Und wie lange dauert das, bis die Polizei und meine Kollegen mitkriegen, dass wir online Anzeige erstattet haben?«, will Lisa wissen.

»Keine Ahnung. Aber damit haben wir unsere Schuldigkeit getan«, antwortet Mikael, »und wenn wir Glück haben, will die Polizei heute Abend vielleicht auch Silvester feiern.«

»Trotzdem muss ich mich früher oder später im Hospiz melden.«

»Erst machen wir das hier«, sagt Mikael. »Dann schickst du Tom eine SMS und schreibst ihm, dass deine Tasche gestohlen wurde, dass wir Anzeige erstattet haben und dass du Besuch hast und ihr morgen reden könnt.«

Ebba atmet aus.

»So, fertig.« Mikael klappt den Laptop zu. »War auch nicht schwer. Gut mitgedacht, Ebba!«

Endlich nickt sogar Lisa beifällig.

»Ich kann es einfach nicht fassen«, sagt sie dann. »Wer bitte schön hat mich ausspioniert und beobachtet, was ich wann mache, auf den richtigen Zeitpunkt gewartet, um meine Tasche zu stehlen, und ist dann im Maria Regina eingebrochen? Das muss doch jemand gewesen sein, der hier war, bei uns, der weiß, wer wir sind und womit wir arbeiten?«

Aus heiterem Himmel sieht Lisa misstrauisch zu Ebba. Warum? Hat ihre Mutter in der Nacht vielleicht doch irgendetwas gehört? Hat sie Marlon mitten in der Nacht den Hang hinunterlaufen sehen? Marlon weiß, was ihre Mutter beruflich macht, er hat mal gesagt, es wäre cool, dass sie mit dem Tod zu tun hat.

»Mama? Können wir uns dann jetzt weiter fertig machen?«

8

Während das warme Wasser aus der Duschbrause auf sie herabregnet, redet Lisa sich ein, dass ihr Mann und ihre Tochter recht haben – der Einbruch im Hospiz ist eine Polizeiangelegenheit, und es hilft keinem von ihnen, wenn sie sich jetzt den Kopf darüber zerbricht und den Abend platzen lässt. Ihr Handgelenk tut immer noch weh, sie kann die Seife nur einhändig greifen und versucht, sich zu waschen, so gut es geht. Dann fällt ihr die SMS wieder ein, die sie abschicken sollte. Sie dreht das Wasser ab und stellt sich den Wecker auf ihrer Armbanduhr, damit sie es nicht schon wieder vergisst.

Als sie im Schlafzimmer gerade ihre Unterwäsche anzieht, hört sie jemanden kommen. Sie weiß, wer das ist, hört es am Gang, an der Art, wie die Schritte gesetzt werden.

»Mama? Sicher, dass du und Papa das schafft?«, fragt Ebba. »Ich will echt keinen Streit heute Abend.«

Wie ein Schluck Wasser in der Kurve steht Ebba am Türstock. Die wütende, entschlossene junge Frau, die gerade noch mit ihrem Laptop in die Küche gestürmt kam, ist wie ausgewechselt, stattdessen ist da wieder ihr kleines, sensibles Mädchen. Mit ihren sorgenvollen blaugrauen Augen, die auf Lisas Seite der Familie seit Generationen von der Mutter auf die Tochter vererbt werden, blickt sie unter ihrem Pony hervor und lässt die Schultern hängen, als lastete darauf alles Elend der Welt. Sie hat sich die blonden Haare mit einem pinkfarbenen Haarband oben auf dem Kopf zusammengezwirbelt und trägt einen apricotfarbenen Hausanzug, aus dem sie seit Jahren herausgewachsen ist, den sie aber immer noch nicht in die Altkleidersammlung geben will. Ihr Hals sieht unnatürlich lang aus; seit sie ein kleines Mädchen war, hat Lisa sie an eine aufrechte Haltung erinnert, sie haben über Sport und Rumpfmuskulatur gesprochen und dass sie dringend gerade stehen muss, sonst kriegt sie mit zwanzig schon einen Buckel. Wie immer hat sie sich ihre kabellosen Noise-Cancelling-Kopfhörer aufgesetzt.

»Es wird ein schöner Abend, Liebling«, erwidert Lisa.

Sie nimmt ihre Tochter in die Arme. Ebba erwidert die Umarmung nicht, legt ihr lediglich eine Hand an die Schulter. Als sie die nackte Haut ihrer Mutter berührt, scheint es ihr unangenehm zu sein, der Moment ist vorbei, und sie macht sich los.

»Und jetzt vergessen wir das mit dem Einbruch. Hat Marlon sich schon gemeldet? Sind sie schon unterwegs?«

»Na klar.«

»Gut, dann muss ich mich jetzt beeilen und mich anziehen.«

Ebba dreht sich um und geht.

»Vergiss du auch nicht, dich umzuziehen!«, ruft sie ihr noch hinterher, doch die einzige Antwort, die sie erhält, ist das Zuschlagen der Kinderzimmertür.

Mikael kommt ins Schlafzimmer und legt ihr die Hände an die Oberarme. Dass Lisa zuletzt halb nackt vor ihm gestanden hat, ist lange her.

»Du hast ihr da unten den Rücken gestärkt«, sagt sie. »Es war richtig, das Essen nicht abzusagen.«

»Ebba hätte uns umgebracht.«

»Warum ist sie nur so?«, fragt Lisa.

»Du weißt doch selbst, wie man mit siebzehn ist«, erwidert er.

»Nein, weiß ich nicht«, sagt sie. »Und danke, dass du die Vorspeise so schön angerichtet hast.«

»Kann ich noch etwas für dich tun?«

Lisa stößt einen langen Seufzer aus. Spürt, wie die Anspannung im Schulterbereich ein wenig von ihr abfällt. Allerdings bekommt sie allmählich Kopfschmerzen, und sie ahnt bereits jetzt, dass es im Laufe des Abends nicht besser werden wird.

Im selben Moment fällt es ihr wieder ein. Was sie versprochen hat, auf dem Weg einzukaufen.

»Es gäbe da noch etwas, was du mir verzeihen müsstest.«

»Was?«

»Ich hab die Silvesterraketen vergessen.«

Ohne sie aus dem Blick zu lassen, schüttelt er den Kopf.

»Keine Ahnung, ob ich dir das verzeihen kann.«

»Dann muss ich wohl selbst die Silvesterrakete sein«, sagt sie und ringt sich ein Lächeln ab. Ihre Mundwinkel zittern. Sie beißt die Zähne zusammen. Ihr Versuch, munter zu wirken, funktioniert nicht.

Mikael kann es ihr ansehen, trotzdem lächelt er sie sanft an. Ganz gleich, wie viel sie über die Jahre miteinander durchgemacht haben – sein Lächeln ist immer noch das gleiche wie damals, als sie einander erstmals begegnet sind: an einem Zebrastreifen, er in hellblauen hautengen Jeans und mit einer Wassermelone im Arm, sie in ihrem klapprigen Volvo – dessen letzte Amtshandlung im Leben darin bestanden haben würde, sie aus Lyckeby bis zu diesem Zebrastreifen zu bringen –, traf sie sein Blick. Kaum dass er die Straße überquert hatte, ließ der Volvo sich nicht mehr starten.

Statt einfach weiter die Straßen Uppsalas entlangzuschlendern, stellte er sich ihr vor – Mikael Kjellvander, Student der Wirtschaftswissenschaften aus Nacka –, warf die Wassermelone in den Kofferraum und winkte die Autos vorbei, die sich hinter ihr stauten. Dann schob er sie samt Volvo zur nächsten Werkstatt. Gleich die erste Nacht hat sie bei ihm verbracht. Allerdings hat sie das Papa Erland und Mama Ann-Christin nie so erzählt.

Mikael ist derzeit nicht gerade in der Form seines Lebens. Die letzten Jahre sind nicht spurlos an ihm vorübergegangen. Trotzdem ist er immer noch da, Jahrzehnte später, und trägt immer noch ähnlich modische Klamotten wie damals.

»Du siehst gut aus«, sagt sie.

Es ist einfach so aus ihr rausgeplatzt, als hätte der Gedanke von allein herausgewollt.

Er zuckt leicht zusammen und sieht sie misstrauisch an.

»Ich muss mich jetzt langsam umziehen.«

»Erst kriegst du noch etwas«, sagt Mikael.

Er hält die Hände auf Bauchhöhe, und als Lisa darauf hinabblickt, entdeckt sie ein kleines Päckchen mit schwarzem Geschenkpapier und goldenem Geschenkband.

Sie will schon *Nicht jetzt* sagen, schluckt es aber runter. Das mit den Neujahrsgeschenken hat angefangen, als sich Weihnachtsgeschenke überholt anfühlten, als Ebbas handgeschriebener Wunschzettel aus zwanzig Zeilen Spielzeug, Puppen und Kuscheltieren von einer SMS mit dem Link zum jüngsten iPhone-Modell abgelöst wurde. Ihre finanzielle Situation ist jetzt eine andere. Sie kam jahrelang einer Achterbahnfahrt gleich, mit Ausreißern nach oben und unten. Eine Zeit lang mussten sie sich mit allem einschränken, woran sie sich gewöhnt hatten, nur um hier wohnen bleiben zu können. Trotzdem ist Mikael immer großzügig gewesen, hat immer gesagt, dass er ihr Dinge schenken will, die sie sich selbst niemals gönnen würde. Oft waren es so erlesene Sachen, dass sie selbst sie gar nicht gewollt hätte – doch sie wusste, dass diese Geschenke Mikael viel bedeuteten.

Ihm ihrerseits etwas zu schenken, war immer annähernd unmöglich gewesen. Er hatte sich nie etwas gewünscht, trotzdem hatte sie diesmal eine tolle Idee gehabt. Etwas eher Praktisches, was mit dem Haus zu tun hatte und bei dem sie sich sicher war, dass er es zu schätzen wüsste. Nicht nur, weil das Geschenk davon zeugte, dass sie sich Gedanken gemacht und lange darauf hingearbeitet hatte, sondern auch, weil es damals und jetzt miteinander verband – die nervenzehrenden Anstrengungen, endlich ihr Traumhaus oben auf der Anhöhe fertigzubauen, so wie Mikael es sich von Anfang an gewünscht hatte. Sie hat ihre Überraschung für Mikael monatelang geplant und will sie ihm in der Silvesternacht zeigen. Um Mitternacht, hat sie sich gedacht.

Sie hofft, dass er sich darüber freut, doch insgeheim hofft sie auf mehr – dass sich die Zeit irgendwie zurückdrehen lässt und der wahre Mikael wieder zum Vorschein kommt. Im selben Augenblick fühlt sie sich dumm – zu glauben, dass eine so oberflächliche, materielle Sache einen solchen Unterschied ausmachen soll.

»Mach es auf«, sagt er, »bevor die Gäste kommen.«

Das schwache Piepen ihrer Armbanduhr. Die SMS, die sie noch schreiben muss. Sie drückt den Alarm weg, will sich anziehen, nach unten laufen und die letzten Dinge erledigen, ehe der Besuch vor der Tür steht. Doch diesen Augenblick kann sie ihm nicht abschlagen.

Sie nestelt den Klebestreifen ab, der das Geschenkpapier fixiert, und schlägt es vorsichtig zurück. Eine kleine rote Samtschatulle. Mit dem Schriftzug *Cartier* auf dem Deckel.

»*Mikael*«, flüstert sie.

Sie zieht den Deckel ab. Auf einem schwarzen Kissen liegt eine hauchzarte Kette aus Roségold und daran hängt ein rundes, flaches Amulett – wie eine kleine Münze – aus einem opaken apfelgrünen Edelstein und einem Diamanten in der Mitte.

Sie dreht sich um und legt ihre Hand an Mikaels frisch rasierte Wange. Sie ist geschmeidig; er rasiert sich nur selten so. Üblicherweise lässt er kurze Stoppeln stehen, damit er nicht so *preppy* aussieht, wie er immer sagt. Sie hat fast vergessen, wie weich, zart, fast fragil er sich anfühlt, wenn er sich frisch nass rasiert hat.

»Danke«, sagt sie. »Die Kette ist wunderschön. Die trage ich den ganzen Abend.«

Sie nimmt die Hand von seiner Wange. Mikael weicht zurück in Richtung Flur, bleibt aber noch kurz in der Tür stehen.

»Dann geh ich jetzt runter, damit der Aperitif seinen letzten Schliff kriegt«, sagt er. »Komm, wenn du so weit bist, und wir verbinden dir noch die Hand.«

Als sie wieder allein im Schlafzimmer ist, zieht sie eine Schublade auf, greift zu einem hübscheren Slip und zu einer Strumpfhose und zieht beides an. Dann dreht sie sich vor dem Ankleidespiegel hin und her, beäugt ihren halb nackten Leib, fährt sich mit der flachen Hand über den Bauch. Sie kneift sich in die Wulst rings um die lange, breite Narbe, die von einem Hüftknochen zum anderen verläuft.

Kein Kuss, schießt es ihr durch den Kopf. Vielleicht hätte ich ihm einen Kuss geben sollen.

Sie entscheidet sich für das Kleid, das Mikael so gern hat: figurschmeichelnd mit V-Ausschnitt und bunt geblümt – daran ist sicher nichts verkehrt, es kaschiert ihre Makel, trotzdem sieht sie darin selbstbewusst und annehmbar aus.

Die Kette fühlt sich an ihrem Hals kalt an. Sie ist selbst überrascht, wie schön sie plötzlich aussehen kann. Diese Kette steht für die Verwandlung, sie passt perfekt zu ihrem

Kleid. Mikael ist immer schon gut darin gewesen, genau die richtigen Sachen für sie auszusuchen.

Sie geht zurück ins Bad, verreibt Deo unter den Achseln, trägt ein dezentes Make-up auf und bindet sich die blonden Haare zu einem strammen Pferdeschwanz – alles in nicht einmal einer Minute. Dreimal tief durchatmen, und sie ist fertig.

Im selben Moment klingelt es an der Tür.

Sie atmet weitere drei Male tief durch.

Es ist vollkommen still im Haus. Sie wirft einen Blick auf die Uhr. Fünf nach sechs – ist das schon Marlons Familie? Sind sie wirklich so pünktlich?

Oder ist das die Polizei?

Wieder die Klingel.

Aus dem Bad am Ende des Flurs hört sie, wie Ebba zum Dröhnen des Föhns vor sich hin trällert.

Sie geht die Treppe hinunter und ruft sich in Erinnerung, dass sie sich nichts hat zuschulden kommen lassen – mal abgesehen davon, dass sie die Tasche im Auto vergessen hat. Was Tom in allernächster Zukunft erfahren dürfte.

Im Flur greift sie zu ihrem Handy, fängt an, die SMS zu tippen, die sie ihm hat schicken wollen, hält inne und legt das Handy wieder beiseite. Wenn Tom mit der Polizei vor der Tür stehen sollte, sähe das nur verdächtig aus.

Jemand klopft fest an die Tür. *Tock, tock, tock.*

Sie sieht den Schatten durch das Milchglas links neben dem Eingang und zupft ihr Kleid zurecht.

Dann streckt sie sich nach der Türklinke aus.

9

Der Schatten draußen vor der Tür, das ist ein Mann, da ist sich Lisa sicher.

Es ist so still, dass sie ihren Herzschlag hört. Wo steckt eigentlich Mikael?

Sie macht die Haustür auf, rechnet mit einem Polizisten, doch auf der anderen Seite steht ein junger Mann und hält beidhändig einen Korb mit einer Flasche Champagner und diversen Stücken Käse, die in ein rot kariertes Geschirrtuch gewickelt sind, wie frisch vom Bauernhof in Südfrankreich.

Obwohl sie sich schon ein paarmal begegnet sind, dauert es einige Sekunden, bis ihr dämmert, dass der junge Mann Marlon ist, der Freund ihrer Tochter.

Er sieht aus wie immer und doch wieder nicht. Er trägt einen schmal geschnittenen Mantel, darunter ein Sakko, Hemd und schicke Jeans. Alles in Schwarz, wie immer, doch heute Abend wirkt er eindeutig feierlicher, eleganter. Der Ring in der Unterlippe ist immer noch da, aber er hat sich die Augen nicht schwarz geschminkt.

Als Ebba einmal erwähnt hat, dass Marlon einen Ferienjob nicht bekommen habe, weil er »in irgendeiner Datenbank aufgetaucht« sei, hatte Lisa sofort ein paar unangenehme Fragen parat. Sie wollte wissen, ob Marlon Antidepressiva nahm, was unter Jugendlichen ja angeblich immer normaler wurde; das gehe sie nichts an, fauchte Ebba zurück, das sei privat, sie habe nicht das Recht, solche Fragen zu stellen, Marlon habe nichts falsch gemacht. Mehr hat sie nie erfahren.

Lisa hat ihn stets als großen Jungen betrachtet, doch was sie jetzt vor sich sieht, ist ein junger Mann – ein sehr spezieller, gut aussehender junger Mann.

»Hej, Marlon«, sagt sie, »herzlich willkommen! Ist der für mich?«

Er nickt.

»Das wäre doch nicht nötig gewesen – aber vielen lieben Dank! Sind deine Eltern gar nicht mitgekommen?«

Ein Mann und eine Frau treten in den Lichtkegel der Außenbeleuchtung.

»Wir sind hoffentlich nicht zu früh dran?«, fragt der Mann. »Ich habe noch versucht, auf ein akademisches Viertel zu drängen, aber hier hatte es jemand sehr eilig.«

»*Lisa?*«

Sie hört eine Frauenstimme, die sie kennt, sieht aber kein dazu passendes Gesicht, weil sie den Blick nicht von dem Mann losreißen kann, der plötzlich neben Marlon steht.

Ihr schnürt sich der Hals zu. Sie bekommt keinen Mucks heraus.

»*Lisa?*«, sagt die Frau erneut. »*Du lieber Gott, bist du es wirklich?*«

Die Frau schiebt sich an ihrem Mann vorbei. Sie trägt einen schwarz-weißen Hosenanzug, darüber einen bordeauxroten Wintermantel und glänzende schwarze Schuhe mit Absatz. Das aschblonde Haar hat sie hochgesteckt. Sie sieht athletisch aus, hat immer noch Kurven an den richtigen Stellen, das Yoga hat sie in Form gehalten. Das Einzige, was die ältere von der jüngeren Version unterscheidet, ist das Make-up. Damals, als sie noch miteinander befreundet waren, war sie nie geschminkt. Sie ist nach wie vor außergewöhnlich schön, Camilla, ihre frühere Freundin, die sie seit bald achtzehn Jahren nicht mehr gesehen hat.

»Das ist ja total unglaublich!«

Camilla breitet die Arme aus.

»Das muss doch ein Zeichen sein, oder? Findest du nicht? Und so kriegen wir auch endlich euer Haus zu sehen, dazu ist es ja nie gekommen.«

Der Mann legt ihr eine Hand auf die Schulter. Allerdings nicht als zärtliche Geste, sondern um ihr Einhalt zu gebieten.

Unwillkürlich wandert Lisas Blick zu der Hand, zu den hervortretenden Adern.

»Wir könnten verstehen, wenn sich das hier nicht gut anfühlt, Lisa«, sagt er.

Sobald er ihren Namen ausspricht, wird ihr durch und durch kalt. Es ist die Arztstimme. Die Stimme desjenigen, der Bescheid weiß. Dem man nicht widerspricht, den man nicht infrage stellt.

Die unerschütterliche Autorität hat er noch immer. Seine Haare sind kürzer, der Haaransatz ist ein Stück die Stirn hinaufgewandert und über den Ohren ist ein Hauch mehr Grau zu sehen. Der Hals ist genauso dünn und sehnig, der große Adamsapfel immer noch ebenso prominent. Er ist immer noch an die zwei Meter groß.

Oberarzt Sören Isaksson.

Seit dem Sommer 2002 hat sie ihn nicht mehr gesehen. Das genaue Datum hat sich für alle Zeit in ihr Gedächtnis eingeätzt, es wird nie unschärfer, sosehr sie sich auch bemüht.

Marlon tritt nervös von einem Bein aufs andere, sieht abwechselnd seine Eltern und Lisa an und versucht, zu begreifen, was hier gerade vor sich geht.

»Ich verstehe natürlich, wenn du schockiert bist«, sagt Sören. »Wir waren seit Wochen neugierig auf Ebbas Eltern, aber von diesem Kerl hier Infos zu kriegen, war nicht ganz leicht.«

»Kjellvander«, sagt Lisa.

Es platzt wie ein Schuss aus ihr heraus, zu schnell, zu schrill.

»Ebba Kjellvander aus Nacka – da hätte doch irgendwas klingeln müssen?«

»Ebba, mehr wussten wir nicht«, erwidert Sören, »und dass sie auf den Kunstzweig am Gymnasium Sickla geht. Wenn ich mich recht erinnere, hattet du und Mikael ja ursprünglich einen anderen Namen vorgesehen.«

Das ist richtig. Sie wollten sie ursprünglich nicht Ebba nennen. Sie haben sich im letzten Moment umentschieden, nachdem sie mehrmals angemahnt worden waren und kurz bevor das Amt für sie entschieden hätte.

Sören hat das Talent, ungeheuer vertrauenerweckend zu klingen. Camilla und ihre kleine Showeinlage sind dagegen nicht halb so überzeugend. Dass der Zufall sie wieder zusammengeführt hat und dies hier ein Zeichen sein soll, dass sie sich freuen würde, das Haus zu sehen ...

Das alles ist total verlogen.

»Ihr hattet die Adresse, oder? Sonst hätte das Taxi wohl kaum hergefunden?«

»Ja, natürlich«, sagt Sören.

Er ist ruhig und beherrscht, wie immer.

»Aber dann hättet ihr es ja wohl merken müssen?«

Sie schließt die Augen. Versucht, ruhiger zu atmen. Sie will nicht schreien, nicht fluchen, nicht schwach wirken, nicht hysterisch sein. Als wäre sie immer noch nicht wieder gesund.

Trotzdem muss sie im ganzen Haus zu hören gewesen sein. Was, wenn Ebba diese Begrüßung mitbekommen hat? Was, wenn sie drinnen auf der Treppe steht und lauscht? Und wo ist Mikael?

Warum ist es im Haus so verdammt still?

»Mikael hat damals erzählt, dass ihr in Storängen bauen würdet, nicht in Lillängen«, sagt Sören. »Ich wusste nicht, dass das so nah beieinander liegt. Außerdem gibt es hier ja so einige Häuser.«

»Wenn wir gewusst hätten, dass Ebba eure Tochter ist, wären wir nicht einfach so aufgekreuzt«, fügt Camilla hinzu.

Lisa kann sie nicht ansehen. Stattdessen dreht sie sich zu Marlon um.

»Ich hatte wirklich keine Ahnung, dass ihr euch kennt«, murmelt er. »Und ich glaube, Ebba weiß es auch nicht.«

Von allen Jungs in Stockholm … Wie konnte Ebba sich ausgerechnet in Sörens und Camillas Sohn verlieben? Marlons Hoffnungen für den Abend sind drauf und dran, sich zu zerschlagen, in Treibsand zu versinken, von dessen Existenz er nicht die leiseste Ahnung hatte.

»Dann fahren wir am besten wieder …?«

Sören formuliert es als Frage, dabei ist es eine Feststellung, eine Klarstellung, von einem, der immer weiß, was am besten ist. Camilla scheint sich nicht ganz so sicher zu sein. Lisa kann sich denken, was ihr durch den Kopf geht, was sie noch zum Thema Schicksal sagen will, das sie wieder zusammengeführt haben soll, dass es an der Zeit ist für eine Versöhnung und dass die Erklärung für all das in unser aller kollektivem Unterbewusstsein zu finden ist.

Doch Camilla sagt nichts von Wasser, das einen beliebigen Fluss hinuntergeflossen ist, oder dass die Art von Freundschaft, die sie früher hatten, einzigartig und unerschütterlich ist. Nichts von Schwestern im Geiste.

Sie steht bloß stumm da und wartet ab. Vielleicht hat sie sich ja doch verändert.

»Komm rein, Sören. Und Camilla und Marlon, ihr natürlich auch.«

Mikael steht ein paar Schritte hinter ihr. Er hat die Zähne zusammengebissen. Von einem Lächeln keine Spur.

»Sicher?«, fragt Sören. »Was ist mit dir, Lisa?«

Sie erschaudert erneut. Jedes Mal, wenn er ihren Namen ausspricht.

Als er zuletzt mit ihr hatte reden wollen, hat sie sich geweigert. Mikael musste allein hingehen.

Sie kann es einfach nicht glauben. Sören und Camilla haben ein gemeinsames Kind bekommen. Einen Jungen. Marlon, Ebbas Freund.

Sie haben wieder eine Verbindung. Wie lange sie diesmal hält, weiß kein Mensch, aber dieser Abend wird wohl die Zerreißprobe. Der entscheidende Test. Was hier auf dem Spiel steht, wissen sie alle. Wenn sie jetzt zu ihnen sagt, dass sie wieder fahren sollen, ist das ein Hinweis darauf, dass sie immer noch in jenem schwarzen Loch steckt. Wenn sie sie hereinbittet, zeigt sie allen, dass sie sich daraus hat befreien können.

Sie sieht Marlon an. Muss daran denken, was sie sich geschworen hat, als sie auf der Fußgängerbrücke über den Järlasjön stand und die alte Nervenklinik im Wald vor sich sah.

Ihre Ängste dürfen Ebba nicht im Weg stehen. Ebba hat nichts falsch gemacht. Marlon hat nichts falsch gemacht. Er kann nichts dafür, wer er ist.

»Bitte kommt rein«, sagt sie. »Ich brauche nur noch ein paar Minuten.«

Sie macht kehrt und spürt Mikaels Blick in ihrem Rücken, als sie die Treppe hochläuft. Sie reißt die Schlafzimmertür auf und macht hinter sich zu, lässt sich gegen das Türblatt sinken und schließt die Augen. Die Tränen wischt sie sich weg, noch ehe sie ihr über die Wangen fließen. Dann sieht sie auf die Uhr.

In einer Stunde ist die Vorspeise dran. Das übrige Essen dürfte maximal vier Stunden dauern. Nach Mitternacht und ein paar Gläsern Champagner verabschieden sie sich wieder. So ist das an Silvester. Egal, was bis dahin passieren sollte – es sind lediglich fünf-, sechsmal sechzig Minuten, mehr nicht. Zeit, die vergeht. Das hantierbare kleine Häppchen eines Lebens.

Es kommen wieder andere Stunden, ein Morgen und danach ein neuer Tag.

An ihrer Uhr ruft sie den Timer auf und stellt den Countdown ein. Die Ziffern – diese loyalen Soldaten aus Quecksilber – legen augenblicklich los, marschieren auf ihr Ziel zu, verringern den Abstand, Sekunde für Sekunde.

Sie strafft die Schultern und rückt ihr Kleid zurecht.

Als sie die Treppe wieder hinuntergeht, sind es noch fünf Stunden und zweiundvierzig Minuten bis Mitternacht.

10

Stockholm,
im August,
achtzehn Jahre zuvor

Die dunklen Augenringe sind hinter ihrer Sonnenbrille nicht zu erkennen. Allerdings kann die Brille nicht darüber hinwegtäuschen, wie klein und allein Lisa sich fühlt. Sie macht ihre Handtasche auf und nimmt das Etui heraus, sieht, dass Mikael ihr eine Nachricht geschrieben hat.

> Ich hab ein Superangebot für ein Wochenende in Venedig gefunden. Wir fahren morgen früh, hab schon für dich gepackt. Viel Spaß bei der Arbeit – sag Ja! Liebe!

Sie muss fast lachen.

> Klingt wunderbar, aber ich arbeite morgen. Schon vergessen, dass ich einen neuen Job habe??? Außerdem bin ich jetzt da, im Krankenhaus, für das Treffen, du weißt schon. Wir reden später. Du bist verrückt! Lieb dich!

Zur Antwort kommen ein Doppelpunkt, Bindestrich, Klammer auf, trauriges Gesicht.
Sie packt das Handy weg, wirft noch einen Blick in den kleinen Spiegel. Sie sieht albern aus mit der eleganten Brille,

die Mikael ihr zum Geburtstag geschenkt hat. Aus welchem Grund sollte sie sie tragen?

Sie wirft die Brille auf den Beifahrersitz, lässt die Sonnenblende zurückschnellen, blickt kurz zu dem hoch aufragenden grauen Gebäude hinauf und steigt aus.

Als sie auf den Flur einbiegt, an dem das Treffen stattfinden soll, sieht sie eine Frau am Boden hocken, direkt neben der Tür zum Gesprächsraum. Neben ihr steht ein Tisch, beladen mit Thermoskanne, Plastikbechern und einem Tablett mit Zimtschnecken. Die Frau scheint ungefähr im gleichen Alter zu sein wie sie selbst und durchwühlt eine große Einkaufstasche, die vor ihr am Boden steht.

Lisa geht vorsichtig näher, reckt sich nach einem Becher, nimmt sich Kaffee und eine Zimtschnecke, weicht ein paar Schritte zurück und trinkt einen Schluck. Der starke Kaffee fördert den unangenehmen Geschmack im Mund wieder zutage, eine Mischung aus Schlaftablette, Fischöl und Grapefruitsaft, den sie am Morgen getrunken hat.

Als sie in die Küche kam, war Mikael schon zur Arbeit gefahren. Sie hätte zwar gern noch mal darüber gesprochen, dass sie heute hierherfahren würde; andererseits hatten sie alles zuvor schon durchgekaut, zigmal, insofern war es wahrscheinlich egal – er hätte ohnehin niemals angeboten mitzukommen.

Hier auf dem Flur vor dem Gesprächsraum hat sie gleich viel weniger das Bedürfnis zu reden, ganz im Gegenteil, am liebsten würde sie die ganze Session lang dasitzen und den Mund gar nicht erst aufmachen. Sie wirft einen Blick über die Schulter, in die Richtung, aus der sie gekommen ist. Noch könnte sie es sich anders überlegen und wieder gehen.

»Hej, willst du auch in die Selbsthilfegruppe?«

Die Frau, die in ihrer Tasche gekramt hat, ist aufgestanden

und sieht sie an. Sie trägt eine schicke beigefarbene Bomberjacke mit halb aufgezogenem Reißverschluss. Die weiße Bluse darunter ist weit aufgeknöpft, sodass der Saum ihres schwarzen BHs hervorblitzt. Sie ist ungeschminkt, braucht aber auch kein Make-up, ist auch ohne bildschön. Sie hat ein fast jungenhaftes Gesicht – und nicht die Spur Verunsicherung, wie Lisa sie an sich selbst spürt.

»Ja. Ich heiße Lisa. Ich bin hier zum ersten Mal.«

»Ich bin Camilla. Willkommen!«

Lisa erwidert Camillas Lächeln und fühlt sich sofort ein wenig besser. In der vergangenen Nacht, als sie nicht schlafen konnte, hat sie sich ausgemalt, wie dieses Treffen hier ablaufen könnte. Wie die anderen aussehen würden, wie sie angezogen wären, wie sie über ihre Probleme sprechen würden. In ihrer Vorstellung war niemand so wie Camilla. Lisa ist froh, dass sie falschgelegen hat.

»Dürfte ich dich um einen Gefallen bitten?«, fragt Camilla. »Das klingt jetzt vielleicht komisch, aber könntest du mich auf dem Handy anrufen? Es muss hier irgendwo sein, aber ich kann es nicht finden.«

Sie zeigt auf ihre Tasche.

»Klar. Welche Nummer?«

Lisa sieht sich nach einer Stelle um, wo sie ihren Becher und die Zimtschnecke parken kann.

»Ist vielleicht einfacher, wenn du mir dein Handy gibst, dann tipp ich die Nummer schnell selbst ein.«

»Okay ... Hier, in der Tasche«, sagt Lisa, »wenn du dich traust reinzugreifen.«

Sie dreht sich zur Seite und nickt in Richtung ihrer Manteltasche.

Camilla lächelt. Sie ist wirklich irrsinnig schön. Auf eine souveräne, unbekümmerte Art, als hätte sie sich nie für irgendwas rechtfertigen müssen. Ihre Hand in die Tasche einer wildfremden Person zu schieben, scheint sie kein bisschen komisch zu finden.

Sie fischt das Handy heraus und starrt es an.

»Ich glaube, das musst du erst entsperren.«

Lisa nimmt die Zimtschnecke zwischen die Zähne und stellt ihren Becher an der Tischkante ab.

Als Camilla ihr das Handy in die Hand drückt, ist eine weitere SMS eingetrudelt. Ein Ziehen in ihrer Brust, und ihr Herz schlägt ein wenig schneller, als ihr dämmert, dass Camilla die Nachricht gesehen haben muss.

Du fehlst mir. Sehen wir uns heute Abend? Tom.

Sie schluckt trocken, schließt die Vorab-Ansicht, entsperrt das Gerät. Sie versucht, nicht weiter darüber nachzudenken und sich nicht anmerken zu lassen, welche Gefühle in ihr aufwallen. Camilla weiß nicht, wer sie ist, und weiß auch nichts von Tom.

»Wie lautet deine Nummer?«

Camilla diktiert sie ihr. Nach ein paar Sekunden setzt irgendwo in Bodennähe ein Surren ein. Triumphierend zieht Camilla ihr Handy hervor.

»Danke«, sagt sie. »Ich wusste, ich hab's nicht verloren.«

»Keine Ursache«, sagt Lisa.

»Was meinst du – sollen wir zusammen reingehen und so tun, als würden wir uns schon seit hundert Jahren kennen?«

»Gern.«

Als sie den Raum betreten, sitzt dort eine Frau in der Mitte und blickt von einem Stoß Unterlagen auf ihrem Schoß auf.

»Hallo. Sie müssen neu sein.« Sie sieht Lisa an. »Ich heiße Angelica Bengtsson, bin Psychotherapeutin und leite die Gruppe. Wie ist denn der Name?«

Ringsum sitzen vier weitere Frauen, dazwischen sind

jeweils mehrere Stühle frei. Männer glänzen durch Abwesenheit. Auf gewisse Weise ist das gut. Eines der Albtraumszenarien, die sie sich ausgemalt hat, war, allein dazusitzen, während alle anderen mit Partner gekommen sind.

»Lisa Kjellvander.«

»Herzlich willkommen, Lisa.«

»Da drüben«, flüstert Camilla ihr ins Ohr, »mit ausreichend Sicherheitsabstand zur Bibliothekarin. Glaub mir, ich hab hier mal gearbeitet – du willst nicht in ihre Nähe kommen.«

Camilla nickt diskret in die Richtung einer Mittzwanzigerin mit Strickpulli, dicker Brille und kurzer Topffrisur.

»Du hast *auch* hier gearbeitet?«, fragt Lisa. »Ich war in der Onkologie, hab da aber letzten Winter aufgehört.«

»Wirklich? Dann sind wir ja Ex-Kolleginnen! Ich hab nach der Ausbildung zur Krankenschwester drei Jahre lang in der Physiologie gearbeitet – bis ich mir was Besseres gesucht hab. Wie du bestimmt auch!«

Sie setzen sich nebeneinander.

»Noch mal herzlich willkommen in die Runde. Wie die meisten von Ihnen wissen, haben wir heute Besuch von einem der führenden Experten des Landes, Oberarzt Sören Isaksson, Spezialist für Infertilität und Schwangerschaft hier in der Klinik. Er wird Ihnen ein bisschen was zu den Behandlungsmethoden erzählen, die es derzeit gibt. Aber nachdem wir heute ein neues Gesicht in der Gruppe haben, möchte ich noch ein paar einleitende Worte sagen.«

Lisas Magen zieht sich zusammen. Sie hofft inständig, dass Angelica sie nicht noch bittet, sich vorzustellen und zu erzählen, warum sie hier ist. Mikael und sie haben bislang kaum je mit Außenstehenden über ihr Problem gesprochen.

»Unfreiwillig kinderlos zu sein, ist weiter verbreitet, als die meisten glauben«, hebt Angelica an. »Und dass wir diesbezüglich Scham, Trauer und Frustration empfinden, ist nichts Ungewöhnliches. Viele Frauen verlieren an Selbstsicherheit, andere entwickeln Ängste und Depressionen. Nicht schwanger zu werden, obwohl man nichts lieber will, führt oft zu einer Art Lebenskrise. Was wir einander hier zuvorderst vermitteln, ist, dass wir damit nicht allein sind. Wir sind viele. In dieser Gruppe unterstützen wir einander, indem wir uns zuhören und Erfahrungen austauschen. Wir sprechen auch über die Möglichkeiten, die Sie alle haben, um sehr wohl schwanger zu werden. Und wir starten und beenden das Treffen üblicherweise, indem wir einander in die Arme nehmen.«

Camilla springt regelrecht auf und dreht sich zu Lisa um. Was sich merkwürdig anfühlt. Sie kennen einander erst ein paar Minuten, trotzdem verspürt sie eine gewisse Vertrautheit; sie hat dieser Frau erlaubt, in ihre Manteltasche zu greifen. Sie haben herausgefunden, dass sie die gleiche Ausbildung und sogar eine Zeit lang im selben Krankenhaus gearbeitet haben – und jetzt wird sich eben umarmt. Lisa fühlt sich im Vergleich zu Camilla, die sie mit dem ganzen kurvigen Körper zu umarmen scheint, steif, zu groß und merkwürdig unweiblich.

Sie errötet. Camilla wirkt völlig ungerührt.

»Darf ich was fragen?«, wendet Camilla sich an Angelica. »Das hab ich mich die ganze Zeit schon gefragt.«

»Natürlich, Camilla. Sie dürfen hier jede Frage stellen.«

»Hatten Sie selbst auch Probleme, schwanger zu werden?«

Eine unangenehme Stille macht sich breit.

»Nein, hatte ich nicht«, antwortet Angelica. »Ich habe zwei Jungs, beide inzwischen im Teenageralter.«

»Dann sprechen Sie nicht aus eigener Erfahrung, sondern geben eher wieder, was Sie gelesen haben?«

»Als Therapeutin kann ich wohl kaum alles selbst erlebt

haben, was ich behandeln darf – ebenso wenig, wie das bei einem Arzt der Fall wäre. Aber fühlt sich das merkwürdig an – finden Sie? Camilla?«

»Nein, ich hab nur darauf reagiert, dass Sie die ganze Zeit *wir* sagen.«

»Sie sagt *wir*, um nicht zu unterscheiden, ist das so schwer zu verstehen? Damit wir uns nicht minderwertig fühlen.«

Die Bibliothekarin. Sie sieht Camilla aus zusammengekniffenen Augen an. Die Vorbehalte beruhen anscheinend auf Gegenseitigkeit.

»Okay, okay«, sagt Camilla. »War nicht meine Absicht, dass sich hier irgendwer aufregt.«

»Sie haben sich auch nicht aufgeregt, oder, Tora?«, hakt Angelica nach.

Tora schüttelt den Kopf.

»Gut. Dann wird es nämlich allmählich Zeit, dass wir unseren Gast willkommen heißen. Ich sehe schnell nach, ob er vielleicht schon vor der Tür steht und wartet.«

Lisa atmet tief aus. Camillas direkte Art und ihr Tonfall sind einen Hauch erschreckend und befreiend gleichermaßen. Sie ist erleichtert, dass sie nicht vor die Gruppe treten und ihre Geschichte erzählen musste.

Angelica zieht unterdessen die Tür zum Therapieraum auf. »Komm rein, Sören«, sagt sie, »schön, dass du da bist.«

Der Arzt betritt den Raum und bleibt vor ihnen stehen. Er sieht in Lisas Richtung, ein Lächeln macht sich auf seinem Gesicht breit, und er nickt.

Kennt er sie? Lisa versucht, sich an sämtliche Ärzte zu erinnern, die sie während ihrer Zeit im SÖS getroffen hat, wüsste aber nicht, dass sie diesen schon mal gesehen hätte. Aber warum nickt er ihr dann so vielsagend zu? Als sie über ihren Besuch hier nachgedacht hat, hat sie gehofft, niemand Bekanntem über den Weg zu laufen.

Sören trägt einen weinroten Wollpullover, der ihm farblich gut zu Gesicht steht: Er hat dunkelbraune, fast schwarze Haare und seine Augenfarbe gleicht der von gerösteten Kastanien. Er ist groß und strahlt Autorität aus.

Als Sören sich zu Angelica in den Stuhlkreis setzt, stupst Camilla sie mit dem Ellbogen an, beugt sich zu ihr rüber und flüstert: »Soll ich dir ein Geheimnis verraten?«

»Okay ...?«

»Mit dem – mit dem Arzt – steh ich in Kontakt. Wir gehen nachher zusammen essen.«

Das erklärt den vielsagenden Blick. Wie gut, dass er nicht Lisa gegolten hat. Gleichzeitig versetzt es ihr einen Stich. Er hat nicht sie angesehen, sondern die schönere Frau neben ihr.

»Dann bist du Single?«, fragt Lisa.

Sie ist davon ausgegangen, dass alle in der Gruppe eine Beziehung hätten und diese die gleichen Prüfungen durchlaufen würden wie ihre mit Mikael.

»Im Augenblick ja«, sagt Camilla. »Aber ich hab geplant, dass Oberarzt Sören Isaksson heute Abend eine gründliche Untersuchung an mir vornimmt.«

Lisa bleibt die Spucke weg. Sie weiß nicht, was sie mehr schockiert – Camillas Hemmungslosigkeit oder der Umstand, dass der Arzt allen Ernstes jemanden aus dieser Gruppe datet. Sie muss sich zusammenreißen, um nicht laut aufzulachen.

»Ist das dein Ernst?«

Camilla sieht ihr tief in die Augen und legt ihr eine Hand auf den Oberschenkel.

»Wenn du länger in dieser Gruppe bleibst, verstehst du das irgendwann«, sagt sie. »Hier gehen alle bis zum Äußersten, nur um schwanger zu werden.«

Aperitif

11

Storängen, Nacka,
am Silvesterabend

»Ich ahne schon, das hier kommt für Sie ausgerechnet an Silvester echt ungelegen«, sagt Tom. »Hier, bitte sehr.«
Er gibt den Polizisten – Sandra und Jakob, beide in den Dreißigern und in Uniform – mit einer Geste zu verstehen, dass sie Platz nehmen sollen.
Er selbst setzt sich ihnen an seinem Schreibtisch gegenüber. Sein Kopf fühlt sich schwer an. Seit er den Einbruch bemerkt hat, hat er ununterbrochen telefoniert, um Medikamente zu besorgen, die ersetzen könnten, was ihnen abhandengekommen ist. Er hat welche auftreiben können, allerdings wird es mehrere Stunden dauern, bis sie hier eintreffen. Es müssen die Sicherheitsprotokolle befolgt werden, die Medikamente müssen sowohl in der Einrichtung, die schickt, als auch in derjenigen, die sie empfängt, sorgsam verbucht werden; man kann sie nicht einfach einem Taxifahrer mitgeben.
Er hat versucht, nicht allzu viel nachzudenken, sondern stattdessen zu handeln. Doch hier und da hat sich ihm ein unbehaglicher Gedanke aufgedrängt. Als er Lisa anrief, war ihr Gespräch leicht gestelzt. Lisa klang schockiert. Er hat ihr nicht alles erzählen können.
»Kann ich Ihnen etwas anbieten?«, fragt er. »Kaffee? Wasser?«

»Danke«, sagt Sandra. »Erzählen Sie uns kurz, wo wir hier sind?«

»Im Grunde ist dies hier ein Krankenhaus im Kleinformat«, hebt er an. »Wir sind auf palliative Pflege spezialisiert, haben zwölf Betten und ungefähr ebenso viel Personal. Das Haus wurde von einem katholischen Orden gegründet. Es arbeiten bis heute einige Ordensschwestern hier.«

»Palliative Pflege?«, hakt Jakob nach.

Er sieht nicht aus, als wäre er schon dreißig. Sein Gesicht ist mit Sommersprossen übersät, das braune Haar lockig. Tom könnte sein Vater sein. Er ahnt, dass dies einiges über die Polizei in Nacka sagt, mehr aber noch über ihn selbst.

»Das ist die Pflege am Lebensende«, erklärt er. »Wir bezeichnen die Patienten hier als Gäste und versuchen, es ihnen so angenehm wie nur möglich zu machen. Man könnte es eine Pension nennen, die kein Gast mehr lebend verlässt. Trotzdem ist die Warteliste lang.«

Er lacht, versucht, die Situation ein wenig aufzulockern.

»Okay, verstehe«, sagt Jakob.

Was Tom bezweifelt. Aber Jakob wirkt wie ein netter junger Mann.

»Und was genau ist Ihre Rolle hier?«, will Sandra wissen.

»Ich bin der behandelnde Arzt.«

»Sie sehen nicht aus wie ein Arzt.«

Sie lächelt auf ähnlich geschulte Weise. Nur mit dem Mund.

»Wir sind hier in Zivil«, sagt Tom. »Wir bemühen uns um eine behagliche Atmosphäre.«

»Und Sie haben entdeckt, dass Medikamente fehlten?«

»Ja, im Zusammenhang mit der Inventur, die ich gegen Ende der Schicht machen wollte.«

»Wird die täglich gemacht?«

»Nein, einmal im Monat. Allerdings entnehmen wir täglich Medikamente, und als ich zuletzt an dem Schrank war, hat nichts gefehlt.«

»Was fehlt denn überhaupt?«

»Oxycodon und Methadon – zwei Opioide, die eine ähnliche Wirkung haben wie Morphium. Und dann Instanyl, ein Nasenspray, das die Wirksubstanz Fentanyl enthält. Alle drei Arzneimittel werden Krebspatienten bei schweren, lang anhaltenden Schmerzzuständen verabreicht.«

»Wo bewahren Sie die Medikamente auf?«

»In einem ausgewiesenen verschließbaren Schrank, der im Lager steht, das ebenfalls dauerhaft abgeschlossen ist.«

»Irgendwelche Überwachungskameras?«

»Nein, aber ich glaube, der Vorstand hat darüber nachgedacht.«

Es ist ihm unangenehm, das zu sagen. Er will nicht, dass Lisa Probleme bekommt. Aber was soll er machen – er muss schließlich sagen, was Sache ist. Natürlich wäre es besser für die Ermittlungen, wenn sie hier Kameras gehabt hätten.

»Wer hat alles Zutritt?«

»Nur ich und Lisa Kjellvander, die Pflegeleitung. Normalerweise macht sie auch die Inventur.«

»Und warum nicht heute?«

Jakob übernimmt wieder. Er blättert eine neue Seite in seinem kleinen Notizblock auf.

»Sie hat mich darum gebeten«, antwortet Tom. »Weil sie es eilig hatte, nach Hause zu kommen.«

Er nimmt einen Schluck Wasser und sieht aus dem Fenster, hinter dem der Schnee vom Himmel wirbelt.

»Dann ist Lisa jetzt also zu Hause?«

»Ich habe sie angerufen und ihr von dem Einbruch erzählt. Da war sie zu Hause, ja. Ich könnte verstehen, wenn Sie mit ihr reden wollten – aber ich kann Ihnen versichern, dass sie mit dieser Sache nichts zu tun hat.«

Er bereut sofort, was er gesagt hat. Das war völlig unnötig. Es könnte so wirken, als wollte er die Beamten beeinflussen und sie in eine bestimmte Richtung bugsieren. Er wirft einen Blick auf sein Handy, um zu sehen, ob er eine Nachricht oder einen Anruf von Lisa verpasst hat. Nichts, kein einziges Wort.

Aber natürlich, das Essen. Die fremden Gäste, die Eltern des Freundes. In den vergangenen Tagen war sie gedanklich nur mehr damit beschäftigt.

»Können wir uns diesen Schrank einmal ansehen?«, fragt Sandra.

Tom nickt, steht auf und weist ihnen den Weg.

Der kleine Lagerraum am Ende des Flurs ist kaum mehr als eine Abstellkammer. Holzregale sind beladen mit akkurat gestapelten Pflegeprodukten für den Klinikbedarf. Es ist eine Ordnung, die die Sinne beruhigt – wie in einer Kirche –, von den Schwestern entwickelt und von Lisa bis ins kleinste Detail weitergeführt. Im Normalfall.

Als Tom die Polizei alarmierte, war er davon ausgegangen, dass mehr Aufhebens gemacht würde. Dass sie mit erfahrenen Ermittlern und Kriminaltechnikern anrücken, alles absperren und anfangen würden, Spuren zu sichern. Er hatte dort sofort mitgeteilt, dass es um Betäubungsmittel gehe, was die Angelegenheit nicht nur zu einem Einbruch, sondern überdies zu einer Straftat nach dem Betäubungsmittelgesetz machte, wenn er sich nicht irrte. In der Pflege gilt Fentanyl als ein hochwirksames Schmerzmedikament – auf der Straße hingegen als Atombombe unter den Drogen. Es gibt keine Fentanyl-Missbrauchsgeschichte, die je gut ausgegangen wäre. Trotzdem steigt der Konsum rapide an.

Der Medikamentenschrank selbst ist aus Metall, eine Spezialanfertigung, die den gesetzlichen Vorschriften für diesen Zweck entspricht. Die Türen sind aus Sicherheitsglas, in den einzelnen Fächern stehen verschiedenste Medikamentenverpackungen, die samt und sonders mit MR für das Maria Regina und mit einem Zifferncode versehen sind.

»Keine Hinweise auf äußere Gewalteinwirkung«, stellt Sandra fest.

Sie zückt ihr Handy und schießt ein paar Fotos.

»Ist dies der erste Vorfall dieser Art?«, fragt Jakob. »Also – dass Medikamente verschwunden sind?«

»Ja«, antwortet Tom. »Was Ordnung und Systematik angeht, sind wir hier übergenau. Uns ist allen klar, wie stark diese Substanzen sind.«

»Und Sie sind sicher, dass es gestern Nacht passiert ist?«, will Sandra wissen.

»Ja.«

»Wohnen Sie in der Nähe?«

»Nur zwei Straßen weiter.«

»Und haben Sie irgendwas mitbekommen? Fahrzeuge, die nachts herumgefahren wären? Irgendwas Ungewöhnliches?«

»Nein.«

»Und Lisa? Wohnt sie auch in der Nähe? War sie gestern Nacht zu Hause, wissen Sie das?«

»Lisa wohnt oben am Gränsvägen, also auch nicht weit weg. Ob sie in der Nacht etwas gehört hat, kann ich leider nicht sagen.«

»Wie lange arbeiten Sie hier schon, Sie selbst und Lisa?«, fragt Sandra.

»Rund zwanzig Jahre«, antwortet Tom.

Lisa war, kaum dass sie hier angefangen hatte, für einige Zeit krankgeschrieben worden – vier Jahre lang, um genau zu sein, und Tom und die übrigen Kollegen im Hospiz fragten sich schon, ob sie je zurückkommen würde. Aber das kann der Polizei egal sein.

»Ist Lisa unterwegs hierher?«

Wieder Sandra.

»Ich gehe nicht davon aus«, sagt Tom. »Sie hat heute Abend Gäste.«

»Okay. Zeigen Sie mir, wie Sie den Schrank öffnen, und dann wären wir auch schon fertig.«

Tom schiebt die Hand in die Hosentasche und zückt seine Chipkarte, die an einer Metallkette befestigt ist, die wiederum an seiner Gürtelschlaufe hängt. Er zieht die Chipkarte durch den Kartenleser. Ein kleines Display fordert einen Zahlencode.

»Ah, man braucht also zusätzlich noch eine individuelle PIN?«, hakt Sandra nach.

»Ja.«

Er tippt die Kombination ein. Ein leises Klicken, und die Tür schwingt auf – lautlos, geschmeidig, die Mechanik funktioniert reibungslos. Die Metallfächer sind alle blitzsauber, nicht ein einziges Staubkorn, geschweige denn ein sichtbarer Fingerabdruck.

»Wird irgendwo protokolliert, wer wann an den Schrank geht?«, fragt Sandra.

»Ja, der Schrank hängt am System unserer Sicherheitsfirma.«

»Haben Sie dort schon angerufen?«

Er hätte es Lisa erzählen müssen. Doch als er die Alarmiertheit in ihrer Stimme gehört hatte, brachte er es einfach nicht übers Herz.

»Ja«, sagt er. »Zuletzt wurden Lisas Karte und ihr Zahlencode benutzt.«

12

Lillängen, Nacka, am Silvesterabend

Mikael hat sich in seinen Lieblingssessel gesetzt. Seine Hände ruhen auf den Armlehnen, er sitzt breitbeinig da und hat die Füße fest auf dem Boden aufgesetzt. Und er hat immer noch denselben verkniffenen Gesichtsausdruck. Meidet jeden Blickkontakt. Lisa weiß ganz genau, was in ihm vorgeht. Er ist ein Dampfkochtopf, der jeden Augenblick zu explodieren droht.

Ihre Gäste sitzen auf dem großen Ledersofa, Marlon zwischen seinen Eltern. Er sieht leicht verloren aus, als würde er noch immer versuchen zu verstehen, in welchen Schlamassel er hier geraten ist. Und wer könnte es ihm verübeln?

»Lisa?«, spricht Camilla sie an.

Sie steht weder auf, noch macht sie Anstalten, sie zu umarmen. Doch allein schon ihr Anblick weckt in Lisa wieder jenes Gefühl – wie es immer war, wenn sie sich umarmt haben.

»Was ist denn mit deiner Hand passiert?«

Lisa sieht auf den Verband hinab und weiß nicht, was sie antworten soll. Ihr Kurzzeitgedächtnis ist wie ausradiert – der Heimweg von der Arbeit, wie sie für den bevorstehenden Abend Kraft gesammelt und die Schultern gestrafft hat. Die schnellen Schritte den Hang hinauf, wo sie dann ausgerutscht ist. Es war 18:05 Uhr, als sie bei ihnen geklopft haben. Eine neue Zeitmarke in Lisas Leben.

»Ich bin auf dem Heimweg von der Arbeit ausgerutscht«, sagt sie. »Ist nicht weiter wild.«

»Du musst sagen, wenn wir dir irgendwie helfen können.«

Lisa setzt sich auf den freien Sessel neben Mikael.

Sören sieht sie an. Er hat eine neue Brille, ein schwarzes Kunststoffgestell. Damit wirkt er intellektueller, fast wie ein Literat, wenn man ihn nicht besser kennt. Sicher Camillas Einfluss. Sie muss versucht haben, ihm ein etwas trendigeres Äußeres zu verpassen. Doch nichts wäre irreführender. Sören ist kein alternder Hipster, der aus Södermalm nach Enskede gezogen ist. Und er liest ausschließlich medizinische Fachzeitschriften und Forschungsberichte.

Sein Gesichtsausdruck hat sich kein bisschen verändert. Wenn er seinen Gesprächspartner ansieht, guckt er, als würde er kein Wort verstehen, als käme er aus einem fremden Land und spräche eine andere Sprache. Lisa hat es anfangs selbst erlebt: die leicht holprigen, unangenehmen Gespräche, immer rein sachlich, ohne die üblichen Höflichkeitsfloskeln. Sören hat immer ein wenig sonderlich gewirkt, gleichzeitig war er der Prototyp des männlichen schwedischen Mediziners, eine Autoritätsperson, die ihre Schlussfolgerungen auf über Jahre angeeignetes, belastbares Wissen stützt. Ein Experte auf seinem Gebiet, der auf seinen Instinkt und seine Erfahrung baut und kaum je infrage gestellt wird. Der an den weniger sachkundigen Ansichten von anderen nicht interessiert ist.

Sie hätte nie für möglich gehalten, dass sie sich noch mal begegnen würden, und hätte nichts weniger gewollt. Erst recht nicht in ihren eigenen vier Wänden.

Zur Feier des Tages hat Sören einen Smoking angelegt,

schwarzer Samt, unter Garantie maßgeschneidert. Völlig übertrieben. Andererseits ist Understatement sowohl ihm als auch Camilla fremd. Zudem kleidet der Smoking ihn besser als der Arztkittel.

Er kann in jungen Jahren nicht allzu viel Ähnlichkeit mit Marlon gehabt haben. Er muss eher der Nerd gewesen sein, der gut in der Schule war, was damals maßgeblich war, wenn man Medizin studieren wollte. Er hätte bei Mädchen wie Camilla niemals eine Chance gehabt. Sie spielte in einer anderen Liga. Genau wie damals kann Lisa auch jetzt nicht umhin festzustellen, wie ungleich die beiden sind.

Sie weiß noch gut, was Camilla gesagt hat, als sie sich erstmals im Therapieraum begegnet sind, in der Selbsthilfegruppe: dass dort alle bis zum Äußersten gehen würden, um schwanger zu werden. So wie es aussieht, hat von ihnen allen ausgerechnet Camilla das große Los gezogen. Sie hat den Experten geheiratet und einen Sohn bekommen.

»Arbeitest du immer noch im Maria Regina?«, will Sören wissen.

»Ja«, antwortet Lisa. »Da bin ich jetzt auch schon wieder sechzehn Jahre. Und du – immer noch im Söderkrankenhaus?«

»Ja.«

Es wird wieder still. So still, dass der Wind draußen vor den Fenstern zu hören ist. Unterdessen konnten sie sich alle ausrechnen, wie lange Lisa gebraucht hat, um wieder zurückzukehren. Nicht nur zur Arbeit, sondern ins Leben.

»Ich kann nicht fassen, wie groß unsere Kinder geworden sind«, sagt Camilla.

Mikael schnaubt.

»Marlon, wie hast du Ebba eigentlich kennengelernt?«, fragt er dann.

Lisa sieht ihren Mann verkrampft an. Hält den Atem

an. Wie wird er mit der Situation umgehen? Wie mit einer weiteren Herausforderung? Oder mit einem weiteren Misserfolg?

»Auf Matchbox«, antwortet Marlon und hält kurz sein Handy hoch. »Ist eine Datingseite.«

Marlon sieht aus, als würde er am liebsten zwischen den Sofakissen verschwinden. Es tut regelrecht weh, ihm ins Gesicht zu sehen. Hoffentlich eilt Ebba ihm schnell zu Hilfe, sie sollte längst hier sein und sie nicht warten lassen, nur weil sie mit allem immer erst auf den allerletzten Drücker fertig wird.

»Ebba hat erzählt, dass du Schlagzeug spielst«, sagt Lisa.

»Ich bin Schlagzeuger in zwei Bands. Aber eigentlich beschäftige ich mich eher mit anderen Perkussionsinstrumenten«, sagt Marlon. »Ich will an die Musikhochschule gehen.«

»Kann man davon wirklich leben?«, fragt Mikael. »Als Perkussionist?«

»Oh ja. Perkussionisten werden händeringend gesucht.«

Da ist nicht der Hauch Zweifel in Marlons Stimme, weder hinsichtlich der Art und Weise, wie man heutzutage einen Partner findet, noch hinsichtlich seiner Zukunftspläne. In dieser Hinsicht ist er Ebba ähnlich – das scheint ein Generationending zu sein: als wüssten sie über alles Bescheid. Zumindest glauben sie das, mit ihren smarten Telefonen und dem Internet. Andererseits sind sie der Welt schutzlos ausgeliefert. Dass man mit nur einem Klick an alles Mögliche herankommt, bereitet einen nicht aufs Erwachsenenleben vor. So funktioniert das Leben nun mal nicht, und das dürften sie bald am eigenen Leib erfahren, bei ihren ersten Jobs, in ihren Beziehungen. Freundschaften, Erfolg und Bestätigung gibt es nun mal nicht frei Haus, nur weil man das gern so hätte.

Aber wie hat diese Website die beiden zusammenbringen können? Es ist vollkommen unerklärlich. Es muss noch mehr dahinterstecken, irgendetwas, was ihre Tochter ihr nicht erzählt hat.

Lisa versucht, an etwas anderes zu denken. Sonst dreht sie sich bloß im Kreis und wird ganz wirr im Kopf.

»Wie wäre es mit einer kleinen Kostprobe, Marlon?«, schlägt Camilla vor. »Er kitzelt aus allem Rhythmus heraus – aus Töpfen, Schneidebrettern ...«

»Na, vielleicht ersparen wir ihnen das«, geht Sören dazwischen.

»Nein, das wäre wirklich toll«, entgegnet Lisa. »Irgendwann mal. Wenn du Lust darauf hast. Du sollst dich hier nicht genötigt fühlen, dich zu beweisen. Du scheinst eine starke Persönlichkeit zu sein, Marlon. Das ist wirklich gut.«

»Sonst hätte ich bei Ebba auch keine Chance gehabt.«

Ein zauderndes Lächeln und ein schelmischer Blick. Kein Wunder, dass ihre Tochter verrückt nach ihm ist. Es ist nur natürlich, dass Lisa nicht mehr die wichtigste Person in Ebbas Leben ist. Trotzdem zieht sich ihr bei dem Gedanken der Magen zusammen.

»Magst du sie nicht holen gehen?«, fragt Lisa. »Sie ist in ihrem Zimmer.«

Es ist das Mindeste, was sie für ihn tun kann – ihm den Freibrief zu erteilen, sich zurückzuziehen. Marlon ergreift die Gelegenheit und ist prompt auf den Beinen.

»Ich komme mit«, sagt Sören.

Damit hat keiner von ihnen gerechnet. Alle starren ihn an – Marlon am allermeisten. Sogar Camilla sieht verblüfft aus, was Sören nicht entgeht. Er lächelt in die Runde.

»Ich hab noch was für dich – darüber haben wir doch schon gesprochen.«

Lisa hat nicht den blassesten Schimmer, was das bedeuten soll. Camilla hält noch kurz Blickkontakt. Dann breitet sich ein Lächeln auf ihrem Gesicht aus und sie nickt.

Sie sind merkwürdig. Andererseits sind sie schon immer merkwürdig gewesen. Vielleicht geht es ja gerade um irgendein Vater-Sohn-Ding – ähnlich wie Lisa und Ebba sich über Bienchen und Blümchen unterhalten haben. Sie hat mal gehört, dass in anderen Familien der Sohn vom Vater ein Päckchen Kondome und einen Klaps auf die Schulter bekommt. Gutes Gelingen. Und jetzt viel Spaß.

In all den Jahren hat sich Lisa oft gefragt, wie es gewesen wäre, wenn sie auch noch einen Sohn gekriegt hätten statt nur eine Tochter. Sie hat so eine Ahnung, dass ein Sohn für die Mutter einfacher sein könnte – der kleine Prinz, der sie vergöttert und gegen alle Widrigkeiten verteidigt.

Mikael sieht Marlon und Sören misstrauisch hinterher. Dann dreht er den Kopf und blickt aus dem Fenster. Er hat Ebbas Vorschlag, Marlons Eltern einzuladen, gutgeheißen und diesen Abend als Herausforderung, als spannendes Experiment betrachtet – ein bisschen wie ein Blind Date. Doch seit er weiß, wer die unbekannten Gäste sind, hat sich etwas anderes in seinen Blick geschlichen. Lisa wundert sich insgeheim, wie er immer noch so beherrscht sein kann. Vielleicht ist dies hier für ihn ja irgendeine Form der Bestätigung – vielleicht wusste er, dass der Tag kommen würde, an dem sie sich wieder gegenüberstehen würden. Dass er so ruhig wirkt, kann aber auch an dem liegen, was er zu sich genommen hat: einen ordentlichen Whisky, als er sich um die Vorspeise kümmerte. Irgendwas, was sich mit seinem neuen ADHS-Medikament verträgt. Womöglich hat er sogar Betablocker genommen. Das hat er früher immer vor wichtigen Besprechungen gemacht, vor einem Pitch oder einer Präsentation in der Arbeit.

»Marlons starke Persönlichkeit hat mit seiner Blutgruppe zu tun«, sagt Camilla.

»Was soll das denn heißen?«

Lisa ist von dem jähen Themenwechsel überrascht. Ihre Erwiderung kommt einen Hauch zu schnell und ist einen Hauch zu ungeschliffen.

»Er hat Blutgruppe B – leidenschaftlich, kreativ und optimistisch«, führt Camilla aus. »Er geht gern seinen eigenen Weg.«

Lisa schluckt und starrt auf ihre Hände. Dreht leicht das Handgelenk. Es sind zwölf Minuten vergangen.

»Okay ... Ich bin Blutgruppe A. Was sagt das über mich?«

»Gewissenhaft und methodisch, ordentlich, verantwortungsbewusst, geduldig, empfindsam.«

»Glaubst du wirklich, wir Menschen sind so stereotyp? Dass wir alle dieselbe Handvoll Eigenschaften haben, je nachdem, welche Blutgruppe wir haben?«

»Das ist doch keine neue Erkenntnis. In Japan weiß man das schon seit dem achtzehnten Jahrhundert.«

Camilla lächelt dabei – dieses immer gleiche verdammte schöne Lächeln. Als wären all ihre versponnenen Überzeugungen das Selbstverständlichste auf der Welt. Und es schwingt immer eine gewisse Herablassung mit, als hätte Camilla Mitleid mit Lisa, weil die es nicht besser weiß.

Sie spürt, wie die Hitze ihr in die Wangen steigt. Wer seine Sporttasche mitsamt der Chipkarte zu einem Schrank mit Betäubungsmitteln im Auto liegen lässt, ist wohl kaum gewissenhaft, methodisch und verantwortungsbewusst. Trotzdem sind Camillas Theorien nichts, worüber man sich aufregen müsste. Lisa ruft sich in Erinnerung, was Mikael und sie sich gesagt haben, bevor ihre Gäste kamen. Sie dürfen den Abend nicht vermasseln – um Ebbas willen. Allerdings konnten sie ja nicht ahnen, wie schwer es werden würde.

»Mikael hat einen Aperitif vorbereitet«, sagt sie. »Steht in der Küche bereit.«

»Dann gehen wir doch alle zusammen«, schlägt Camilla vor.

»Nein, nein, bleibt sitzen, ich gehe ihn holen«, entgegnet Mikael.

»Nicht doch, ich mache mich wirklich gern nützlich«, sagt Camilla.

Alle drei stehen auf. Es kommt ein bisschen einem Stellungskrieg gleich.

»So sehe ich auch mehr von eurem fantastischen Haus«, fährt Camilla fort. »Ich habe mich wirklich gefreut, es endlich mit eigenen Augen zu sehen.«

Nach und nach fallen ihr Dinge ein. Die sie über die Jahre miteinander geteilt haben. Sören und Camilla waren damals, als alles passierte, ihre Freunde und spielten sogar eine Schlüsselrolle. Waren stets im Bilde, wenn Lisa und Mikael wieder Probleme beim Hausbau hatten. Trotzdem würden sie hier keine Führung bekommen, das Thema hat sich erledigt.

Mikael wendet sich in Richtung Küche.

Camilla dreht sich zu Lisa um. Lisa weiß, was gleich kommt, sie kann es Camilla ansehen. Und als Camilla sie in die Arme nimmt, macht sie sich stocksteif, lässt die Arme an den Seiten hängen. Nach kaum zwei Sekunden windet sie sich wieder los.

Camilla weicht zurück, hält sie aber weiter an den Ellenbogen fest.

»Ich spüre, dass es dir nicht gut geht«, sagt sie. »Ich wünschte, ich könnte irgendwas tun.«

»Ach was«, sagt Lisa. »Wir machen einfach das Beste aus diesem Abend, oder? Für Ebba und Marlon.«

Camilla nickt und streicht Lisa über die Oberarme.

»Du bist so eine tolle Frau, Lisa. Bist du immer gewesen.«

»Da ist eine berufliche Sache, die mir im Kopf herumspukt. Deshalb kann ich nicht so recht abschalten. Ich hab einen Anruf von Tom bekommen, kurz bevor ihr eingetroffen seid, und ...«

Sie unterbricht sich. Schüttelt den Kopf. Hat sich geschworen, nicht über den Einbruch zu reden. Warum hat sie Tom auch nur erwähnt?

Es ist fast, als wäre sie Hals über Kopf wieder zurück in ihrer alten Freundschaft, in Camillas und ihrer privaten, heimlichen Vertrautheit. Von der sie weiß, dass sie falsch war. Und zu der sie niemals zurückkehren wollte. Doch Camilla hat das bemerkenswerte Talent, sie wieder an sich zu binden.

»Lisa, ich hatte ja nie die Gelegenheit, das zu sagen, und ich habe geglaubt, ich würde nie mehr die Chance dazu kriegen«, sagt Camilla, »aber bitte verzeih mir. Ich weiß, dass ich eine Grenze überschritten habe.«

Tränen brennen hinter ihren Lidern. Sie will nicht weinen, sie will nicht, dass Camilla sie weinen sieht.

»Können wir dieses Silvester nicht als Neustart für uns alle betrachten?«

Lisa fährt sich über den Augenwinkel und nickt, weil sie spürt, dass sie keine andere Wahl hat.

»Ist die von Mikael?«

Camilla hat die Kette entdeckt, den Anhänger, der in Lisas Halsgrube liegt. Sie mustert ihn – nicht nur anerkennend, sondern fast schon forschend. Als würde sie versuchen, einzuschätzen, wer ihn entworfen hat oder wie viel er wert ist.

Früher hätte Camilla hingefasst, den apfelgrünen Edelstein hin und her gedreht und ihrer Begeisterung Ausdruck verliehen. Doch inzwischen steht zwischen ihnen eine unsichtbare Wand, eine Markierung der Privatsphäre, eine klare Grenze, die besagt, was mein ist und was dein. Die gab es früher nicht. Camilla hatte diese Grenze für nichtig erklärt.

Sie reißt den Blick von Lisas Anhänger los.

»Ich bin so froh, dass es so gut für euch gelaufen ist.«

13

Ebba merkt auf. Es klingt, als wären da Schritte vor ihrer Tür. Sie stellt die Musik ab, zieht sich die Kopfhörer von den Ohren. Sie hört zwei Stimmen, die flüstern. Auf Zehenspitzen durchquert sie ihr Zimmer und legt ein Ohr an die Tür.
»Marlon, das ist keine gute Idee.«
Es ist eine Männerstimme. Nicht die ihres Vaters. Ist das Sören, Marlons Vater? Sind sie schon da? Sie wirft einen Blick auf ihr Handy. Sieht, dass es bereits zwanzig nach sechs ist. Wie lange sind sie schon da?
»Was ist los mit dir?«, entgegnet Marlon. »Warum schleichst du mir hinterher?«
»Ich finde einfach, du solltest hier nicht zu weit gehen.«
»Wovon redest du?«
»Glaub mir, sie ist nicht die Richtige. Ich hab einige Erfahrung mit ... mit so was, du weißt schon.«
»Was – ist sie jetzt zu jung oder was?«
»Nein, also, vielleicht nicht körperlich. Aber sie ist nicht bereit. Sie ist zu kindlich, könnte man sagen, zu zerbrechlich. Ich will dir wirklich nicht verbieten, dass du deine Erfahrungen mit Mädchen machst – aber nicht mit Ebba, hörst du?«
»Papa, es reicht.«
»Marlon, jetzt hör mir doch mal zu!«
»Hau ab!«
Dann klopft es an der Tür. Erst kann sie sich nicht mal rühren, nicht atmen, nicht schlucken. Am liebsten würde

sie sich in den Arm kneifen und wieder aufwachen, aber sie weiß, dass es nicht funktionieren wird. Sie traut ihren Ohren nicht. Was bitte schön weiß Marlons Vater über ihre Zerbrechlichkeit?

Sie weicht von der Tür zurück, setzt sich wieder an ihren Schminktisch. Schiebt sich die Kopfhörer über die Ohren und stellt die Musik auf die höchste Lautstärke. Schließt die Augen und atmet tief durch. Genau wie sie es bei ihrer Mutter tausendmal gesehen hat.

Sie spürt, wie ihre Zimmertür aufgeht, und zieht instinktiv ihren Bademantel enger. Versucht, so zu tun, als wäre nichts gewesen.

»Marlon! Seid ihr schon da?«

Sie nimmt die Kopfhörer wieder ab, springt auf, läuft auf ihn zu, fällt ihm um den Hals und gibt ihm einen Kuss. Innerlich tobt es in ihr, aber das darf sie ihm nicht zeigen. Nicht jetzt.

»Du hast dich schick gemacht. Siehst toll aus!«

Sie packt ihn am Hemdkragen und zieht ihn ein Stück zu sich heran. Marlon schiebt seine Hände unter ihren Bademantel und streicht ihr über den nackten Rücken. Unter seiner Berührung vibriert sie am ganzen Leib.

»Du auch«, erwidert er. »So hab ich deine Haare noch nie gesehen.«

Ebba schiebt die Hand im Nacken unter die langen Haare und macht eine Pose wie ein Laufstegmodel.

»Tja, ist ein spezieller Abend«, sagt sie, »da muss man sich ein bisschen mehr Mühe geben.«

»Kann man wohl sagen.«

Sie kann ihm ansehen und anhören, dass irgendwas nicht in Ordnung ist.

»Was ist los? Ist etwas passiert?«

»Sie kennen sich anscheinend. Unsere Eltern.«

»Wie – die kennen sich? Wie das?«

»Keine Ahnung. Aber sie wirken ein bisschen ... verkniffen, wenn ich das so sagen darf.«

Ihre Eltern haben nicht allzu viele Bekannte. Sie sind nicht eng mit irgendwelchen anderen Familien befreundet, die zum Abendessen kommen oder mit denen sie in den Urlaub fahren würden.

»Sind das alte Freunde von der Uni oder so?«, hakt sie nach.

»Keine Ahnung.«

Marlon zuckt mit den Schultern. Er versucht, gute Miene zum bösen Spiel zu machen, aber irgendwas fühlt sich nicht richtig an. Und nach dem, was sie seinen Vater gerade hat sagen hören, ist das allemal nachvollziehbar.

»Und was erzählen sie so?«, fragt Ebba.

»Als wir ankamen, haben meine Eltern gefragt, ob es okay wäre, wenn wir reinkämen.«

»Mama ist wegen einer Sache in der Arbeit ziemlich durch den Wind. Sie wollte den Abend schon absagen.«

»Okay ... Allerdings sah es eher so aus, als hätte es mit meinen Eltern zu tun. Hast du deine Mutter unten im Flur nicht kreischen hören? Und dann saßen wir zusammen in eurem Wohnzimmer, und dein Vater fragt mich, wie wir uns kennengelernt haben. Ich hatte das Gefühl, als würde er mir kein Wort glauben.«

Lisa wird selten laut, und außerdem wissen ihre Eltern doch, dass Marlon und sie sich online kennengelernt haben, darüber haben sie sich doch unterhalten. Warum sollte ihr Vater das plötzlich nicht mehr glauben?

»Was macht dein Vater eigentlich?«, fragt sie.

»Er ist Arzt.«

Ihre Mutter trifft bei der Arbeit ständig Ärzte, aber bestimmt kennt sie über den Job hinaus auch noch andere.

Dann fällt ihr etwas ein. Es fühlt sich an, als würde sie

etwas hinunterwürgen, was ihr dann wie ein kalter Stein im Magen liegt.

Könnte Marlons Vater etwas mit Mamas Krankheit zu tun haben?

Die alte Leier. Worüber sie schon hundertmal gesprochen haben. Das, was vor tausend Jahren war.

Nein, denkt sie. Das wäre ja total gestört. Das kann nicht sein.

Gleichzeitig würde es das eigenartige Gespräch zwischen Marlon und Sören erklären, das sie durch die Tür mit angehört hat. Sören hat anscheinend Angst, dass Ebba das gleiche Problem haben könnte wie ihre Mutter. Dass Ebba geerbt haben könnte, was ihre Mutter jahrelang ans Bett gefesselt hat. Dass Ebba ebenfalls einen Schaden haben könnte.

Sie schmiegt den Kopf an Marlons Schulter und drückt sich an ihn.

»Ich hab mitbekommen, was dein Vater gesagt hat«, murmelt sie. »Gerade eben, vor der Tür.«

Marlon fährt sich mit der Hand durch die Haare.

»Shit«, sagt er. »Tut mir leid. Was soll ich sagen ... Ich kapiere nicht, was das alles soll. Mein Vater ist total krank im Kopf, das ist mal klar.«

»Er meinte, ich wäre zu kindlich und noch nicht bereit ...«

»Du bist nicht kindlich. Sieh es ihm nach, wenn du kannst – ich weiß wirklich nicht, was in ihn gefahren ist.«

»Ist ja auch egal«, sagt sie so tapfer, wie sie nur kann. Trotzdem versagt ihr beinahe die Stimme.

»Nein, stimmt, ist wirklich egal«, sagt Marlon. »Komm, gehen wir runter, damit sie uns zusammen sehen. Dann verstehen sie es vielleicht.«

»Geh schon mal vor. Ich muss mich noch anziehen.«

»Okay«, sagt Marlon. »Aber beeil dich, ich habe keine Lust, da unten auch nur eine Sekunde länger allein zu sein.«

14

Sie geht wie keine andere, diese Camilla Isaksson. Als glitte sie auf Rollen voran, stieße sich ab, als liefe in ihrem Kopf ein Lied, das nur sie hört und zu dem sie tanzt. Sie macht sich um nichts Sorgen, nimmt jede Unebenheit in der Straße, wie sie kommt, und findet einen Weg auch durch unwegsamstes Gelände.

Als sie die Küche betritt, kommt es Lisa so vor, als hätte ihre Entschuldigung soeben ihre gemeinschaftlichen Werte wiederhergestellt.

»Gott, was für eine Küche!«, ruft sie. »Unfassbar schick!«

Sören ist wieder zurück. Er und Mikael stehen an der Kücheninsel, auf der das Tablett mit dem Aperitif wartet. Es scheint fast, als würde Sören auf ein Zeichen von Mikael warten, darauf, dass er endlich sein Glas erhebt und sie anfangen dürfen zu trinken. Doch Mikael macht keine Anstalten.

Camilla sieht sie wieder auf diese bestimmte Art an, mit großen Augen. Oder vielleicht sieht sie auch nur die Kette – sei es bewundernd oder neidisch. Als sie meinte, sie sei froh, dass es für sie so gut gelaufen ist, ging es eindeutig nicht nur um die Kette. Sie muss auf all das angespielt haben, was sie ringsum in Lisas und Mikaels Haus sehen kann. Darauf, dass sie noch zusammen sind, immer noch in ihrem Traumhaus wohnen, obwohl es ihnen fast das Kreuz gebrochen hat. Lisa fragt sich, wie oft Camilla wohl in all den Jahren, in denen Funkstille herrschte, an sie gedacht hat.

»Marlon, pack das jetzt weg.«

Sörens Stimme – ermahnend, nachdrücklich, als sein Sohn mit dem Handy in der Hand zurückkommt.

Lisa kann es ihm nicht verdenken. An seiner Stelle hätte sie versucht, sich ein Taxi für die Flucht zu bestellen, oder hätte die Datingseite aufgerufen und die Gebühren zurückverlangt. Oder sich vielleicht ein neues Date gesucht.

»Hast du Ebba gar nicht mitgebracht?«, fragt sie.

»Sie ist unterwegs.«

Er lächelt – ein hinreißendes, unschuldiges, siebzehnjähriges Lächeln. Dann sieht er zu Sören, der seinem Blick ausweicht.

Mikael hat nur Drinks für die Erwachsenen eingeschenkt.

»Ich mache auch welche für die Jugendlichen«, sagt Lisa.

»Siehst du? Typisch Blutgruppe A. Denkt immer an alle«, sagt Camilla.

Lisa geht darüber hinweg und dreht sich zu Marlon um.

»Ein bisschen Pommac?«

»Eigentlich lieber ein großes Bier, aber okay, danke.«

Lisa schüttelt lächelnd den Kopf. Hier wird es kein großes Bier geben.

Als sie den Kühlschrank aufmacht, spürt sie den Kettenanhänger an ihrem Hals.

Mach es schon auf, bevor die Gäste kommen.

Ganz bestimmt war es Teil seines Plans, dass die Gäste beeindruckt, vielleicht sogar neidisch wären. Sie weiß nur zu gut, wie Mikael tickt. Jede Begegnung wird zu einem Wettbewerb, jede Unterhaltung zur Verhandlung. Jeder Tag und jeder Abend ist entweder ein Sieg oder eine Niederlage, ein Unentschieden gibt es nicht. Und eine Niederlage kann er nicht eingestehen, niemandem gegenüber, nicht mal sich selbst. Am allerwenigsten gegenüber Sören und Camilla.

Ist er deshalb so wortkarg? Weil er noch nicht weiß, wie er dieses Spiel hier spielen will?

Sie schenkt zwei Gläser Pommac ein und dreht sich zurück zur Mücheninsel, drückt Marlon eins der Gläser in die Hand, das andere stellt sie auf das Tablett.

Endlich bietet Mikael Sören und Camilla den Aperitif an.

»Zum Wohl und herzlich willkommen«, sagt er.

»Und einen guten Rutsch«, fügt Sören hinzu.

Sie stoßen miteinander an.

Der Drink ist süffig und der Alkohol hat sofort einen beruhigenden Effekt. Lisa könnte gut und gern die halbe Karaffe leer trinken. Aber sie darf sich jetzt nicht betrinken, sie muss nüchtern bleiben. Als sie sich zuletzt mit Sören und Camilla betrunken haben, wurde daraus einer der schlimmsten Abende ihres Lebens.

Sören lächelt, als er das Glas von den vollen Lippen nimmt. Er zieht leicht die Augenbrauen hoch und nickt diskret, als er sieht, wie viel Lisa in sich hineingekippt hat. Einen kurzen Moment lang hofft sie, dass auch er ihre Kette bemerken würde. Aber nichts. Für solche Sachen hat Sören keinen Blick.

»Sollten wir nicht auf deine schöne Tochter warten?«, fragt er.

Sie zuckt zusammen, weil ihr erst jetzt dämmert, dass Sören Ebba natürlich schon mal getroffen hat und weiß, wie sie aussieht. Genau wie sie selbst zuvor Marlon getroffen hat. Er hat also bei keiner dieser Gelegenheiten kapiert, wer sie war. Bestimmt haben sie über die gleichen Dinge geplaudert wie Lisa mit Marlon – über Nebensächlichkeiten. Wie es in der Schule lief. Was sie für Pläne hätten. Aus Teenagern bekam man ja ohnehin nicht besonders viel heraus.

Sörens Wortwahl behagt ihr nicht. Sie mag es nicht, dass er *deine schöne Tochter* sagt. Vielleicht überreagiert sie gerade, vielleicht ist es auch nur der Umstand, dass *er* es sagt. Aber es ist nicht nur die Formulierung. Es ist auch der Tonfall. Als hätte er dazu eine gewisse Berechtigung.

Oder aber er will einfach nur freundlich sein, das Eis brechen, eine entspannte Unterhaltung in Gang bringen. Small Talk war noch nie seine Stärke.

Wie dem auch sei – es fühlt sich jedenfalls nicht gut an.

»Ebba kommt ja jeden Moment«, sagt sie. »Dann stoßen wir mit ihr eben noch einmal an.«

Sören lacht, als wäre es als Scherz gemeint oder als kennte er Ebba gut genug, um zu wissen, dass Zuspätkommen für sie typisch ist. Er trinkt sein Glas leer und stellt es auf dem Tablett ab.

»Und was macht ihr normalerweise so an Silvester?«, fragt Marlon. »Feuerwerk?«

»Ja, sonst schon«, antwortet Lisa. »Leider hab ich vergessen, Raketen zu kaufen.«

»Ich kann ja mal im Carport nachgucken«, sagt Mikael, »vielleicht ist noch etwas vom letzten Jahr da.«

Er ergreift die nächstbeste Gelegenheit, sich abzusondern. Wenn er jetzt durch die Tür geht, weiß Lisa nicht, ob er noch mal wiederkommt. Vielleicht fährt er in die Stadt, setzt sich ins Prinsen und besäuft sich.

Soweit sie weiß, war er immer noch nicht draußen am Auto. Aber da kann er sich jetzt wohl kaum reinsetzen und losfahren – allerdings will sie nicht einmal zulassen, dass er auch nur darüber nachdenkt.

»Ich bin mir ziemlich sicher, dass davon nichts mehr übrig war«, sagt sie.

»Ist doch auch viel besser, wenn wir kein Feuerwerk machen«, sagt Camilla. »Denkt an die armen Hunde und Katzen, die heute Nacht Höllenqualen leiden. Silvester ist für sie die schlimmste Nacht des Jahres.«

Unwillkürlich muss Lisa an Tom und seinen Hund denken, an die großen Pläne, die die zwei hatten, und an die SMS, die sie ihm hätte schicken sollen. Sie hat ihm noch immer nicht mitgeteilt, dass sie einen Einbruch am Auto angezeigt haben und dass ihre Chipkarte gestohlen wurde.

»Bist du noch in dieser Firma am Kungsträdgården?«, fragt Sören.

»Nein, ich hab inzwischen meine eigene«, antwortet Mikael. »Ich arbeite von zu Hause aus.«

»Ach? Aber selbstständig zu sein ist doch bestimmt klasse.«

»Und Mikael – zu Hause zu sein!«, fügt Camilla hinzu. »Das erleichtert es für die ganze Familie!«

»Nehmt ihr es mir übel, wenn ich mich ums Essen kümmere?«, fragt Lisa. »Ich wäre gern fertig geworden, bevor ihr gekommen seid, aber ich hatte in der Arbeit einen hektischen Tag.«

»Und dann noch das mit deiner Hand«, sagt Camilla. »Wobei kann ich dir helfen?«

»Danke, es geht schon. Ich muss nur noch das Kartoffelgratin fertig machen.«

Als sie sich zum Ofen umdreht, fällt ihr siedend heiß ein, dass sie die hintere Außenbeleuchtung noch nicht angestellt hat, in der Mikael endlich hätte sehen können, womit sie sich seit Monaten für ihn abgeschuftet hat. Sein Neujahrsgeschenk. Etwas, was die Aussicht, die derzeit im Dunkeln liegt, zu jenem Blick über den erleuchteten Pool verwandelt, so wie Mikael ihn sich immer gewünscht hat – und zwar sommers wie winters. *Eine verführerische Illusion* hatte in dem Artikel in *Sköna Hem* gestanden, von dem Lisa sich hat inspirieren lassen.

Sie ist überrascht, dass Mikael noch nicht gesehen hat, wie der Pool für den Winter auf neue Art eingemottet ist, dass nicht mehr die grässlichen grauen Platten unter der Persenning liegen, die sie über den Pool hat ziehen lassen. Sie hätte nie gedacht, dass ihr die Überraschung wirklich gelingen würde, erst recht, wenn man bedenkt, wie viel Glas die Firma hertransportiert hatte. Er, der ganze Tage lang das Haus nicht verlässt, hätte doch etwas bemerken müssen. Vielleicht weiß er es auch schon, sagt aber nichts, um ihr die Überraschung nicht zu verderben.

Doch seit einiger Zeit ist Mikael anders. Bekommt gewisse Dinge einfach nicht mehr mit. Sie weiß auch nicht, was ihn so sehr beschäftigt und nachts wach hält. Sie weiß nur, was er immer antwortet, wenn sie danach fragt: Wenn die Börse in New York schließt, öffnet die in Tokio.

You snooze, you lose.

Aber so fühlt es sich nun mal in letzter Zeit an: als würde Mikael nur noch durch sein Leben schlafwandeln. Nie richtig wach, nie richtig anwesend.

Sie gibt noch ein bisschen mehr geriebenen Käse über das Gratin und schaltet den Ofen an. Als sie den Timer an ihrer Uhr einstellen will, muss sie erneut an die SMS denken. Die darf sie nicht schon wieder vergessen.

Mikael schenkt ihnen gerade die nächste Runde Aperitif ein.

»Hätte ich gewusst, dass ihr kommen würdet, hätte ich eine Flasche Fernet-Branca besorgt.«

Er lacht, ein hohles, künstliches Lachen. Niemand stimmt mit ein.

»Da waren wir noch jünger«, sagt Sören.

Wir waren *jünger*, aber trotzdem erwachsen, denkt Lisa.

Sie stellt die Gratinform noch kurz in den Kühlschrank und entdeckt ihr Handy nur ein paar Schritte entfernt auf der Arbeitsplatte. Die anderen sehen sie an, sekundenlang sagt keiner etwas, die Gesprächspause fühlt sich unendlich an.

»Fährst du immer noch Ski?«, fragt Mikael unvermittelt. Endlich fängt er an zu reden. Sie hofft, dass er mit seinen Überlegungen abgeschlossen und sich für eine Verhaltensweise entschieden hat, mit der er sich durch den Abend retten kann. Wenn sie bedenkt, wie großzügig er gerade gleich zweimal eingeschenkt hat, scheint er auf viel Alkohol setzen zu wollen.

»Wir versuchen, einen Urlaub pro Winter hinzukriegen. Nicht Saalbach, aber immerhin«, antwortet Sören.

Er nickt Mikael vielsagend zu und versucht sich an einem zaghaften Lächeln.

Mikael und Sören verlegen sich auf eine gemeinsame Erinnerung, auf jenen Abend, an dem sie zusammen um die Häuser gezogen sind. Damals waren sie ein Herz und eine Seele, für einen kurzen Moment, über einem Tablett mit Shots und einer geteilten Erfahrung. Allerdings hielt es nicht lange an. Lisa hat versucht, den Abend und das, was danach passierte, zu verdrängen. Es war der Anfang vom Ende ihrer Freundschaft mit Camilla. Da tat sich der Riss zwischen ihnen auf.

Camilla hat die Kücheninsel umrundet und ist neben sie getreten.

»Gott, Lisa, bist du verspannt! Du bist ja von Kopf bis Fuß wie elektrisiert!«

»Ich weiß«, sagt Lisa. »Ich muss noch mal im Hospiz anrufen. Du entschuldigst mich eine Sekunde?«

»Aber natürlich. Kann ich denn noch irgendwas tun? In der Küche? Oder gegen die Verspannung? Wenn du willst, machen wir zusammen eine Übung.«

Lisa fragt sich, was das heißen soll.

»Später vielleicht, okay?«, sagt sie. »Ich bin gleich wieder da.«

Sie geht auf den Flur, entsperrt ihr Handy und fängt an, die Nachricht an Tom zu schreiben.

Unser Auto ist aufgebrochen worden. Da lag meine Sporttasche samt Chipkarte drin. Wir haben den Diebstahl zur Anzeige gebracht. Unser Besuch ist jetzt da ... Erzähl ich später ... Können wir morgen telefonieren? Hoffe, es klärt sich alles. Gib Laut, wenn ich was tun kann! Und gutes neues Jahr!

Als sie fertig ist, liest sie sich den Text noch mal durch. Das mit dem Besuch sollte sie vielleicht weglassen? Tom weiß schließlich, wer Sören und Camilla sind, er war damals ebenfalls dabei. Allerdings will sie das jetzt nicht vermischen, und abgesehen davon entspricht der Inhalt in etwa dem, worauf Mikael und sie sich geeinigt haben.

Doch als sie die SMS abermals liest, kommen ihr Zweifel.

Klingt das nicht ziemlich schuldbewusst?

Und mit einem Mal wirkt Mikaels Vorschlag erbärmlich. Warum hat er es nicht ihr überlassen, wie sie ein Problem in der Arbeit angeht? Jeder normale, unschuldige Mensch hätte dort angerufen. Es hätte allenfalls zehn Minuten gedauert. Tom hätte ihr angehört, dass sie ehrlich war und nicht versuchte, irgendetwas zu verbergen. Kurze Textnachrichten hingegen sind leicht misszuverstehen.

Sie wirft einen Blick Richtung Küche. Die Kücheninsel steht auf einmal voll mit Töpfen in verschiedenen Größen, und Marlon hält zwei Kochlöffel in der Hand. Mikael hat ihm die Hand auf die Schulter gelegt und beugt sich in seine Richtung, als hätte er gerade eine Münze in eine Jukebox geworfen. Auf Marlons anderer Seite steht Sören und verzieht das Gesicht. Camilla hat sich hingesetzt und blättert in einer Zeitschrift.

Lisa schickt die Nachricht ab. Dann kehrt sie in die Küche zurück.

»Was ist denn hier los?«, fragt sie.

»Wir wollen uns seine Schlagzeugkünste anhören«, erklärt Mikael.

»Du denkst an so was hier, oder?«, fragt Marlon. »*Dom-dom-dom-dom-dom-dodom.*«

Mikael tätschelt ihm die Schulter.

»Genau so was.«

»Mikael«, sagt Lisa, »lass ihn in Ruhe.«

Alle sehen sie an.

»Ist schon okay, Lisa«, entgegnet Marlon. »Natürlich nur, wenn es dir nicht missfällt.«

Missfällt? Sie hat noch nie einen Siebzehnjährigen gehört, der sich so ausdrückt. Und dass er aussieht wie ein junger Rockstar, macht diese Wortwahl umso bemerkenswerter. Irgendwas stimmt mit diesem Marlon nicht. Oder anders: Es stimmt einfach *zu* gut. Er erinnert sie an jemanden – das Aussehen, der Blick, diese spezielle Ausstrahlung, diese gewisse Wehmütigkeit, die leicht altmodisch rüberkommt und gar nicht mal unattraktiv ist. Sie ahnt, dass ihre eigenen Eltern ihn sehr gemocht hätten, dass er auf eine eigenartige Weise in Lyckeby perfekt dazugepasst hätte.

»Entspann dich, Lisa«, sagt Mikael.

Er fängt wieder an mit seinen Ermahnungen und Familie Isaksson scheint ganz auf seiner Linie zu sein.

Just like the good old days.

Wissen sie nicht mehr, dass Mikaels Konkurrenzkämpfchen kein Ende nehmen? Nicht ehe die Nacht vorbei ist und ihr Zusammentreffen auf die eine oder andere Art implodiert? Wollen sie das wirklich noch mal erleben?

»Hallo.«

Sie drehen sich alle zum Flur um, wo Ebba nun endlich aufgetaucht ist.

Sie ist frisch geföhnt, hat die gleichen wallenden blonden Haare wie die Frauen auf Shampooflaschen. Sie trägt ein himmelblaues Kleid, das ihren Körper umschmeichelt und ihre schöne, junge Silhouette betont. Ein neues Kleid, das sie selbst genäht hat. Womöglich ist es eben erst fertig geworden. Sie hat ein klein wenig Rouge aufgelegt und Lidschatten und trägt eine Kunstperlenkette um den Hals.

Ihre Ankunft ist eine Offenbarung. Und ihrer Mutter ist klar, was sie damit ausdrücken will: dass sie jetzt erwachsen ist, bereit, in die weite Welt hinauszuziehen. Mikael scheint das Gleiche zu denken. Lisa hat geglaubt, er wäre die Art von Vater, der mit der Schrotflinte auf den Knien dasitzt, und nicht derjenige, der jeden einzelnen Topf in diesem Haushalt hervorholt, damit der Freund der Tochter seine Paradedisziplin vorführen kann. Immer kommt es anders, als man denkt. Nichts bereitet ein Elternteil auf solche Momente vor.

Ebba hingegen sieht verwundert aus. Anscheinend spürt sie, dass irgendwas faul ist.

Lisa verlässt die Küche, tritt zu ihr in den Flur, nimmt ihre Hände.

»Hej«, sagt sie. »Du siehst toll aus.«

»Wie läuft's?«, fragt Ebba.

»Wir Erwachsenen lernen uns gerade neu kennen.«

»Marlon hat schon erzählt, dass ihr euch kennt.«

»Wir hatten ja keine Ahnung, dass das Marlons Eltern sind.«

»Und woher kennt ihr euch?«

Ebba späht über Lisas Schulter in die Küche. Lisa malt sich aus, was sie dort sieht: Mikael und Marlon an der Kücheninsel, auf der sich Töpfe türmen. Camilla, die mit einer Zeitschrift auf dem Schoß gespannt auf dem Küchensofa sitzt. Sören, der wie ein Leuchtturm neben ihr aufragt und dem keine Bewegung entgeht.

»Ist denn irgendwas vorgefallen?«, hakt Ebba nach. »Oder warum seid ihr so komisch?«

»Camilla und ich waren mal befreundet, haben uns aber zerstritten. Und Sören ...«

»Ja? Sören? Marlons Vater«, sagt Ebba. »Was ist mit ihm?«

»Er ist der Arzt, der mich entbunden hat.«

15

Stockholm,
im September,
achtzehn Jahre zuvor

Das Universum eröffnet uns alles Wissen und alle Erkenntnis. Man muss nur genau hinsehen.

Sie sind grundverschieden, Camilla und sie, trotzdem sind sie in Rekordzeit Freundinnen geworden. Dass sie sich zuletzt mit jemand Neuem angefreundet hat, ist lange her. Ihre alten Freunde haben alle Kinder bekommen. Es ist, als wären sie in ein fremdes Land gezogen: Ohne eigenes Kind in der Babytrage hat man kein gemeinsames Gesprächsthema mehr, keine Eintrittskarte zu Kindergärten und zu den städtischen Spielplätzen, und man kriegt sie kaum noch ans Telefon.

Camilla ist in Stockholm geboren und aufgewachsen. Sie wohnt in einer Wohnung in Gröndal, wo sie als Healerin arbeitet. Sie wendet Techniken an, die sie als *sich aufschalten* beschreibt; sie mag den Vergleich mit dem Internet und behauptet, dass wir alle eine Art Modem in uns haben, das wir einschalten können, um eine Verbindung mit dem sogenannten kollektiven Unterbewusstsein herzustellen. Lisas erste Begegnung mit Camilla ist inzwischen drei Wochen her. Drei Treffen der Selbsthilfegruppe mit der neuen Freundin an ihrer Seite, mit der sie anschließend in der Stadt spazieren und irgendwo etwas essen war.

Die kleine Bar über dem Restaurant am Stureplan ist brechend voll. Als sie auf den Tisch zusteuern, den Mikael für sie reserviert hat, schießt es Lisa durch den Kopf, dass er diese Location gewählt haben könnte, um nicht in tiefgründige Gespräche verwickelt zu werden. Der Geräuschpegel ist jetzt schon enorm, und wenn die Musik erst losgeht, werden sie sich kaum noch unterhalten können. Die perfekte Art, Leute zu treffen, ohne sich näherzukommen.

Als sie den Bistrotisch im hinteren Teil der Bar in Beschlag genommen haben, fragt Mikael, was alle trinken wollen. Dann verschwindet er wieder und ist ein paar Minuten später zurück. Zusätzlich zu Weißwein und Bier, die sie bestellt haben, stehen Shots auf dem Tablett.

Sören sieht ihn verblüfft an, als würde er sich wundern, was Mikael für einer ist. Doch dann breitet sich zu Lisas großer Überraschung ein Grinsen auf seinem Gesicht aus.

»Fernet-Branca«, stellt er fest. »Das ist ja mal lange her!«

»Es ist immerhin Freitag«, sagt Mikael. »Und hier geht es bald rund. Da sollten wir gewappnet sein.«

»Du lässt doch wohl nicht zu, dass wir dieses Rattengift in uns reinkippen?«, wendet Camilla sich an Sören.

»Wenn das okay für euch ist, würde ich den Doktortitel für heute Abend gern ablegen«, erwidert er.

Lisa tut Sören ein bisschen leid. Es muss sich komisch anfühlen, mit zwei Frauen aus der Therapiegruppe auszugehen – und obendrein mit dem Mann einer der beiden Frauen. Klar will man da nicht den ganzen Abend an seine berufliche Rolle erinnert werden.

»Ist doch allgemein bekannt, dass unter Ärzten ordentlich gepichelt wird«, sagt Mikael. »Oder liege ich da falsch?«

Vielsagend zieht Sören die Augenbrauen hoch und zuckt die Achseln.

»Dann bist du heute Abend also nicht unser Arzt?«, hakt Camilla nach und gibt ihm ein Küsschen auf die Wange.

»Fernet-Branca – das sind für mich die Alpen«, sagt Sören. »Ich hab dort nach dem Medizinstudium eine komplette Saison verbracht.«

»Wie bitte?«, ruft Camilla. »Du warst – was? Pistensaufbruder?«

Sie bricht in Gelächter aus und Lisa stimmt mit ein. Sogar Mikaels Mundwinkel zucken. Er sieht Sören interessiert an. Damit hat er eindeutig nicht gerechnet. Allerdings kann man sich Sören in den unterschiedlichsten Rollen vorstellen: in Uniform, als Offizier in einem Krieg; als Abteilungsleiter in irgendeinem Büro; als Dirigent eines Orchesters. Nur dass er mit seinen fast zwei Metern Körperlänge auf Skiern durch Pulverschnee pflügen könnte, ist schwer vorstellbar.

»Da gibt es noch einiges, was du nicht von mir weißt«, erwidert er.

»Hmm, Geheimnisse«, sagt Camilla.

»Aber das scheint ja ein vorübergehendes Problem zu sein«, kommentiert Mikael.

Lisa späht zu ihm hoch. Das war gerade unnötig. Nur weil klar ist, dass Camilla mit Sören gewisse Absichten hat und dass sie ihn anhimmelt, muss Mikael nicht mit dem Finger darauf zeigen. Er muss den erstbesten dummen Gedanken, den er hat, nicht immer laut aussprechen. Aber so ist er, so ist er immer gewesen.

Camillas Beziehung mit Sören scheint im selben Tempo fortgeschritten zu sein wie ihre Freundschaft mit Lisa. Nur Mikael hat bislang keinen der beiden kennengelernt. Lisa ist gespannt, was er von ihren neuen Freunden hält.

»Und wo warst du?«, fragt Camilla. »Als du diese Saison in den Alpen verbracht hast?«

»In Saalbach«, antwortet Sören. »Das war im Winter 1994.«

Mikael setzt sein Glas mit einem lauten Knall ab.

»Ist nicht dein Ernst!«

»Doch, warum?«

»Weil ich auch im Winter 1994 in Saalbach war. Wie hieß diese Kneipe noch mal, in der wir jeden Abend waren – du liebe Güte ...«

»Kuhstall? Gleich an der Piste?«, tippt Sören.

»Nein, das war ja eins der besseren Lokale, ich meine eins, das eher ...«

»... dekadent war?«, schlägt Camilla vor.

»Wenn man so will.« Mikael lacht. »Ich hätte jetzt eher *schäbig* gesagt. Verdammt, hab ich diese Kneipe geliebt – wie hieß sie gleich wieder?«

Alle sehen Sören an, und Lisa ertappt sich dabei, wie sie lächelt. Die Männer haben sofort einen Draht zueinander. Dafür waren nur eine Sauf-Location und die Erinnerung an einen Jugendwinter in den Alpen nötig.

In der Selbsthilfegruppe haben sie vergangene Woche erzählen müssen, warum sie Eltern werden wollen. Für Camilla drehte sich in erster Linie alles ums Kümmern und darum, dass sie die Fürsorge für andere als das Bedeutsamste auf der Welt betrachtete.

Wenn Mikael dabei gewesen wäre und ehrlich auf die Frage geantwortet hätte, hätte er wohl gesagt, dass es ihm um den Tod gehe. Mikael hat panische Angst vor dem Tod. Er hat nie akzeptiert, dass die Bedingung für menschliches Leben ist, dass es eines Tages zu Ende geht. Ein Kind zu bekommen, ist das Einzige, was er dagegen unternehmen kann – auf dass derjenige, der er selbst war, in neuer Form wieder entsteht und in gewisser Weise fortlebt.

Aber vielleicht sind ja sämtliche Gründe und Argumente

für ein Kind im Grunde egoistisch? Mikaels Beweggründe sind auch nicht schlechter als die von anderen.

Lisa antwortete, dass sie gern sein wolle wie alle anderen; wenn man als Frau zur Welt komme, werde man geboren, um Mutter zu werden. So sei es nun mal. Sie wolle einfach nur normal sein. Was womöglich genauso egoistisch ist.

»Ich weiß es! Ich weiß es!« Sören zeigt mit dem Finger auf Mikael. »Du meinst die WunderBar!«

»Genau!«, ruft Mikael. »Da hab ich mehr oder weniger gewohnt. Warst du mal da?«

»Was glaubst du denn? Ich war in Saalbach von Januar bis April.«

»Aber dann müsst ihr euch doch mal begegnet sein?«, wirft Lisa ein.

»Nein, ich glaube nicht«, sagt Sören. »Ich bin immerhin ein bisschen älter, und wahrscheinlich war Mikael nicht sonderlich interessiert daran, mit so einem alten Sack abzuhängen.«

Mikael nimmt sich eins der Shotgläser und prostet Sören zu.

»Wir haben uns übrigens für die Behandlung in deiner Abteilung entschieden. Aber hiermit ist dieses Thema für den restlichen Abend auch wieder beendet. Wir haben weiß Gott genug Abende und Nächte hin und her überlegt. Und jetzt feiern wir ein bisschen, bevor wir uns deinem strengen Regime unterwerfen. Auf das, was auf uns zukommt! Und auf Saalbach! Skål!«

Sie stoßen miteinander an. Der würzige Bitter rinnt ihnen ölig und kalt die Kehle hinab. Der Geschmack löst bei Lisa einen Würgereiz aus, den sie gerade noch unterdrücken kann. Echt widerlich. Aber die Wirkung setzt sofort ein. Einen Moment später ist es schon nicht mehr so schlimm.

Und sie sollte diesen Abend besser genießen. Es wird einige Zeit dauern, bis sie das nächste Mal feiern gehen dürfen.

Mikael sieht glücklich aus, erstmals seit Langem. Seine kleine Ansprache hat im Grunde alles zusammengefasst. Es ist lange nicht gut für sie beide gelaufen, und endlich haben sie sich dazu durchgerungen, etwas zu unternehmen. Und das ist eine kleine Feier wert. Dieses Talent hat er immer gehabt – sich hinzustellen, sein Glas zu erheben und vor Leuten zu sagen, was ihm auf dem Herzen liegt, ganz ohne sich groß etwas zurechtzulegen oder dabei nervös zu sein.

»Der Typ an der Bar meinte, in etwa dreißig Minuten fängt die Band an zu spielen«, sagt er. »Noch mal das Gleiche?«

Mit aufforderndem Blick nimmt er das Tablett vom Tisch.

»Ich komme mit«, sagt Sören.

»Wollt ihr jetzt über die Behandlung oder über Saalbach reden?«, fragt Lisa.

»Er will doch heute Abend kein Arzt sein«, entgegnet Mikael.

»Richtig. Geht nur«, sagt sie. »Ich bin nur froh, wenn ich nichts aus den Alpen hören muss.«

Camilla lacht, während die Männer sich auf den Weg zum Tresen machen.

»Das lief doch wunderbar«, stellt sie fest.

»Ja, *so far, so good*«, antwortet Lisa. »Und wie war dein Tag?«

»Ich hatte einen Klienten aus Kristianstad – einen der führenden Filmproduzenten hierzulande. Kommst du nicht auch aus der Ecke? Vielleicht kennt ihr euch ja?«

Lisa muss lachen.

»Ich bin aus Blekinge und in Lyckeby aufgewachsen. Kristianstad liegt in Skåne und ist mit dem Auto anderthalb Stunden entfernt.«

»Lyckeby«, wiederholt Camilla. »Klingt wie Bullerbü!«

»Stimmt, allerdings gab es bei uns mehr als drei Höfe.«

»Wie lief das da eigentlich? In der Schule? Mit Typen und so. Was habt ihr an den Wochenenden gemacht?«

»Meine Teenagerzeit war echt elend. Die Jungs fingen mit Snus und mit ihren Epa-Traktoren an, fischten Pornozeitschriften aus dem Container einer Druckerei und hielten sie uns unter die Nase. Meine Freundinnen und ich haben die Teenagerjahre in Bushäuschen verbracht, wo wir darauf gewartet haben, dass es aufhört zu regnen. Da saßen wir und wünschten uns ganz weit weg.«

Camilla lacht.

»Klingt wahnsinnig idyllisch!«

»Meine Kindheit war wirklich herrlich«, fährt Lisa fort. »Meine Eltern und ich standen uns sehr nahe. Leider sind beide kürzlich gestorben.«

»Mein Beileid«, sagt Camilla. »Krebs?«

»Nein. Mama hat geraucht. Hat in einer Speisestärkefabrik gearbeitet – du weißt schon, Kartoffelmehl, solche Sachen. Sie war Vorarbeiterin und hat dort echt geschuftet. Irgendwann war dann das Herz wohl verschlissen. Und mein Vater war Lehrer. Hat jetzt nicht wahnsinnig hart gearbeitet, aber er ist nur ein paar Monate später gestorben – an gebrochenem Herzen, wenn du mich fragst. Klingt albern, aber ich glaube wirklich, dass es so war.«

»Das klingt überhaupt nicht albern. Natürlich kann man an gebrochenem Herzen sterben.«

Camilla sieht sie eindringlich an, während sie an ihrem Glas nippt.

Lisa versucht, zu ergründen, ob sie gerade einen Scherz gemacht hat, aber Camilla scheint es hundertprozentig ernst zu meinen.

»Er muss deine Mutter wirklich sehr geliebt haben«, fährt

Camilla fort. »Klingt sehr romantisch. Lyckeby. Die sorgenfreie Ehe. Hast du Fotos von ihnen?«

»Ja, willst du sie sehen?«

Lisa öffnet ihre Handtasche und nimmt ihr Portemonnaie heraus. Sie legt zwei Fotos auf den Tisch. Eins aus der Zeit, als sie sieben war. Sie sitzt auf dem Schoß ihres Vaters auf dem Sofa. Ihre Mutter steht hinter ihnen und hat eine Hand auf die Schulter des Vaters gelegt. Auf dem zweiten Bild ist ihr Vater noch jung, vielleicht gerade mal achtzehn. Er steht vor einem blitzblanken Fahrrad vor dem Gartenzaun des Hauses, in dem sowohl er selbst als auch Lisa aufgewachsen sind, ein rotes Haus mit weißen Zierleisten. Der riesige blühende Kirschbaum im Hintergrund.

Camilla nimmt das erste Foto in die Hand.

»Himmel«, sagt sie, »wie deine Mutter guckt – das sagt doch schon alles! Genau das will man im Gesicht einer Frau sehen – einer Mutter. Ihr seht wunderbar zusammen aus.«

»In meiner Erinnerung ist sie auch immer glücklich. Mikael regt sich manchmal darüber auf – dass ich ständig alles damit vergleiche, wie es in meiner Kindheit war. Wenn wir über Kinder und Familie reden, ärgert er sich, wenn ich will, dass es sein soll wie damals bei uns. Seine Kindheit war wohl nicht ganz so schön.«

»Wo ist er denn aufgewachsen?«

»In Nacka, Storängen.«

»Habt ihr dort nicht ein Haus gekauft?«

»Genau. Oder ... Ja, fast. Wir haben ein Grundstück in Lillängen gekauft, in nächster Nähe. Wir wollen bauen.«

»Aber damit kopiert ihr doch seine Kindheit!« Camilla nimmt das zweite Foto. »Und das hier ist dein Papa? Wie hieß er denn?«

»Erland.«

»Erland ... Toller Typ!«

»Das Foto ist von einem professionellen Fotografen, aus Deutschland, glaube ich. Er hat damals zu meinen Großeltern gesagt, dass mein Vater Fotomodell werden und in der großen, weiten Welt gutes Geld verdienen könnte. Mein Großvater hat sofort Veto eingelegt. Das galt damals nicht als ehrliche Arbeit – und er hatte wohl auch seine Bedenken bei dem Fotografen. Trotzdem ist es ein schönes Bild.«

»Gott, ja, er sieht bildschön aus!«

Lisa schluckt, spürt ein Brennen hinter den Lidern. Sie ist über den Tod ihres Vaters noch immer nicht hinweg. Er fehlt ihr, jeden Tag.

»Entschuldigung«, sagt sie. »Ich war wohl so was wie ein Papakind.«

Camilla blickt lächelnd zu ihr auf.

»Aber doch auch nicht immer, oder?«

Eine Bedienung kommt mit neuen Weingläsern und einer weiteren Runde Shots. Lisa und Camilla sehen beide zum Tresen, wo Sören und Mikael im selben Moment ihre Gläser heben. Anscheinend haben sie spontan noch mehr zu besprechen.

Camilla nimmt eins der Gläser und prostet Lisa zu.

»Auf schöne Väter und glückliche Mütter!«

Der Drink rinnt Lisas Kehle hinunter, schmeckt nach wie vor nicht, doch immerhin geht es jetzt ein bisschen leichter. Allmählich entspannt sie sich und in ihr macht sich ein wohliges Gefühl breit. Es kommt nicht oft vor, dass sie sich so schnell gegenüber Bekanntschaften öffnet. Doch Camilla hat die Begabung, direkt in ihr Innerstes zu blicken, an ihren privaten Gedanken und Gefühlen zu rühren. Eine so enge Freundin hat sie mehr als alles andere vermisst.

»Und wie läuft es zu Hause?«, erkundigt sich Camilla.

Sie nickt in Richtung der Männer am Tresen.

Toms SMS, die Camilla bei ihrer ersten Begegnung auf

Lisas Handy gesehen hat, hat sie nie kommentiert. Doch Camilla ist schließlich nicht dumm, sie ahnt, worum es dabei ging.

»Inzwischen ein bisschen besser, aber immer noch nicht hundertprozentig.«

»Diese Sache mit dem Kinderkriegen, die hinterlässt Spuren«, sagt Camilla, »und zehrt an der Beziehung. Glaub mir, ich weiß, wovon ich rede.«

Lisa nimmt einen Schluck Wein, diesmal einen größeren.

»Stimmt das, was Mikael gesagt hat?«, fragt Camilla dann.

»Dass ihr euch für die Behandlung entschieden habt?«

»Wir haben uns beide durchchecken lassen und die Ergebnisse an Sören geschickt. Wir hätten längst mit der Behandlung beginnen sollen, aber Mikael ...«

Sie verstummt. Ringt um die richtigen Worte.

»Ich weiß schon«, sagt Camilla.

Lisa sieht sie ratlos an. Fragt sich, was sie damit meint.

»Ich glaube, dass Mikael Angst hat«, murmelt Lisa.

»Der Fluch des Alphamannes.«

Lisa nickt. Genau so ist es.

»Und wie ist es mit deinem Alphamann?«

Diesmal ist Lisa an der Reihe, einen vielsagenden Blick zur anderen Tischseite zu werfen.

Camilla erwidert ihn mit einem Lächeln, nippt abermals an ihrem Wein, hält den Blickkontakt aufrecht.

»Sören hat mich letzte Woche zum Abendessen eingeladen.«

»Das ging aber schnell.«

»Und anschließend hab ich ihn auf eine Behandlung in meiner Wohnung eingeladen.«

»Dann ist Oberarzt Isaksson aufgeschlossen gegenüber alternativen Behandlungsmethoden?«

»Sehr aufgeschlossen und empfänglich.«

Beide brechen in Gelächter aus – ein Lachanfall, wie Lisa ihn seit ihren kichernden Teenagerjahren nicht mehr erlebt hat.

»Du bist unglaublich«, stößt sie mit Mühe hervor.

»Man muss doch sein Schicksal in die eigenen Hände nehmen«, erwidert Camilla.

Sie streicht sich eine Strähne aus der Stirn.

»Ich weigere mich einfach, Opfer der Umstände zu sein. Ich hoffe nur, du findest mich jetzt nicht schrecklich!«

»Ich finde dich nicht schrecklich. Du bist ... speziell.«

Camilla quittiert es mit einem Schnauben und sieht weg.

»Oder aber ich bin einfach nur eine von vielen verzweifelten Frauen«, sagt sie. »Trotzdem ist Sören nicht so verkehrt. Nein, er ist wirklich ziemlich toll.«

Für einen kurzen Moment befürchtet Lisa, sie könnte Camilla verletzt haben.

»Entschuldige, wenn ich etwas Unpassendes gesagt habe. Das war nicht meine Absicht.«

»Vielleicht lebe ich ja nicht mit meinem Traumprinzen in Bullerbü, aber ich gebe wirklich mein Bestes.«

Camilla wirft einen letzten Blick auf das Foto von Lisas Vater Erland, das zwischen ihnen liegt, und schiebt es über den Tisch Lisa zu.

Mikael gesellt sich wieder zu ihnen, dicht gefolgt von Sören. Er hält ein Tablett mit weiteren Bier-, Wein- und Shotgläsern in der Hand. Lisa ist jetzt schon leicht angetrunken und fragt sich, wie es wohl enden wird, wenn sie in diesem Tempo weitertrinken.

»Alles in Ordnung bei euch?«, fragt Mikael.

»Absolut«, antwortet Lisa.

»Gleich fängt die Band an – sollen wir ein Stück näher zur Bühne gehen?«

»Okay.«

»Ich muss nur noch schnell auf Toilette«, sagt Camilla. »Kommst du mit?«

»Ja, ist wahrscheinlich besser«, antwortet Lisa.

»Okay«, sagt Mikael, »dann warten wir hier.«

Er nimmt ihre Hände und gibt ihr einen Kuss auf die Lippen. Seine Hände sind warm.

Als sie hinter Camilla hergeht, spürt Lisa den Schnaps und den Wein deutlich. Sie hat Schwierigkeiten auf den Stufen und steuert schleunigst am unteren Tresen vorbei. Die hohen Absätze sind nicht gerade förderlich.

Noch während sie sich zwischen den Menschen in dem schicken Barbereich hindurchzwängt, kommt ihr ein bekannter Gedanke. Jedes Mal, wenn sie im Stockholmer Nachtleben unterwegs ist, hat sie das Gefühl, dass um sie herum alle jünger geworden sind.

Dass ihr eigenes Leben von jetzt an nur noch aus Mikael und ihr selbst bestehen soll, macht ihr Angst. Ein wackeliges Hamsterrad, das sich abseits von allem anderen in einem fort im Kreis dreht, bis die alten Tierchen herausfallen – was bitte schön ist der Sinn eines solchen Lebens?

Sie hat schon mehr als einmal die Lust daran verloren – an Mikael, an der ganzen Sache, an allem. Als sie einmal vor dem Fernseher auf dem Sofa lagen, haben sie sogar davon geredet, sich stattdessen einen Hund anzuschaffen, einen kleinen, den man mit ins Flugzeug nehmen könnte. Doch jetzt – dank der Selbsthilfegruppe und dank Camilla – ist eine verdrängte Hoffnung wieder aufgeflammt, der Funke ist neu entfacht.

Camilla und sie wecken die Aufmerksamkeit einiger älterer Männer am Tresen. Sie drehen sich nach ihnen um und folgen ihnen mit dem Blick. Camilla scheint es zu genießen, während Lisa sich unwohl und unsicher fühlt. Sex hat für sie seit einiger Zeit eine andere Bedeutung, er hat einen

Ernst angenommen, den sie bei diesen Männern nicht erkennen kann. Sie weiß noch, was sie sich früher immer gesagt hat, wenn es sich mit Mikael am schlimmsten anfühlte. Was immer passiert – sie wird sich unter keinen Umständen dem Singleleben und Stockholms schonungslosem Fleischmarkt aussetzen. Nichts an Mikael könnte jemals so schlimm sein, dass sie das noch einmal erleben wollte.

Als Camilla und sie fertig sind, stehen sie nebeneinander vor dem großen Spiegel vor den Kabinen. Lisa tuscht sich die Wimpern nach, Camilla legt frischen Lippenstift auf.

»Weißt du noch, als ich dir erzählt habe, dass Sören im Bett ziemlich aufgeschlossen und empfänglich ist?«, fragt Camilla. »Ich habe mit ihm über eine Sache geredet, die ich schon länger mal ausprobieren will. In Sachen Fruchtbarkeit. Eine uralte Methode.«

Lisa steigt die Hitze ins Gesicht. Sie beugt sich vor zum Spiegel. Camilla versucht, ihren Blick aufzufangen.

»Wie aufgeschlossen wäre denn Mikael für alternative Methoden?«

Lisa muss lachen.

»Wie alternativ würde es denn werden?«

Camilla neigt den Kopf leicht zur Seite und lächelt.

»Ach, vergiss es«, sagt sie. »Aber wie hat er es eigentlich aufgenommen? Das Ergebnis der Untersuchungen?«

Lisa richtet sich gerade auf und wirft die Wimperntusche in ihre Handtasche.

»Was meinst du? Warum fragst du?«

»Ich frage mich nur, ob es ihm damit gut geht.«

»Was weißt *du* denn darüber?«

»Wir haben doch letzte Woche kurz darüber gesprochen. Und mal ehrlich, Lisa, man merkt es ihm an. Er will der Boss sein, das ist eindeutig.«

»Er will der Boss sein? Wovon redest du, verdammt?«

Sie ist laut geworden. Camilla sieht sie verdutzt an.

»Gott, *entschuldige* ...?«

»Hast du unsere Untersuchungsergebnisse eingesehen?«

»Lisa ...«

Camilla legt ihr eine Hand auf den Unterarm. Lisa weicht vor ihr zurück.

»Ich dachte, wir könnten darüber reden. Ich dachte, wir könnten über alles reden. Ich hab dir doch auch alles erzählt. Warum wirst *du* denn jetzt so wütend?«

»Hat Sören dir unsere Ergebnisse gezeigt?«

»Nein, natürlich nicht! *Was ist denn los mit dir?*«

Eine junge Frau kommt aus einer der Toilettenkabinen. Sie sieht kaum älter als achtzehn aus, wirft ihnen einen entschuldigenden Blick zu und streckt die Arme aus, um sich die Hände zu waschen.

Lisa versucht, sich zusammenzureißen. Vielleicht ist es der Alkohol. Sie sollte keinen Schluck mehr trinken. Aber irgendwas fühlt sich hier merkwürdig an, irgendwas stimmt hier nicht. Sie hat niemandem erzählt, was bei ihrer und Mikaels Fertilitätsuntersuchung herauskam.

»Ich verstehe nur nicht, woher du das wissen kannst«, sagt sie.

Camilla dreht sich zu Lisa um und sieht sie statt im Spiegel direkt an.

»Okay ... Ich hab Sören gefragt, ob dein Problem aus der Welt geräumt werden könnte. Ob du Kinder bekommen könntest. Und er hat geantwortet und mir erzählt, wie es ist. Entschuldige!«

Lisa starrt auf ihre Hände hinab. Spürt immer noch die Wärme von Mikaels Händen an ihren Handflächen.

»Auch wenn du es vielleicht nicht glaubst, aber du bist mir wirklich wichtig. Und Sören weiß, dass ich mir deinetwegen Gedanken mache. Er will nur das Beste, für uns alle. Ich finde, das kannst du ihm nicht vorwerfen.«

Was Camilla antwortet, schlägt Löcher in ihre Rüstung. Sie weiß, dass Camilla ihr wohlgesinnt ist und dass Sören natürlich nach Lösungen sucht. Vielleicht hat der Alkohol sie gerade bloß empfindlich gemacht, sodass sie überreagiert.

»Okay«, sagt sie. »Tut mir leid, wenn ich laut geworden bin.«

»Wenn? *Und wie* du laut geworden bist!«

Als die Band anfängt zu spielen, schiebt Mikael sich nach vorn in Richtung Bühne und winkt die anderen hinter sich her. Mit seiner Körpergröße verhilft Sören Camilla und Lisa bis vor zum Rand der Bühne. Mikael hat seine Hemdsärmel hochgekrempelt. Die Rolex blitzt im Scheinwerferlicht. Die Hände klatschen über Kopf den Takt mit.

Das Gefühl, das sie auf der Toilette hatte, ist immer noch nicht verflogen, und Lisa kommt nicht umhin, bei seinem Anblick erneut darüber nachzudenken. Wie hat er es eigentlich aufgenommen? Die Untersuchungsergebnisse können für ihn ja nun keine Erleichterung gewesen sein. Doch dass sie beschlossen haben, sich der IVF-Behandlung zu unterziehen, erleichtert die Lage trotz alledem – sie treten nicht mehr auf der Stelle, sie haben eine neue Option, eine neue Richtung. Sören persönlich kennenzulernen, beschert Mikael vielleicht sogar ein bisschen mehr Gewissheit und Kontrolle.

Das Publikum bewegt sich im Takt der Musik. Lisa versucht, das mulmige Gefühl loszuwerden und sich stattdessen von der Musik mitreißen zu lassen. Es ist warm. Sören und sie selbst sind ein Stück von Mikael und Camilla weggedrängt worden. Sören stampft mit den Füßen im Takt, den Blick fasziniert auf die Bandmitglieder gerichtet. Lisa versucht, auf Zehenspitzen besser zu sehen, doch dann bringt ein Schubs von hinten sie kurz aus dem Gleichgewicht. Sie sieht, wie Camilla mit Leuten tanzt. Und da, direkt daneben, Mikael. Er tanzt mit.

Wie viele Fernet-Brancas hat sie überhaupt getrunken? Mindestens drei. Plus die ganze Zeit über Wein.

Sie stellt sich erneut auf die Zehenspitzen und versucht, Mikael näherzuwinken. Camilla ist nur noch aufs Tanzen konzentriert. Ihre Bewegungen – geschmeidig, sexy, wie die einer jungen Frau, die genau weiß, was sie tut.

Erneut sucht Lisa die Menge nach Mikael ab. Camilla tanzt jetzt mit jemand anderem, zwei Körper, die sich synchron bewegen, Beine und Arme zu dicht beieinander, ein Mann und eine Frau, die fast ineinander verschlungen sind. Der Schweiß glitzert in Camillas Ausschnitt. Dann blitzt etwas anderes auf, direkt darüber, an ihrem Hals. Eine goldene Uhr. Eine Rolex.

Jemand macht einen Schritt zur Seite und Lisa hat freie Sicht. Mikael hat sich regelrecht über Camilla hergemacht. Unter seinen Achseln zeichnen sich Schweißflecke ab, der kurze Pony klebt ihm auf der Stirn. Er presst sich an sie, sein Gesicht ist nur mehr Zentimeter von ihrem Hals entfernt, als wäre er drauf und dran, sie abzulecken.

Lisa schiebt sich an ein paar Gästen vorbei, die im Weg stehen, und arbeitet sich zu ihnen vor. Eine junge Frau beschwert sich, als ihr Drink verkleckert.

»*Hallo?*«, schreit Lisa und zieht Mikael am Arm.

»*Was?*«

»*Was machst du denn da?*«

»*Ich tanze. Komm, mach mit!*«

Camilla reckt beide Arme hoch, wirbelt herum und stürzt sich in die Menge.

»*Tanzen?*«, schreit Lisa. »*Ihr macht hier gerade miteinander rum!*«

»*Entspann dich, Lisa!*«
»*Ich will, dass wir heimfahren.*«
»*Jetzt? Wo es ausnahmsweise mal cool ist?*«
Mikael macht kopfschüttelnd einen Schritt von ihr weg.
So hat sie ihn wirklich noch nie erlebt. Die Schwärze in seinem Blick. Sie will nichts lieber, als sofort von hier verschwinden. Erkennt ihn nicht wieder.
Mikael zeigt mit dem Finger auf sie.
»*Du redest doch seit Wochen von diesen Leuten ... Ich versuche nur ...*«
Plötzlich schlingt ein Türsteher den Arm um Mikaels Brustkorb und zerrt ihn von ihr weg. Mikael versucht, Widerstand zu leisten, verliert kurz den Boden unter den Füßen, kickt mit den Füßen ins Leere.
»*He, aufhören! Das ist mein Mann!*«, schreit Lisa.
»*Da scheiß ich drauf. Der geht jetzt.*«
»*Warum denn? Was hat er denn gemacht?*«
»*Bist du wirklich seine Frau?*«
»*Ja ...?*«
»*Dann setzt du ihn jetzt in ein Taxi, bevor er noch größere Schwierigkeiten kriegt.*«

Draußen auf dem Stureplan läuft Mikael an den Taxis vorbei. Aus Richtung Svampen und Birger Jarlsgatan blitzen die Lichter der Nacht.
»*Mikael, warte!*«, ruft Lisa ihm nach.
Er bleibt stehen. Sein Hemd, das sonst akkurat im Hosenbund steckt, hängt über den Gürtel. Den Pulli hat er sich über die Schulter geworfen. Der Herbstabend ist schweinekalt, doch er scheint es nicht zu bemerken. Er sieht immer noch komisch aus, ist kaum wiederzuerkennen. Irgendwas ist mit seinen Augen.
»*Fahr heim*«, sagt er zu ihr.

Dann geht er weiter.

Sie haben sich nicht mal von Camilla und Sören verabschiedet. Mit Mikael zu reden, scheint zwecklos zu sein. Besser, sie lässt ihn ziehen, lässt ihn in die Stockholmer Nacht abtauchen, in seine eigene Dunkelheit.

Noch während sie ihm hinterhersieht, dämmert ihr, dass er am Boden zerstört ist. Ihr schnürt sich der Hals zusammen. Sie würde jetzt am liebsten losheulen, aber irgendwie stecken ihre Gefühle in ihr fest.

Vorspeise

16

Nacka,
am Silvesterabend

Auszahlung oder Kontostand anzeigen?
Die Wahlmöglichkeiten auf dem Display erfordern eine Entscheidung. Tom will es eigentlich gar nicht wissen, aber genau zu diesem Zweck steht er hier. Um der Wahrheit ins Auge zu blicken. Um zu sehen, wie seine Entscheidungen dazu beigetragen haben, dass er sich jetzt in dieser Situation befindet.

Der Arbeitstag sitzt ihm mächtig in den Knochen. Es wird eine Zeit lang dauern, bis er ihn wieder abgeschüttelt hat. Er weiß wirklich nicht, was schlimmer war – das Gespräch mit Lisa oder das mit der Polizei. Oder dass Lisa sich nicht mehr gemeldet hat. Abgesehen von dieser eigenartigen SMS.

Irgendwie juckt die Haut am ganzen Körper. Sobald er zu Hause ist, will er lange und heiß duschen und alles von sich abwaschen.

Das Display und die Tasten sind mit deutlich sichtbaren Fingerabdrücken übersät. Kleine, dünne Linien, die Auskunft über Identitäten erteilen. Alles ist schmutzig, dreckig, fettig.

Dieser Bankautomat vor dem Ica-Maxi-Supermarkt in Nacka – vor dem Kivik-Bauernmarkt des betuchten Stockholmer Vororts – ist das genaue Gegenteil des Medikamentenschranks im Maria Regina, der so klinisch sauber war, wie er und Lisa ihn haben wollen.

Nicht dass es ihn dringend hierhergezogen hätte; er will fürs Erste andere Leute weder hören noch riechen noch sehen – nicht einmal die Spuren, die sie hinterlassen. Aber er hat keine Wahl. Der Hund musste raus, und er muss sowohl ein Päckchen abholen als auch eins verschicken, bevor die Poststelle vor Silvester und Neujahr zumacht.

Er zückt ein Paar Latexhandschuhe von der Arbeit, die er in der Jackentasche hat, streift sie sich über und wendet sich wieder dem Display zu. Tippt auf *Kontoauszug*. Dann seine PIN.

Purple, der neunjährige knochenweiße Bulldoggenrüde mit den braunen Flecken, zieht ungeduldig an der Leine. Menschen hetzen an ihnen vorbei, rein in den Supermarkt, wieder raus und zu wartenden Autos, sie kommen dem armen Hund zu nah, der Fremde und deren Bazillen genauso wenig mag wie sein Herrchen. Die Luft um sie herum ist angereichert mit den Düften des bevorstehenden Festes – Neuschnee, Tannenzweige, die nicht mehr verkauft wurden und deshalb hier auf einem Haufen liegen, Glögg aus einem dampfenden Kessel, der vom Ica-Personal an die Kundschaft ausgeschenkt wird.

Purple war von Storängen aus trotz der schmerzenden Hüfte, des fortschreitenden Alters und Übergewichts hangaufwärts gestrebt und fest entschlossen, allen zu zeigen, dass mit ihm immer noch zu rechnen ist. Schon viel zu oft ist Tom aufgefallen, dass stimmt, was die Leute sagen – dass man sich einen Hund anschafft, der einem selbst ähnlich ist.

»Na dann, Purps.« Er tätschelt ihm beruhigend den Schädel. »Ich versuche, mich zu beeilen.«

Die Summe auf dem Display hat bestätigt, was er schon befürchtet hat. Er starrt auf den Beleg hinab, den der Automat ausspuckt, doch die Ziffern sind die gleichen. Er stößt einen langen Seufzer aus, zerknüllt den Beleg und wirft ihn in den Müll. Dann sieht er zu Purple, der jetzt still dasitzt und mit schiefgelegtem Kopf zu ihm aufblickt.

»Wo geht das nur alles hin?«

Du solltest es wissen, Purps. Du bist die ganze Zeit bei mir.

Er zieht den Hund hinter sich her durch die sich drehende Sperre, zieht eine Nummer, setzt sich auf einen Hocker vors Wettbüro und wartet darauf, dass er aufgerufen wird. Purple legt sich auf den Boden und nutzt die Gelegenheit, um sich auszuruhen. Ringsum sitzen vereinzelt Männer, beugen sich mit dem Stift in der Hand über ihre Wettscheine und sehen immer wieder hoch zu den Bildschirmen, auf denen Quoten und Aufzeichnungen beendeter Trabrennen gezeigt werden. Es ist die letzte Chance, dass sich ihr Blatt noch wendet, ehe das Jahr zu Ende geht.

Er fragt sich, was Lisa gerade macht. Warum sie eine SMS geschickt hat, statt anzurufen und ihm von der gestohlenen Tasche zu erzählen. Sie sind eng befreundet, vertrauen einander bedingungslos. Doch so etwas kann sich binnen eines Wimpernschlags ändern, durch eine übereilte Entscheidung, eine Gedankenlosigkeit. Etwa indem man seine Chipkarte irgendwo hinlegt, wo sie nicht hingehört. Oder durch einen verstohlenen Kuss. Oder eine Nacht, in der die Leidenschaft überhandnimmt.

Wie oft hat er schon darüber nachgedacht, ob er seine Karten besser hätte ausspielen können. Wie wäre ihrer beider Leben dann wohl verlaufen? Wenn er in der Gewinner-Startbox gestanden und Lisa aufs richtige Pferd gesetzt hätte?

»Nummer 34?«

Er blickt auf den Zettel in seiner Hand.

»Komm, das sind wir.«

Als er an den Tresen tritt, lächelt die Kassiererin ihn an.

»Hallo, Tom«, sagt sie. »Wie geht's?«

»Gut, danke«, antwortet er.

An ihren Namen kann er sich nicht erinnern, dabei sollte er ihn kennen, so oft, wie sie sich schon unterhalten haben. Er erlaubt sich einen verstohlenen Blick auf das Namensschild an ihrer Brust. Sie ist Mitte vierzig, hat einen Einwandererbackground, rabenschwarze Haare und flirtet mit ihm.

»Und selbst, Franka?«

»Mir ginge es besser, wenn du mich zu einer Silvesterfeier eingeladen hättest.«

Er schmunzelt sie an.

»Ich wünschte mir, ich hätte den Mut. Aber jetzt haben wir schon andere Pläne.«

Sie lacht.

»Du und der Hund?«

»Der beste Freund des Menschen.«

Sie schüttelt leicht resigniert den Kopf, lächelt aber immer noch.

»Kommst du etwas abholen oder …?«

»Beides.«

Er streift sich den Rucksack von der Schulter und nimmt das kleine Päckchen heraus, das er noch eilig verpackt hat. Viereckig, fester Pappkarton, zur Sicherheit mehrmals mit Paketband umwickelt.

Franka nimmt es entgegen, wiegt es in ihrer Hand und studiert die Adresse.

»Hm«, sagt sie, »ein bisschen zu leicht, um wirklich spannend zu sein. Und an einen Mann – wie langweilig. Und schon wieder ins Ausland.«

»Was bin ich dir schuldig?«

»Wenn es Expressversand sein soll, wird es teuer. Ist das wirklich nötig?«

Er überlegt kurz. Normalerweise bestehen sie darauf. Das ist Teil der Vereinbarung – die Sachen müssen schnell ankommen.

»Ja bitte.«

»Zweihundertfünfzig Kronen.«

»Okay, und könntest du noch kurz nachsehen, ob etwas für mich gekommen ist?«

»Erwartest du etwas? Ohne Benachrichtigung? Ich bringe das hier weg und schaue sofort nach.«

Mit einem breiten Lächeln auf den Lippen und einem Paket in der Hand kommt sie zurück. Sie hält es triumphierend in die Höhe.

Tom beugt sich runter zu Purple, krault ihn hinter den Ohren und sagt: »Siehst du, Doggie, was hab ich gesagt!«

»Wie heißt es so schön«, sagt Franka, »Glück im Spiel, Pech in der Liebe.«

Tom lacht gezwungen.

»Kann ich mit Kreditkarte zahlen?«

»American Express nehmen wir nicht.«

Er schiebt seine Mastercard ins Lesegerät und will gerade den PIN-Code eingeben, als er Frankas Blick auf seiner Hand spürt. Er hat immer noch die weißen Latexhandschuhe an.

Er tippt die PIN ein und sieht ihr ins verblüffte Gesicht.

»Ich bin Arzt«, erklärt er. »Hab ganz vergessen, dass ich die anhatte!«

Einen kurzen Moment lang sieht Franka verschreckt aus, als würde sie noch über andere Gründe nachdenken, warum ein Mann mit Latexhandschuhen vor ihr steht.

Er zieht sie ab und stopft sie sich in die Tasche.

»Sag mal, Tom, warum kommt so ein gut aussehender Mann – und Arzt obendrein – die ganze Zeit her und verschickt Pakete? Warum verbringt er den Abend mit seinem alten Hund? Warum nicht mit einer Schönheitskönigin – mit mir beispielsweise?«

Er hält den Blickkontakt und nötigt sich abermals ein Lächeln ab.

»Kennst du den Ausdruck *Gut Ding will Weile haben*?«

Franka seufzt.

»Beleg?«, fragt sie.

»Nein, alles gut«, sagt Tom. »Guten Rutsch!«

17

Lillängen, Nacka,
am Silvesterabend

»Verstehe«, sagt Ebba.

Lisa kennt den Tonfall und diesen Blick. Sie hat beides schon zigmal gehört und gesehen. Ebba lässt die Information sacken. Dass Marlons Vater früher der Arzt ihrer Mutter war. Dass es sie stresst, dass er jetzt wieder in ihr Leben tritt.

Doch ganz verstehen kann Ebba es nicht. Sie kann nicht richtig greifen, was es für Lisa heißt, dass Sören Isaksson wiederaufgetaucht ist.

Lisa tut es im Herzen weh zu sehen, wie Ebba versucht, die neue Information zu verarbeiten. Es ist so fürchterlich ungerecht. Sie haben so oft darüber gesprochen. Dass es nicht Ebbas Schuld war.

»Das ist ja total krank«, sagt Ebba. »Du hast nie erwähnt, wie der Arzt hieß ... wer das war.«

»Ich weiß. Ihr habt nichts falsch gemacht«, sagt Lisa. »Komm, die anderen warten.«

Sie betreten die Küche. Es fühlt sich merkwürdig an, schicksalsschwer. Als würde sie ihre Tochter nicht in das Herz des Hauses, sondern ganz woanders hinführen. Zum Opferaltar. In die verlogene Welt der Erwachsenen.

Sören blickt ihnen verkniffen entgegen. Camilla erhebt sich vom Küchensofa und stellt sich neben ihn. Mikael, der am anderen Ende der Küche wie festgenagelt dasteht, scheint nicht mehr zu wissen, was er mit sich anfangen soll, und streckt sich unbeholfen quer über die Kücheninsel nach dem Glas Pommac, das für Ebba bereitsteht.

Marlons Augen hingegen leuchten.

»Hej, Ebba«, sagt Camilla. »Schön, dich zu sehen!«

»Hej, Camilla«, sagt Ebba. »Hej, Sören. Hej, Marlon.«

Marlon lächelt sie an, Ebba lächelt zurück.

»Wir kennen uns anscheinend *alle* von früher?«

Sören und Camilla warten wortlos auf eine Fortsetzung. Marlons Blick flackert unsicher zwischen den Elternpaaren hin und her.

Lachend schüttelt Mikael den Kopf.

»Was hat dein Papa Erland an Silvester immer gesungen, Lisa? *Should auld acquaintance be forgot, and never brought to mind?* Vielleicht sollten wir das ebenfalls singen? Und dann darauf anstoßen?«

»*Let bygones be bygones*«, sagt Sören.

Jetzt reicht das Schwedische schon nicht mehr. Der Mann muss Englisch reden. Es ist wie bei Jugendlichen, die sich nicht trauen, *Ich liebe dich* zueinander zu sagen, mit *I love you* aber keine Probleme haben. Die Sprache zu wechseln, ändert jedoch nichts, erspart keinem von ihnen etwas.

Ein Drink wäre jetzt genau das Richtige. Gern etwas Starkes.

»Was meinst du, Kapellmeister?«, wendet sich Mikael an Marlon. »Wäre es okay, wenn ich meine Liederwünsche ändere?«

Marlon legt die Kochlöffel auf der Kücheninsel ab. Lisa fragt sich, wie lange er jetzt dagestanden und sie festgehalten hat.

»Hat jemand Lust, zu erzählen, was das hier alles soll?«, fragt er stattdessen.

Lisa weiß, dass sie antworten sollte. Allerdings weiß sie

nicht, was sie sagen darf. Sören, Camilla und Mikael scheinen ihr nicht zu Hilfe kommen zu wollen.

»Meine Eltern hatten Schwierigkeiten, ein Kind zu bekommen«, schaltet sich Ebba ein. »Und im Zusammenhang mit meiner Geburt ist Mama krank geworden. Ich habe eben erst erfahren, dass dein Vater ihr Arzt war. Er hat mich auf die Welt geholt.«

So weit alles richtig. Sie sagt es geradeheraus, in reinstem Schwedisch. Unterm Strich klingt es nicht einmal besonders komisch.

»Ja, und das ist doch ein Grund, anzustoßen?«, schlägt Mikael vor.

Er drückt Ebba das Glas in die Hand. Befüllt erneut die Gläser der Erwachsenen.

»Ebba, wenn man dich so ansieht«, sagt Camilla, »dann bist du wirklich ein Wunder.«

Ebba errötet und presst sich an Marlon.

»Danke.«

Lisa hebt ihr Glas, ehe Mikael das alte Silvesterlied anstimmen kann und alle lossingen. Papa Erlands geliebtes *Auld Lang Syne*. Das haben sie an Silvester zu Hause in Lyckeby wirklich immer gesungen. Mikael war ein paarmal dabei. Lisa wünschte sich, ihr Vater wäre hier, dann wäre sie nicht die Älteste in der Runde, dann wäre eine weitere Generation anwesend, die ihr gute Ratschläge erteilen, sie beruhigen und die anderen in Schach halten könnte.

Marlon flüstert Ebba etwas zu. In gewisser Hinsicht ist er Papa Erland sehr ähnlich. Er hat einen ganz anderen Stil, ist aber ebenso unwiderstehlich schön wie Erland in Marlons Alter. Vielleicht hat Mikael das ja auch gesehen und deshalb an Erland und dieses Lied denken müssen. Ebba hat ihren Großvater nie kennengelernt, sie kennt ihn nur von Fotos, aber vielleicht hat das Bild trotz alledem ihre junges Empfinden geprägt.

We'll take a cup of kindness yet ...

Zu Hause in Lyckeby haben sie zum Abschluss immer auch die übersetzten Verse gesungen.

Wir kommen her und gehen hin und mit uns geht die Zeit.

Das Lied an Silvester zu singen, war genauso selbstverständlich wie Kartoffeln als Beilage. Ein Teil der Tradition – aus Papa Erlands Handbuch, wie man ein einfaches, glückliches Leben lebt. Silvester war dazu da, einen Schlussstrich unter das vergangene Jahr zu ziehen und das neue Jahr willkommen zu heißen.

Mikael muss vergessen haben, die Karaffe umzurühren, weil die letzte Runde viel alkoholischer ist. Camilla verzieht das Gesicht, zieht die Augenbrauen in die Höhe und stellt ihr Glas weg. Lisa hingegen genießt die Wärme, die aus dem Bauch empor in den Brustkorb steigt.

Sie geht am Kühlschrank vorbei zum Ofen. Genau die richtige Temperatur, und sie wirft einen Blick auf ihre Armbanduhr. Die Zeit, die sie für den Aperitif veranschlagt haben, ist vorbei. Sie macht den Kühlschrank auf, stellt das Kartoffelgratin auf die Arbeitsplatte, wo es noch kurz stehen muss, ehe es in den Ofen wandert. Dann holt sie die Glasschälchen mit dem Krabbencocktail heraus und stellt den Timer. Neunzig Minuten. Sie dreht sich zu ihren Gästen um.

»Was meint ihr – habt ihr Hunger?«

18

In der Mitte sitzt Ebba mit dem Rücken zum Fenster, Marlon sitzt neben ihr, Sören auf der anderen Seite. Gegenüber von Ebba sitzt Mikael, daneben Camilla, und Lisa sitzt am Tischende in Richtung Küche. Sie hätten sich über die Tischordnung mehr Gedanken machen müssen und nicht einfach zulassen dürfen, dass sich alle beliebig irgendwo hinsetzen. Aber nun sitzt Lisa dem Vater aus der geladenen Familie gegenüber, was im Normalfall bestimmt in Ordnung gewesen wäre, doch seit der Mann sich als Sören Isaksson entpuppt hat, könnte es falscher nicht sein. Allerdings ist es jetzt zu spät, daran noch etwas zu ändern.

Sie stellt den Wein ab und sieht, wie Sören nach der Flasche greift und das Etikett studiert.

»Netter Wein«, sagt er.

Mikael runzelt die Stirn. Wenn man auch nur ein bisschen was von Wein versteht, sagt man das nicht. Es gibt nette Menschen, aber keine netten Weine. Der Sören, den sie früher mal kannten, sah sich immer erst genau die Preise an und bestellte sich dann den günstigsten Wein. Er hat feste Vorstellungen davon, was Dinge sinnvollerweise kosten sollten, als ließe sich alles mathematisch erklären. Ein Wein aus dem Systembolaget sollte nicht mehr als achtzig Kronen die Flasche kosten. Es gibt keinen vernünftigen Grund, teure Jahrgangsweine zu kaufen.

Sören hat keine Ahnung von dem Wein, den Mikael sorgsam ausgewählt hat. Lisa hofft inständig, dass der ihm das nicht krummnimmt.

»Bitte«, sagt sie. »Mikael, willst du den Wein einschenken?«

Er sieht sie mit leerem Blick an.

»Ich kann das übernehmen«, mischt Camilla sich ein. »Wir können uns schließlich nicht *nur* bedienen lassen.«

Sie umrundet den Tisch und befüllt die Gläser. Sie bewegt sich geschmeidig, kommt den anderen aber auch ein Stück zu nah. Mikaels Glas füllt sie bis zum Rand. Als sie bei Ebba angelangt ist, bleibt sie stehen und sieht zu Lisa. Lisa schüttelt den Kopf.

»Wir haben auch Loka«, sagt sie.

Ebba bedient sich selbst und gibt die Loka-Flasche an Marlon weiter.

»Wie wär's, wenn wir alle ein bisschen über das neue Jahr spekulieren?«, schlägt Ebba vor.

»Du meinst, als eine Art Prophezeiung?«, hakt Sören nach.

»Gute Idee! Wer mag anfangen?«, fragt Camilla. »Und es kann um egal was gehen?«

»Wir haben das in der Schule gemacht«, erklärt Ebba. »Hauptsächlich ging es da um Politik – was in der Welt draußen passiert.«

»Ich kann ja mal anfangen«, sagt Mikael. »Wir kriegen einen neuen Papst.«

Das macht er immer. Und glaubt, er würde etwas Cleveres sagen. Der Papst ist immer ein alter Mann, und die Chancen stehen gut, dass er in jedwedem Jahr tot umfällt. Wenn man nur dauerhaft aufs selbe Pferd setzt, wird man irgendwann schon gewinnen. Die Logik des Zockers.

»Da wäre bei Lisas Nonnen im Maria Regina sicher so einiges los«, witzelt er.

Lisa würde gern aufstehen und nachsehen, ob Tom geantwortet hat. Normalerweise reagiert er immer schnell.

»Stimmt, dann können sie sich auf ein Konklave freuen«, sagt Sören.

Mikael kommentiert Sörens Versuch, lustig zu sein, mit einem Schnauben. Er schüttelt den Kopf und nippt an seinem Wein.

Sören senkt den Blick, als hätte er etwas verschüttet. Mit einem Mal sieht er verloren aus – ein Tölpel, der an diesem Tisch fehl am Platz ist. Aber das ist er ja auch. Er wird hier niemals hingehören.

»Wir werden ja sehen, ob du recht hast, Papa«, sagt Ebba. »Wer ist der Nächste?«

»Sollen wir nicht anfangen zu essen?«, fährt Lisa dazwischen. »Bitte.«

Sie widmen sich der Vorspeise.

»Also wirklich – *so gut!*«

Camilla fasst sich ans Schlüsselbein und verdreht genüsslich die Augen.

»Den letzten Krabbencocktail hab ich gegessen, als ich mit meinen Eltern auf Jersey war. Ich glaube, da war ich zwölf.«

Lisa späht zu Sören, der ihr mucksmäuschenstill und stocksteif gegenübersitzt. Und abermals unter den Tisch zu starren scheint. Was bitte schön ist da los? Sie versucht, seinem Blick zu folgen. Er ist ein Stück seitwärts gerichtet, zu Ebba. Sieht er die Stelle an, wo ihr Kleid aufhört? Gafft er ihre Beine an?

»Im Klartext: Wir sind ein bisschen altmodisch«, kommentiert Mikael. »Das war die Spezialität von Lisas Eltern. Es soll alles so sein wie früher, du weißt schon, in Lyckeby, Blekinge. War es Erland oder war es Ann-Christin, die auf den Krabbencocktail bestanden hat? Lass mich raten.«

»Das war Mama«, sagt Lisa.

»Ich finde ihn sehr lecker«, sagt Marlon.

»Danke«, erwidert sie. »Aber klar, wahnsinnig trendy ist er nicht.«

»So habe ich es auch nicht gemeint«, erklärt Camilla. »Er ist wirklich fantastisch.«

»Passt da denn der nette Wein dazu, Sören?«, fragt Mikael.

Sören blickt auf. Lisa ist froh, dass Mikael dem Starren ein Ende gesetzt hat. Sörens unpassender Kommentar auf den sauteuren Wein hat Mikael nicht losgelassen und er hat nur auf den richtigen Moment gewartet. Auf die perfekte Gelegenheit für einen typisch mörderischen Konter. Ein klassischer Mikael-Moment.

»Sehr«, sagt Sören nur und nimmt noch einen Schluck.

Der Sarkasmus scheint an ihm abzuperlen.

»Du bist dran, Sören«, sagt Ebba. »Was siehst du in deiner Kristallkugel für nächstes Jahr?«

»Einen Börsencrash.«

»Ha!« Mikael muss lachen. Und lacht zu laut. »Bist du jetzt auch noch der führende Börsenexperte des Landes?«

Lisa greift zu ihrem Wein und lässt unauffällig den Blick schweifen. Ebba sieht ruhig und konzentriert aus und hat die Hände auf dem Schoß verschränkt. Marlon neben ihr hat rötliche Flecken am Hals. Vielleicht ist ihm in seinem Sakko zu warm. So etwas zu tragen, scheint er nicht gewöhnt zu sein.

»Ich glaube, Sören hat recht«, sagt Camilla. »Wir stecken mittendrin in einem Wandel. Das alte System wird nicht mehr lange funktionieren. Wir stehen an der Schwelle zu einer neuen Art von Bewusstsein. Es wird große Veränderungen in der Welt geben.«

»Halleluja.« Mikael hebt sein Glas. Er nimmt ein paar große Schlucke und stellt sein Glas wieder ab. Ihm ist es völlig egal, ob jemand mit ihm darauf anstößt.

»Es hat doch wohl jeder das Recht auf seine eigenen Vorahnungen?«, kommentiert Ebba.

»Von einem Börsencrash reden die Leute jetzt schon seit fünfundzwanzig Jahren. Und Marktveränderungen gibt es die ganze Zeit. Die Börse geht runter und wieder rauf – und für gewisse Leute sind zehn Prozent schon ein Absturz. Für andere ist das nur eine vorübergehende Delle. Aber wenn du die totale Kernschmelze meinst, kann ich dazu nur Folgendes sagen: Die haben wir bisher nicht gesehen und werden sie auch nächstes Jahr nicht sehen.«

Mikael greift nach der Weinflasche und schenkt reihum nach. Sein eigenes Glas ist bereits leer, während die anderen erst ein paar Schlückchen genommen haben.

»Alles in Ordnung, Sören?«, fragt Lisa.

Er ist erneut verstummt, hat den Blick wieder nach unten gerichtet, und Lisa kann nicht länger an sich halten. Was zur Hölle gafft er da unten an?

»Ja, was soll nicht in Ordnung sein? Mit so gutem Essen und gutem Wein?«, erwidert er ruhig und beherrscht. Doch Lisa sieht ihm an, dass irgendwas los ist.

»Mit *nettem Wein*, meinst du wohl?« Mikael hebt sein Glas in seine Richtung.

Sören lächelt hölzern und stößt mit Mikael an, und beide trinken einen Schluck.

Lisa tupft sich mit der Serviette den Mundwinkel und lässt sie zu Boden fallen, schiebt den Stuhl zurück und beugt sich vor, um sie wieder aufzuheben. Als sie sich nach der Serviette ausstreckt, späht sie unter dem Tisch in Ebbas und Marlons Richtung. Ebba hat die Hände mitnichten auf dem Schoß verschränkt, wie sie gedacht hatte; stattdessen liegt eine Hand auf Marlons Hosenbein, am Schritt. Durch den schwarzen Jeansstoff kann sie die Schwellung zwischen seinen Beinen deutlich sehen.

»Ich bin dran«, sagt Marlon im selben Moment. »Hammarby wird schwedischer Meister.«

Hektisch richtet Lisa sich wieder auf und schlägt sich den Kopf an der Tischkante.

»Alles okay, Lisa?«, fragt Sören sofort.

Sein Blick indes fragt etwas anderes.

Sie nickt, legt ihre Serviette zurück auf den Tisch.

»In welcher Sportart denn?«, hakt Ebba nach.

»Fußball. Oder Bandy – eins von beiden.«

Ebba lacht.

»Das zählt aber nicht!«, sagt Camilla.

»Nein, das ist schon ganz richtig so«, mischt Mikael sich wieder ein. »Er hält sich die Optionen offen. Das ist smart. So macht man es auch an der Börse – wenn man weiß, wovon man spricht.«

Er gießt sich abermals ein volles Glas ein.

Lisa tut es ihm gleich. Ihr Herz schlägt schneller und härter, und der Hinterkopf tut weh, wo sie ihn sich angeschlagen hat. Sie weiß nicht, was sie sich von diesem Essen und diesem Abend erwartet hat – sicher nicht so etwas. Dass ihre Tochter dasitzen und ihren Freund am Esstisch zwischen den Beinen streicheln würde.

Aber so wild ist es doch gar nicht. Sie sind jung und verliebt. Das ist normal – nichts, weshalb man hysterisch werden müsste.

Mikaels Strategie, sich den Abend schönzusaufen, funktioniert anfangs immer, ist allerdings riskant. Nach und nach erreichen sowohl er selbst als auch jene, die sein Spielchen mitspielen, eine Art Wendepunkt. Dann wird entweder die Nacht hindurch weitergefeiert, oder es geht den Bach runter. Lisa ist sich nicht sicher, was ihr lieber wäre. Im Augenblick hat sie das Gefühl, sie dürfte die Jugendlichen für den restlichen Abend nicht mehr aus den Augen lassen. Doch Ebba ist drauf und dran, erwachsen zu werden. Lisa muss ihre Tochter von der Leine lassen, so ist schließlich der Lauf der Dinge, sie war selbst einmal in dieser Lage, vor einer Ewigkeit.

Lange bevor es zur Katastrophe kam. Bevor sie Sören und Camilla kennenlernte.

Die Hälfte der Voraussagen wäre geschafft. Sie hat keine Ahnung, was sie selbst sagen soll, wenn sie an der Reihe ist. Am liebsten würde sie gehen und auf ihrem Handy nachsehen. Sie bittet Mikael und Camilla, das Geschirr herüberzureichen, um einen Vorwand zu haben, den Tisch zu verlassen.

»Nein, Mama«, sagt Ebba. »Marlon und ich räumen ab.«

Da ist sie baff. Sonst bietet Ebba so etwas nie an.

»Ich muss das Kartoffelgratin in den Ofen schieben«, wendet sie ein.

»Ich glaube, das schaffen wir schon.«

Ebba und Marlon sammeln das Geschirr ein und verschwinden in die Küche. Sobald nur noch die vier Erwachsenen am Tisch sitzen, kehrt Stille ein. Und sie brauchen schon jetzt eine neue Flasche Wein.

»Wie ist das eigentlich gekommen?«, fragt Mikael.

Lisa ist schlagartig angespannt.

»Was meinst du?«, fragt Sören.

»Na, das mit euch beiden – dass ihr geheiratet und einen Sohn bekommen habt.«

»Wir haben kurz vor Marlons Geburt geheiratet«, antwortet Camilla.

»Das muss ja alles ziemlich schnell gegangen sein.«

Lisa will partout nicht daran zurückdenken, aber nun lässt es sich leider nicht mehr verhindern. Sie kann sich kaum daran erinnern, das meiste ist verschwommen, verdrängt, nach so vielen Jahren verblasst. Mikael hat schon recht, sie selbst durchblickt das Timing auch nicht so recht; wenn man bedenkt, was Camilla und Sören unternehmen mussten, um ein Kind zu erwarten, ist es unbegreiflich, dass Marlon genauso alt sein kann wie Ebba.

19

Ebba stellt das Gratin in den Ofen. Im Augenblick ist es am Esstisch ganz still. Womöglich warten und hoffen alle nur noch, dass ihr Vater endlich mit seiner Fragerei aufhört und Ruhe gibt.

Marlon stellt das Geschirr auf die Arbeitsplatte und entdeckt dort Mikaels Rolex. Ebbas Vater muss sie abgelegt haben, als er die Vorspeise vorbereitet hat, das macht er gern, wenn er kocht. Sonst legt er sie nie ab.

Marlon streicht darüber und wiegt sie in der Hand. Sein Gesicht ist vollkommen ausdruckslos, wie ein Clown bei einer Pantomime. Ebba will gar nicht wissen, was ihm gerade durch den Kopf geht.

Sie schlingt ihm von hinten die Arme um die Taille und umarmt ihn. Tastet sich vor zur Schließe seines Gürtels. Öffnet ihn, knöpft die Jeans auf und schiebt ihm die Hand in die Boxershorts.

»Dein Vater findet also, dass ich noch nicht bereit bin?«

»Ich hab doch gesagt, du sollst nicht weiter darüber nachdenken«, erwidert Marlon.

Sie spürt, wie das Blut durch seine Adern rauscht. Unter ihrer Berührung ist er wieder härter geworden. Mit der freien Hand zieht sie ihm die Jeans weiter runter. Langsam fährt sie mit der Hand vor und zurück und spürt, wie sehr Marlon es genießt.

Er dreht sich um, schiebt ihr Kleid nach oben, sodass er ihre Schenkel berühren kann. Die Rolex hat er beiseitegelegt.

»Was, wenn dein Vater jetzt reinkommt?«, flüstert Ebba. »Vielleicht würde er es sich ja anders überlegen?«

Marlon lacht, fährt ihr über den Hintern und unter den Slip.

»Vergiss meinen Vater.«

»Nur wenn du mir versprichst, dir wegen meinem keinen Kopf zu machen«, erwidert sie.

Ebba sinkt auf den Boden, und Marlons Hände streichen über ihren Rücken bis hinauf zum Nacken, bis er ihr zu guter Letzt die Hände an die Wangen legt.

Da kommt sie wieder. Die Unruhe. Aus heiterem Himmel. Erst ganz dezent, schleichend, dann immer deutlicher. Ebba versucht, sich zusammenzureißen, aber die Stimmen der Erwachsenen von drüben dringen nach und nach durch ihre Rüstung.

»Was war das eigentlich für eine Geschichte – dass Marlon einen Ferienjob nicht bekommen hat? Aufgrund irgendeiner Jugendsünde?«

Es ist die Stimme ihres Vaters. Er gibt keine Ruhe. Er lauert nur darauf, einen Gang höher zu schalten.

»Er und ein paar Mitschüler hatten in einem Supermarkt irgendwas mitgehen lassen.«

Sören antwortet.

Ebba schließt die Augen, versucht, die Stimmen auszublenden. Aber es ist, als würde ihr Hörsinn sich ganz von allein dorthin ausrichten und jedes Wort aufsaugen.

»Ein Jungenstreich«, sagt Camilla, »nichts, was niemand sonst je getan hätte.«

Sie weiß genau, was Marlon sich von ihr wünscht, und sie will es auch. Und allmählich muss sie loslegen. Jeden Moment könnte einer der Erwachsenen in die Küche kommen. Doch ihr Magen verkrampft und die Brust zieht sich zusammen.

»War das wirklich alles? War das der Grund, warum niemand ihm einen Ferienjob anbieten wollte? Oder steckte da noch mehr dahinter?«, hakt ihr Vater nach.

»Mikael«, sagt Sören, »*Ebba und Marlon sind in der Küche!*«

Als Sören Letzteres flüstert, kommt es Ebba vor, als würde sie es umso deutlicher hören. Sie ist geübt darin, ausgerechnet geflüsterte Worte zu verstehen.

Es geht nicht.

Sie hat komplett den Faden verloren. Sie sieht Marlon ins Gesicht.

Er erwidert ihren Blick, seufzt, schüttelt den Kopf und zieht die Jeans wieder hoch.

»Die Jungs waren keine Freunde, sondern Mobber, die ein Problem mit seinem Stil und seiner starken Persönlichkeit hatten«, erklärt Camilla. »Sie haben ihn erst reingelegt und dann im Regen stehen lassen, als der Sicherheitsdienst die Polizei alarmiert hat.«

»Camilla, bitte«, sagt Sören. »Und Mikael, du auch – können wir das nicht ein andermal besprechen?«

Ebba steht wieder auf. Marlons Blick ist kohlschwarz.

Sie weiß auch nicht, warum sie ihrer Mutter von Marlons Eintrag im Polizeiregister erzählt hat. Vielleicht weil sie gehofft hat, ihre Mutter könnte so was wie Mitleid mit ihm haben. Jetzt, da sie sieht, wie niedergeschlagen er ist, bereut sie es zutiefst. Er muss unendlich enttäuscht von ihr sein.

»Es tut nichts zur Sache«, sagt sie. »Es verändert rein gar nichts.«

Marlon windet sich sichtlich, knöpft seine Jeans zu und dreht sich zur Spüle um. Er dreht das Wasser auf und spült die Glasschälchen aus.

Und plötzlich ist die Arbeitsplatte neben ihm leer. Die Rolex liegt nicht mehr da, wo sie zuvor gelegen hat.

»Dann hat er jemandem eins über die Rübe gegeben?«, fragt Ebbas Vater.

Sie schlingt ihm erneut die Arme um die Taille und zieht ihn eng an sich.

»Oh ja. Und er hat ordentlich Kraft«, flüstert Camilla.

»Dann ist er ein Jugendstraftäter und wegen einer Tätlichkeit verurteilt worden?«

Marlon schüttelt den Kopf, während er weiterspült.

»*Er hat sich verteidigt! Diese verdammten Sicherheitsleute haben ihn viel zu fest angepackt, als sie ihn zu Boden gedrückt haben!*«

Jemand schlägt mit der Faust auf die Tischplatte.

»Fantastisch«, sagt Mikael. »Das ist ja wirklich fantastisch.«

Ebba stellt sich neben Marlon an die Arbeitsfläche und versucht, Blickkontakt mit ihm aufzunehmen, aber er starrt unverwandt in die Spüle. Sie sucht die blanke Marmorplatte nach der goldenen Uhr ihres Vaters ab.

»Marlon«, sagt sie leise.

»Was?«

Plötzlich ist vor dem Haus ein leises Motorenbrummen zu hören, das näher kommt. Die Straße, an der sie wohnen, ist eine Sackgasse, hier kommt niemand einfach so vorbei, weder tagsüber noch abends. Trotzdem wird das Motorengeräusch immer lauter. Dann knirscht der Schnee auf der Auffahrt. Das Fahrzeug hält auf ihr Haus zu.

Die Erwachsenen verstummen und es wird wieder still im Esszimmer. Es kommen doch nicht etwa noch mehr Gäste? Ihr Magen zieht sich noch stärker zusammen. Ihr Herz schlägt ihr bis in die Schläfen.

»Du hast ...«

Sie sucht weiter nach der Uhr, während sie gleichzeitig darauf lauert, was am Esstisch und draußen vor dem Haus vor sich geht – alles über die eigene hektische Atmung hinweg.

»Was ist?«

Im selben Moment sieht sie im Schein des Weihnachtssterns im Fenster etwas glitzern. Die Rolex liegt auf der Fensterbank. Marlon muss sie dort hingelegt haben, damit kein Spülwasser daraufspritzt.

»Du hast nichts falsch gemacht«, sagt sie.

Vor dem Haus schlägt eine Autotür.

»Das weiß ich«, antwortet er.

Schritte nähern sich der Tür.

20

Stockholm,
im Oktober,
achtzehn Jahre zuvor

Die Fähre schaukelt auf der kurzen Strecke zwischen Nacka und Djurgården. Das Wasser ist unruhig, zerfurcht vom Schiffsverkehr, der rund um Stockholm nie aufhört. Lisa trotzt der kalten Herbstluft und steht auf dem Außendeck. Es ist ein wolkenloser, klarer Tag. Die Sonne beleuchtet das rot, gelb und braun changierende Laub. Mikael hat endlich jemanden gefunden, der es sich zutraut, für sie am Steilhang hinunter zum Järlasjön einen Pool zu bauen. Seit er eines Morgens mit der Idee aufgewacht ist, dass sie zwischen Hauswand und Hang einen Infinity Pool anlegen sollten, hat er nicht mehr lockergelassen. Die Idee war einfach nur typisch für ihn: eine spontane, triumphale Eingebung, etwas, was die Unvollständigkeit dort ausräumen würde, ein Geniestreich. Der Pool wäre so nah am Haus, dass sie vom unteren Wohnzimmer aus dort die Füße reinhalten könnten. Er würde den entscheidenden Unterschied zwischen einem gewöhnlichen und einem außergewöhnlichen Haus ausmachen. Das Deck vor ihrem Wohn-Ess-Zimmer im Obergeschoss würde den Poolbereich teils überragen, und sie hätten einen unverstellten Blick über endloses Wasser: von der Oberfläche des Poolbeckens bis über den See am Fuß der Böschung.

Fünf Firmen hatten den Auftrag schon abgelehnt. Das Risiko, dass sie am Hang absacken würden, war ihnen zu groß. Die typische schwedische Feiglingseinstellung, hatte Mikael gesagt. Kannten diese Leute die Häuser in Beverly Hills nicht? Er hatte Weblinks und Bilder aus Architekturzeitschriften geschickt. Wenn er sich etwas in den Kopf gesetzt hatte, gab er nicht mehr klein bei. Kopfzerbrechen und Kosten spielten in seinen Überlegungen keine Rolle.

Allerdings gibt es Grenzen für das, was sie selbst erträgt.

Sie wünschte sich, dass sie ein bisschen spiritueller wäre, wie Camilla. Dass sie das Leben als ewigen Kreislauf betrachten könnte, in dem die Grenzen zwischen den Lebenden und den Toten verschwimmen. Dass das Ende eines Lebens nicht so endgültig wäre.

Camilla zufolge beruht alles im Leben auf Entscheidungen. Frag das Universum und das Universum präsentiert dir eine Antwort. Richte all deine Energien auf das, was du dir wünschst. Nicht dass Lisa es je versucht hätte.

Die Fähre wird langsamer und steuert auf den Landungssteg an der Blockhusudden zu. Dort wartet Camilla auf sie und winkt und ist wie immer perfekt gekleidet. Eine dünne grüne Jacke mit braunen Lederbesätzen an Ellenbogen und Kragen. Ein dazu passender kleiner grüner Rucksack auf den Schultern.

Als sie in Richtung Waldemarsudde losspazieren, berichtet Lisa von ihren jüngsten Bauplänen. Sie muss es loswerden, und sobald sie sich Camilla mitteilen kann, wird auch der Kopfschmerz besser.

»Tut mir leid, Lisa, aber was diesen Pool angeht, bin ich voll und ganz auf Mikaels Seite«, sagt Camilla.

»Ich wusste, dass du das sagen würdest.«

»Aber das klingt doch fantastisch! Am besten, ihr geht das Projekt sofort an. Sonst wird nie etwas daraus! Stell dir doch vor, wie viel Spaß ihr damit hättet! Ihr werdet es nicht bereuen.«

»Vielleicht hast du recht. Es ist nur so, dass ich irgendwann fertig werden will, du weißt schon, bevor ...«

»Bevor das Kind kommt?«

Lisa nickt.

»Wenn das überhaupt jemals was wird.«

Camilla lässt den Blick über die Umgebung schweifen, über den bildschön angelegten Schlosspark, die Bäume am Ufer. Irgendwas schimmert in ihrem Blick. Eine verträumte Bekümmertheit. Lisa hat das Gefühl, dass sie etwas Falsches gesagt hat.

»Ist alles okay?«

Camilla nickt, doch ihre Mundwinkel zucken.

»Hey ...«

Lisa nimmt sie in die Arme.

»Es ist nichts«, versichert Camilla ihr. »Ich freue mich nur für euch.«

Sie gehen weiter, am Museum vorbei und von den anderen Passanten weg, über den Spazierweg in Richtung inneren Djurgården und an den weitläufigen Rasenflächen und den großen Eichen vorüber.

Der Abend am Stureplan einige Wochen zuvor ist vergessen, zumindest hofft Lisa das; sie hat sich sowohl dafür entschuldigt, dass sie so aufgebraust ist, als auch dafür, dass sie sich nicht mehr verabschiedet haben. Und dass Mikael so ausgerastet ist. Doch der Stellungskrieg vor dem Spiegel auf der Damentoilette hat ihrer Freundschaft einen Schlag versetzt; es ist immer noch spürbar. Vielleicht sollten sie es trotz allem noch mal ansprechen.

Am Morgen nach jenem grässlichen Abend, an dem Mikael sie an der Birger Jarlsgatan stehen gelassen hat, ist Lisa in Toms Bett aufgewacht. Sie hat sich früh am Morgen hinausgeschlichen und aufs Handy geguckt – keine Nachricht. Sie hat Tom schlafen lassen, die Morgensonne fiel durch die Balkontür auf sein Gesicht. Mikael war nicht im Schlafzimmer, als sie nach Hause kam, er lag im Wohnzimmer auf dem Sofa, vollständig bekleidet und komplett ausgeknockt.

Sie schämte sich zutiefst und fühlte sich zugleich lebendig wie nie. Eigentlich war sie nie der Typ, der fremdging. Tom war ein Freund, ein Kollege, ihr Trost. Nichts weiter.

»Sollen wir uns kurz hinsetzen?« Camilla zeigt auf eine Parkbank. »Ich hab den ganzen Tag stehen müssen.«

Sie setzen sich, Camilla zaubert eine kleine Thermoskanne aus ihrem Rucksack und gießt zwei Becher dampfenden Kakao ein.

»Dann wollt ihr es wirklich mit IVF versuchen?«, fragt sie.

»Ja.«

Camilla nickt. Trotzdem ist da etwas Unausgesprochenes. Und es ist merkwürdig, dass sie fragt, weil sie doch schon an jenem gemeinsamen Abend darüber gesprochen haben. Mikael hat es während seiner letzten Ansprache mehr oder weniger verkündet, bevor sie miteinander anstießen.

»Ich dachte, vielleicht hättet ihr es euch doch noch anders überlegt«, sagt Camilla. »Ich meine – wenn man bedenkt, was da zuletzt passiert ist.«

»Jedes Paar hat mal Streit.«

»Vielleicht überinterpretiere ich es auch.«

»Was meinst du?«

»Du kannst schließlich Kinder kriegen, mit wem du willst.«

Lisa sieht weg, entdeckt einen Drachen am blauen Himmel. Ein Junge von vielleicht zwölf Jahren läuft mit der Schnur in der Hand darunter her.

»Mikael ist mein Ehemann, Camilla. Wir sind fest entschlossen, eine Familie zu gründen. Es war zwischenzeitlich nicht ganz leicht, wie du weißt, trotzdem hat sich daran nichts geändert.«

»Verstehe. Ihr seid bei Sören in den besten Händen. Wird schon glattgehen.«

»Hoffentlich. Und ihr? Was habt ihr für Pläne?«

Camilla nimmt einen Schluck von dem warmen Getränk. Ein schmaler hellbrauner Schokoladenbart bleibt auf ihrer Oberlippe zurück.

»Wir sind ineinander verliebt.« Sie lächelt. »Damit habe ich ehrlich gesagt nicht gerechnet. Aber ich liebe ihn wirklich.«

Für Lisa sind das starke Worte, besonders wenn man bedenkt, dass die beiden noch nicht sonderlich lange zusammen sind.

»Aber das ist doch toll«, sagt sie. »Und wie geht's mit dem Schwangerwerden?«

»Ich tue, was ich kann. Ich positioniere unsere Seelen um, esse getrocknete chinesische Kräuter, um die Temperatur meiner Gebärmutter zu steigern, und nehme ein Elixier aus Peru, um die Eizellenproduktion anzukurbeln.«

Lisa nimmt Camillas Hand.

»Hat Sören grünes Licht für diese Maßnahmen gegeben?«, fragt sie.

»Müssen wir unseren Männern wirklich alles erzählen?«

Lisa lächelt sie an und nickt. Die unterschwellige Anspielung lässt sie unkommentiert. Camilla meint es nicht böse. Sie ist verwundet, braucht jemanden, dem sie sich anvertrauen kann, eine Freundin, die ihr zuhört und ihr eine Stütze ist. Sie hat nie zuvor so verzweifelt geklungen. Wenn es stimmt, dass sie diese Mittelchen nimmt, muss Sören sie aufgegeben haben, und jetzt greift sie nach dem allerletzten Strohhalm.

»Das tut mir sehr leid«, sagt Lisa.

»Alle halten so große Stücke auf mich – dass ich alles könnte … Aber das Einzige, was ich von klein auf wollte, war, ein Kind zu kriegen und mich darum zu kümmern. Da gibt es etwas, was mit meinen früheren Leben verknüpft ist, und damit kann ich mich niemals aussöhnen, wenn ich nicht Mutter werde. Und jetzt, da ich endlich den Richtigen gefunden habe, kann ich ihm trotzdem kein Kind schenken.«

Lisa schluckt und versucht, ein mitfühlendes Lächeln zustande zu bringen. Sie hat keine Ahnung, was sie erwidern soll, wenn Camilla solche Sachen sagt. Verknüpfungen zu früheren Leben – was soll das bitte schön heißen? Dass irgendein Fluch auf ihrer Seele liegt?

»Es tut mir so leid«, sagt sie erneut. »Ich wünschte, es gäbe irgendwas, was ich für dich tun könnte.«

»Es gäbe da wirklich etwas«, sagt Camilla.

»Und was?«

Sie nimmt einen Schluck Kakao.

»Ich will, dass das unter uns bleibt, versprichst du mir das? Sag Mikael nichts – ich hab auch noch nicht mit Sören gesprochen.«

»Na klar, Ehrenwort. Also, was kann ich tun?«

»Du könntest unser Kind austragen.«

Lisa zuckt zusammen. In ihr bahnt sich ein nervöses Kichern an, und sie presst die Lippen zusammen, damit sie den Kakao nicht ausspuckt.

»Wie bitte?«

»Du bist völlig normal. Du hattest Probleme mit einem unregelmäßigen Zyklus, aber das ist normal und nur stressbedingt. Mikael hat kaum Chancen. Wenn du und Sören zusammen schwanger würdet, wäre es unser gemeinsames Kind. Wir könnten es zusammen aufziehen.«

»Das ist nicht dein Ernst?«

Lisa stellt ihren Becher auf die Bank und steht auf.

»Geh jetzt nicht«, sagt Camilla. »Denk darüber nach. Es würde all unsere Probleme lösen. Ich kann keine Kinder bekommen, Mikael kann keine Kinder zeugen ...«

»Mikael hat eine *verminderte Zeugungsfähigkeit*.«

Lisa stellt erschrocken fest, dass sie laut geworden ist, und sieht sich nach Zuhörern um.

Camilla schüttelt den Kopf.

»Du machst dir da was vor. Wie oft habt ihr es jetzt versucht? Weißt du überhaupt, was das mit einer Beziehung macht, wenn die IVF-Behandlung ergebnislos bleibt? Und eure Beziehung ist doch jetzt schon ziemlich wackelig!«

»Du bist ja *verrückt*, verdammt! Du meinst ernsthaft, ich soll von *Sören* schwanger werden?«

»Es wäre *unser* Kind.«

Ihr fehlen die Worte. Sie starrt Camilla an. Und hofft, dass die gleich in Gelächter ausbricht und sagt, es wäre bloß ein Scherz gewesen. Oder dass irgendein Promi aus dem Fernsehen hinter einem Baum hervorspringt und verkündet, dass das hier die *Versteckte Kamera* ist.

Doch Camilla hat keinen Scherz gemacht.

»Ich weiß wirklich nicht, ob das dein Ernst ist, Camilla – aber du weißt schon, dass wir uns kein Kind *teilen* können?«

»Lass dich doch von den gesellschaftlichen Konventionen nicht so einschränken.«

Lisa hebt die Hand.

»Okay. Jetzt reicht's.«

»Ich habe nur eine einzige Chance: eine Leihmutter.«

Lisa schließt die Augen. Sie will nur noch weg. Camilla ist nicht mehr ihre neue beste Freundin, sie ist eine Figur aus einem Horrorfilm. Lisa will auf der Stelle kehrtmachen und zur Fähre zurücklaufen und diese Frau nie wiedersehen.

»*Du* könntest unsere Leihmutter sein.«

»Camilla«, sagt Lisa, »ich habe dich immer dafür bewundert, dass du außerhalb herkömmlicher Bahnen denkst, dass du mutig bist und aus deinem Herzen keine Mördergrube machst. Aber hier verläuft für mich eine Grenze. Es widert mich an, was du da gerade sagst. Und was du da sagst, ist in Schweden im Übrigen illegal. Ich werde jetzt gehen und ich will nicht mehr mit dir reden.«

Camilla steht auf und macht einen Schritt auf sie zu.

»Geh nicht«, sagt sie erneut. »Ich kann verstehen, wenn es merkwürdig klingt – aber es gäbe da Mittel und Wege. Ich hab recherchiert, wie man es angehen müsste. Es wäre ganz legal. Wir könnten doch zumindest darüber reden?«

Lisa schüttelt den Kopf.

»Nein, wir können *nicht* darüber reden.«

Sie stapft los.

»Bevor du die Idee komplett beiseitewischst, denk vielleicht auch an Mikael. Ich weiß ja nicht, was du dir vorgestellt hast, Lisa – einen Samenspender? Einen komplett Fremden? Oder vielleicht Tom?«

Lisa wirbelt herum.

»Was hast du gerade gesagt?«

»Glaubst du, ich wüsste das nicht? Die SMS, die ihr euch heimlich schreibt? Der gut aussehende Typ von der Arbeit. Kennt Mikael ihn?«

»Soll das eine Drohung sein?«

Camilla kommt langsam auf sie zu.

»Denk endlich klar, Lisa aus Lyckeby. Wie ein erwachsener Mensch. Mikael kann kein eigenes Kind haben. Und ich kann auch kein eigenes haben.«

Camilla steht jetzt so nah vor ihr, dass sie deren süßen Atem riechen kann.

»Du denkst gerade nur an dich selbst. Dass du einen

hübschen Jungen kriegen könntest, der mit seinem Fahrrad vor dem Gartenzaun steht – und im Hintergrund ein üppiger Flieder. Du bist nichts weiter als eine verdammte Egoistin.«

Hauptgang

21

Lillängen, Nacka,
am Silvesterabend

Am Tisch sehen sie einander verwundert an. Sogar das Geschirrklappern bei den Jugendlichen in der Küche hat aufgehört. Alle scheinen auf die Geräusche des Wagens zu lauschen, der die Auffahrt hochgekommen ist.

»Ich gehe kurz nachsehen, wer das ist«, sagt Lisa. »Bestimmt jemand, der sich verfahren hat.«

»Am Silvesterabend?«, entgegnet Sören.

»Wie du schon gesagt hast«, kommentiert Mikael, »hier stehen ja so einige Häuser.«

Lisa entflieht dem unangenehmen Patt im Esszimmer, läuft die Treppe runter in den Flur und zur Haustür. Mikaels Fragen und Kommentare zu den Umständen von Marlons Geburt und wie er im Polizeiregister landen konnte, lähmen ihre Gedanken.

Wie lange geht das hier noch gut?

Alle jungen Männer geraten früher oder später einmal in Streitereien, ja, so ist es wohl, und was immer Marlon gemacht hat, das sagt überhaupt nichts über seinen Charakter oder darüber, ob er auch in Zukunft, wenn er mal älter ist, Probleme mit Recht und Gesetz haben wird oder vielleicht zu Gewalt neigt.

Trotzdem. Es wäre besser gewesen, wenn es bei einem banalen Ladendiebstahl geblieben wäre. Bei der Vorstellung, dass Ebba mit einem Schläger zusammen sein könnte, läuft es ihr eiskalt den Rücken hinunter.

Durch den Milchglaseinsatz an der Tür sieht sie zwei Silhouetten auf der Vordertreppe. Eine davon klopft an die Tür. Lisa holt ein paarmal tief Luft, wartet noch einige Sekunden und macht dann auf.

Ein junger Mann und eine junge Frau in identischen dunkelblauen Winterjacken. Unter den Jacken blitzen Polizeiuniformen hervor. Hinter ihnen ein Streifenwagen. Zum Glück haben sie das Blaulicht nicht eingeschaltet.

Lisa räuspert sich, starrt auf ihre Hände hinab, nestelt an ihrem Ehering. Sie muss mit zwei Ereignissen auf einmal klarkommen – einerseits mit dem Umstand, dass Camilla und Sören erneut in ihr Leben getreten sind, andererseits mit dem Einbruch im Maria Regina und dass die Polizei auf ihrer Matte steht.

»Guten Abend. Sind Sie Lisa Kjellvander?«, fragt die Frau. »Ich bin Sandra und das hier ist Jakob. Wir sind von der Polizei Nacka.«

»Wir würden uns gern mit Ihnen unterhalten. Dürfen wir kurz reinkommen?«

Der Mann hat übernommen. Er lächelt freundlich.

Lisa hört Geräusche von oben. Dort wird der Tisch abgeräumt – schweigend – und für den Hauptgang vorbereitet. Hier unten ist es so still, dass sie ihren eigenen Herzschlag hören kann.

»Draußen ist es ziemlich unwirtlich.«

Ihr dämmert, dass die Polizisten auf Lisas Reaktion warten.

»Ja, natürlich. Kommen Sie rein.«

Sie weicht in den Flur aus, damit die zwei eintreten können. Als sie kalte Luft mit hereinbringen, erschaudert sie. Ihr schickes Kleid ist eindeutig zu dünn.

»Wenn Sie mögen, setzen wir uns hier rein?«

Sie deutet vage in Richtung Fernsehzimmer, doch Jakob schüttelt den Kopf.

»Hier ist es in Ordnung«, sagt er.

»Was ist denn mit Ihrer Hand passiert?«, fragt Sandra.

Erst jetzt fällt Lisa auf, dass sie mit der bandagierten Hand gestikuliert hat.

»Ich bin auf dem Heimweg von der Arbeit auf der Böschung ausgerutscht. Silvesterstress, könnte man sagen.«

Sandra nickt. Jakob zückt ein kleines Notizbuch, das in seiner Jackentasche gesteckt hat.

»Ich weiß schon, warum Sie gekommen sind«, sagt Lisa. »Tom, mein Kollege, hat angerufen und mir von dem Einbruch erzählt.«

»Wir haben mit Tom schon gesprochen«, erwidert Sandra, »und dachten, wir kommen direkt vorbei, nachdem Tom erwähnt hat, dass Sie in der Nähe wohnen. Aber dann kam uns noch etwas dazwischen.«

»Ich hoffe, wir stören Ihren Silvesterabend nicht allzu sehr«, wirft Jakob ein. »Wir möchten nur kurz ein paar Routinefragen stellen.«

»Nein, alles gut«, sagt Lisa. »Ich weiß ja, dass Sie nur Ihren Job machen.«

»Ist es richtig, dass normalerweise Sie die Inventur der Medikamente im Maria Regina machen?«, fragt Jakob.

»Ja, das stimmt. Allerdings musste ich heute Tom darum bitten, weil wir Gäste haben.«

»Wir brauchen auch nur ein paar Minuten«, versichert er ihr abermals, lächelt verständnisvoll, und sie fühlt sich sofort ein bisschen besser.

»Tom hat erzählt, dass nur Sie beide Zugang zum Medikamentenschrank haben und dass Sie ihn mit Ihrer Chipkarte öffnen.«

»Auch das ist richtig«, sagt Lisa.

»Wann haben Sie Ihre Chipkarte zuletzt eingesetzt?«, fragt Sandra.

Sie hat sie den ganzen Tag nicht gebraucht. Tom hatte sie durchs Fenster seiner Wohnung gesehen, als sie die Straße entlangging, kam runter, und gemeinsam sind sie zur Arbeit spaziert. Es war nicht das erste Mal. Trotzdem – könnte es einen Grund geben, dass er sie ausgerechnet an diesem Morgen abgepasst hat? Manchmal wird sie aus ihm nicht richtig schlau. Bei der Arbeit ist er wie ein Hausgeist – und im Wohnviertel auch. Was für ein Leben lebt er überhaupt?

»Lisa?«, hakt Sandra nach.

»Wissen Sie gar nichts von unserer Anzeige?«

»Nein«, sagt Jakob, »welche Anzeige?«

Als Mikael Anzeige erstattet hat, hat sie sich selbst weisgemacht, dass bei der Polizei alle davon erfahren würden. Anscheinend lag sie damit falsch.

»Gestern Nacht ist in unser Auto eingebrochen worden. Ich hatte meine Sporttasche auf dem Rücksitz vergessen, jemand hat ein Fenster eingeschlagen und die Tasche gestohlen. Darin lag meine Chipkarte. Wir haben online Anzeige erstattet.«

Jakob nickt und macht sich eine Notiz. Sandra sieht Lisa unverwandt an.

»Verzeihung«, fährt Lisa fort, »ich bin davon ausgegangen, dass Sie Bescheid wüssten.«

»Wir arbeiten, so schnell wir können«, sagt Jakob. »Aber nein, von der Anzeige wussten wir nichts.«

»Was haben Sie gestern Nacht gemacht?«, hakt Sandra nach.

Lisa hat große Lust, sie zu fragen, was genau sie wohl damit meint. Doch Sandras Blick ist so intensiv, dass sie es sich anders überlegt. Das hier ist kein Spielchen, sie meint es ernst.

Glaubt sie, dass Lisa mit dem Einbruch zu tun hat?

»Ich war zu Hause«, antwortet sie.

»Gibt es jemanden, der das bestätigen könnte? Wenn das nötig wäre?«

Gibt es da jemanden? Der bestätigen könnte, dass sie zu Hause war, dass sie die ganze Nacht im Schlafzimmer gelegen und geschlafen hat?

Die Haut an ihrem Ringfinger ziept. Sie hat wieder an ihrem Ring gedreht, diesmal zu fest. Den Polizisten ist das nicht entgangen.

»Meine Tochter und mein Mann waren ebenfalls hier«, sagt sie.

»Und Ihr Auto ist das vorn im Carport?«, fragt Sandra.

»Ja.«

»Und Sie haben nicht gehört, dass die Scheibe eingeschlagen wurde? Keiner von Ihnen? Wie kann das sein?«

Sie hat keine Ahnung, was Ebba in der Nacht gemacht hat. Lisa glaubt, dass sie unten im Fernsehzimmer war und sich einen Film angesehen hat. An Wochenenden und in den Ferien schläft Ebba manchmal sogar dort auf dem Sofa. Aber wenn sie etwas gehört hätte, hätte sie es doch gesagt?

Was Mikael gemacht hat, weiß sie nicht. Er hat sich wie üblich zurückgezogen, womöglich mit Kopfhörern auf den Ohren, war im Internet oder hat eventuell seine Investitionen gecheckt.

»Dann hatten wir wohl einen gesunden Schlaf«, antwortet Lisa.

Sandra sieht sie verwundert an.

»Und wann hatten Sie Ihre Chipkarte zuletzt in der Hand?«, fragt sie erneut. »Sie haben mir auf die Frage nicht geantwortet.«

»Ich weiß, ich hätte früher reagieren sollen«, sagt sie. »Aber ich habe die Karte heute gar nicht gebraucht, das letzte Mal muss gestern gewesen sein. Darf ich erfahren, warum Sie das wissen wollen? Hat jemand meine Karte benutzt? Ist der Einbruch so passiert?«

»Haben Sie eine Ahnung, wer Ihre Tasche gestohlen haben könnte?«, fragt Lisa.

»Nein, wirklich nicht.«

»Gut, dass Sie den Einbruch in Ihrem Auto angezeigt haben«, sagt Jakob. »Dass Sie das so schnell wie möglich gemacht haben, war genau richtig.«

»Dann ist meine Karte also benutzt worden?«

Sie klingt gepresst, als hätte sie plötzlich einen Kloß im Hals. Diesmal hat sie die Frage an Jakob gerichtet, weil Sandra ihr nicht geantwortet hat.

Jakob legt ihr eine Hand auf die Schulter und drückt sie sanft, fast mitfühlend.

»Sie verstehen hoffentlich, dass wir darüber derzeit keine Auskunft geben können«, sagt er. »Wir haben gerade erst die Ermittlungen aufgenommen.«

Er lächelt sie abermals freundlich und artig an.

Doch mit einem Mal ist glasklar, dass es ihre Karte gewesen sein muss. Auch wenn sie es nicht sagen. Bis jetzt hat sie diesen Umstand irgendwie von sich fernhalten können, bisher war der Groschen noch nicht gefallen – doch Tom muss es bereits gewusst haben. Hätte sie den Einbruch entdeckt, hätte sie sofort die Sicherheitsfirma angerufen, die sich um ihre Systeme kümmert. Dort brauchen sie nur ein paar Minuten, um nachzusehen, welche Karte wann eingesetzt wurde. Das Gleiche muss Tom gemacht haben. Warum hat er denn nichts gesagt, als er sie angerufen hat?

»Es tut mir wahnsinnig leid«, sagt Lisa. »Mir ist klar, dass ich die Karte nicht im Auto hätte liegen lassen dürfen. Das war unverantwortlich.«

»Solche Sachen passieren«, sagt Sandra.

Ihr Gesichtsausdruck ist unergründlich.

»Und der PIN-Code?«, erkundigt sich Jakob.

Natürlich. Die Karte muss zusammen mit ihrem Code benutzt worden sein.

Unvermittelt spürt sie die neue Halskette auf ihrer Haut – und ihr ist klar, wie brandneu und teuer sie aussehen muss. Sie zupft am Ausschnitt ihres Kleides, will den Anhänger und ihren nackten Hals verdecken.

»Könnte es sein, dass Sie den Code irgendwo aufgeschrieben haben und dass er ebenfalls in der Tasche lag?«, fragt Sandra.

Lisa benutzt seit Jahren ein und dieselbe Ziffernkombination, auch für ihren Spind im Fitnessstudio und für ihre Bankkarte. Sie hat mal etwas zum Thema Datensicherheit gelesen und weiß, dass sie für die Chipkarte einen eigenen, schwer zu knackenden Code hätte einrichten müssen, trotzdem hat sie immer den gleichen benutzt.

»Ich weiß nicht«, sagt sie.

»Wenn es so wäre, wäre es wirklich nicht weiter dramatisch«, sagt Jakob. »So was ist vollkommen menschlich, auch wenn die meisten von uns genau wissen, dass es leichtsinnig ist.«

Sie war wirklich der Meinung, sie könnte ihre Gefühle beherrschen, die Fassade aufrechterhalten, gelassen wirken – aber so entgegenkommend, wie diese jungen Polizisten sind, müssen sie sie für eine Frau jenseits des Verfallsdatums und am Rande eines Nervenzusammenbruchs halten.

»Aber wäre es denn möglich?«, hakt Sandra nach. »Dass der PIN-Code zusammen mit der Karte in Ihrer Tasche lag?«

»Ich glaube nicht, aber …«

Sie spricht den Satz nicht zu Ende.

»Alles okay, Lisa«, sagt Jakob. »Im Grunde spielt es auch gar keine Rolle. Der Täter kann auf zig Arten an den Code gekommen sein.«

Sagt er das, um sie zu beruhigen? Damit sie glaubt, dass sie sie nicht verdächtigen?

»Wissen Sie denn noch, ob Sie den Code jemals einer anderen Person verraten haben?«, fragt Sandra.

»Nein«, antwortet Lisa. »Nie.«

Jakob schlägt sein Notizbüchlein zu.

»Okay, ich glaube, dann haben wir alles – oder, Sandra?«

»Ja«, sagt sie. »Wenn Ihnen noch etwas einfällt, rufen Sie uns an.«

»In Ordnung«, sagt Lisa.

Versuchen sie gerade, sie in falscher Sicherheit zu wiegen, um zu sehen, wie sie reagiert? In der Hoffnung, dass sie sich irgendwie verrät? Sind sie deshalb so nett?

Sie will nur noch, dass diese Polizisten einfach wieder gehen.

»Wir schicken die Kollegen von der Technik vorbei, die sich Ihr Auto ansehen sollen, aber vielleicht dauert das ein paar Tage. Immerhin ist morgen Feiertag. Kommen Sie so lange ohne den Wagen klar?«, fragt Jakob.

»Bestimmt«, sagt Lisa. Sie klingt steif und gestresst.

»Es wäre gut, wenn Sie den Wagen nicht mehr benutzen würden, sondern ihn stehen lassen, damit die Techniker potenzielle Spuren sichern können. Machen Sie die Türen bitte nicht auf, sondern lassen Sie ihn einfach stehen, bis die Techniker ihn sich angeguckt haben.«

»Okay.«

»Dann einen schönen Abend noch«, sagt Sandra.

»Und gutes Neues!«, fügt Jakob hinzu.

Endlich wenden sie sich zum Gehen. Als Jakob die Tür aufzieht, fegt ihnen ein kalter Windstoß entgegen. Lisa nötigt sich ein Lächeln ab und nickt.

»Frohes neues Jahr«, sagt sie und macht die Tür hinter den beiden zu.

Dann sinkt sie auf den Boden und schlägt die Hände vors Gesicht, während der Streifenwagen draußen die Auffahrt hinunterrollt. Erst in dem Moment, da sie geklopft haben und in ihrem Flur standen, hat Lisa vollends begriffen, dass es real ist – erst jetzt ist es vollends bei ihr angekommen. Dass *ihre* Chipkarte bei dem Einbruch eingesetzt wurde.

Jakobs warme Hand, sein freundliches Lächeln. Sandras eisiger Blick, der wie Röntgenstrahlen durch sie hindurchging. Werden sie sich demnächst wieder begegnen? Werden sie Lisa zu einem richtigen Verhör aufs Revier bestellen?

Sie mag gar nicht darüber nachdenken.

Im Obergeschoss ist es mucksmäuschenstill. Sie steht wieder auf, richtet ihr Kleid und zählt langsam bis zehn, um sich zu beruhigen.

22

In ihrem Zimmer wirft Ebba sich aufs Bett. So, wie sich die Erwachsenen gerade verhalten, braucht sie sich wirklich keine Gedanken mehr zu machen, was sie von ihr denken.

Willkommen am Gränsvägen in Nacka. Einem verdammten Irrenhaus.

Marlon ist ihr nachgefolgt und setzt sich auf die Bettkante.

»Kommen noch mehr Gäste?«, fragt er. »Sieht aus, als würde sich deine Mutter unten im Flur mit Leuten unterhalten.«

»Nicht dass ich wüsste«, sagt Ebba. »Hoffentlich nicht!«

Sie dreht sich um und legt den Kopf auf seinen Schoß.

»Was mein Vater da gesagt hat ... Hast du ihm das übel genommen?«, fragt sie. »Das mit dem Eintrag in der Datenbank? Er kann manchmal so verdammt bescheuert sein.«

»Nein«, sagt Marlon, »ich stehe zu dem, was ich gemacht habe.«

»Willst du, dass ich weitermache?«

Sie legt ihre Hand zwischen seine Beine, aber er schiebt sie kopfschüttelnd beiseite.

»Findest du deine Eltern echt so bescheuert?«, fragt er. »Verglichen mit meinen?«

»Keine Ahnung«, murmelt Ebba. »Ich kann mir nur gerade irgendwie kein größeres *fail* vorstellen. Du musst es hier grässlich finden.«

»Ach was.« Marlon lacht. »Hab ich dir mal erzählt, wie meine Mutter einen Trupp Schamanen zu uns nach Hause eingeladen hat und mein Vater mit dem Krankenhausleiter hereinplatzte?«

Er lächelt sein wunderbares schiefes Lächeln.

»Nein – was ist da passiert?«

»Da saßen vier Bekloppte in einem Kreis und haben getrommelt. Unrhythmisch wie nur was. Aber das Schlimmste war, dass meine Mutter oben ohne in der Mitte herumtanzte. Und dabei heulte wie ein Wolf.«

Ebba kichert.

»Ernsthaft? Warum denn oben ohne?«

»Frag mich nicht.«

»Und was waren das für Schamanen? Meinst du solche wie bei den amerikanischen Ureinwohnern?«

Ebba setzt sich auf und zieht ihn an sich.

»Komm«, sagt sie.

Marlon legt sich neben sie.

»Eine andere coole Erinnerung aus meiner Kindheit ist, als wir in den Ferien in Spanien waren und mein Vater im Hotel wegen der Rechnung Trouble gemacht hat«, fährt Marlon fort. »Er hat seinen Rechner auf den Empfangstresen gedonnert und ihnen irgendwelche Links mit Rabatten und Hotelbuchungsseiten gezeigt, auf denen er das billigste Angebot gefunden hatte. Hat ihren ganzen Mailwechsel seit der Buchung aufgerufen, die ganze Beweisführung, während hinter uns drei Familien Schlange gestanden haben. Es dauerte so was wie eine Stunde – ich wäre am liebsten im Boden versunken.«

»Und was hat deine Mutter gemacht?«

»Meine Mutter? Natürlich nichts. Hat ihn feilschen lassen.«

»Sie ist echt so ein Hippie«, sagt Ebba. »Krank, wie unterschiedlich sie sind. Genau wie meine.«

»Und wir?«, fragt Marlon. »Wie sind wir?«

»Versprich mir«, sagt sie, »dass wir nie so werden.«

»*Cross my heart, hope to die*«, erwidert Marlon.

»Als wir uns das erste Mal getroffen haben«, sagt Ebba, »was hast du da über mich gedacht? Mal ehrlich?«

»Dass du mich ein bisschen an meine Mutter erinnerst.«

Sie starrt ihn an, fängt an zu lachen und verpasst ihm einen Klaps auf die Schulter.

»Jetzt hör auf!«

»Okay, war ein Witz. Weißt du ja selbst. Aber du hattest dieses komische Armband an.«

»Dann war das also komisch?«

Ebba springt vom Bett, läuft auf ihren Schreibtisch zu, nimmt ihre Schmuckschatulle aus einer Schublade.

»Das hier?«

Sie hält das Armband mit der eingravierten 114 auf dem silberfarbenen Metallplättchen hoch.

Er nickt.

»Das ist eine Engelszahl«, erklärt Ebba. »Ich hab mich mal eine Zeit lang für Numerologie interessiert. Die kann man unter anderem zur Traumdeutung einsetzen. Hier, ich will, dass du es nimmst.«

Sie kehrt zum Bett zurück und legt es ihm ums Handgelenk.

»Ich hätte die 666 genommen.«

Sie beugt sich vor und knabbert an seinem Hals.

»Weil du immer nur an Sex denkst?«

»Nein, weil das *the number of the beast* ist.«

Er macht das Handzeichen für den Teufel.

»Du bist doch kein *beast*, Marlon!«

»Was denn sonst? Ein Engel?«

»So was in der Art.«

»Und was bedeutet die 114?«

»Dass man geliebt wird.«

Er sieht ihr tief in die Augen.

»Hast du deiner Mutter schon erzählt, dass wir noch auf die Party gehen?«, fragt er.

»Noch nicht. Aber mir ist egal, was sie sagen.«

»Dann gehen wir auf alle Fälle?« Marlon bleibt hartnäckig. »Wir müssen dann aber noch eine Flasche Wein oder so mitnehmen. Deine Mutter klang ja eher nicht so, als wäre sie besonders versessen darauf, uns Alkohol anzubieten.«

Wenn sie Nein sagen, ist Ebba am Boden zerstört. Marlon und sie werden im kommenden Jahr beide achtzehn, und ihre Eltern sollten allmählich kapieren, dass auf Silvesterpartys Alkohol fließt. Es wäre peinlich, wenn Marlon und sie die Einzigen wären, die nichts mit dabeihätten.

Wenn es heute nicht klappt, wie sie es sich gedacht haben, weiß sie nicht, was passieren wird.

Sie gibt ihm noch einen Kuss.

»Wir kriegen das schon irgendwie hin, weil wir besonders sind, oder?«, sagt sie.

Dann springt sie erneut auf und holt ihren Laptop vom Schreibtisch.

»Hast du übrigens das auf Matchbox gesehen? Ich hab das Analysetool aufgerufen und mir noch mal unser Match angeguckt.«

Sie setzt sich wieder aufs Bett. Marlon rückt herum, sodass sie nebeneinander mit dem Rücken zur Wand und dem Rechner auf Ebbas Schoß dasitzen.

»Scheiße«, sagt Marlon, »hast du dir das vor oder nach unserem ersten Treffen angeguckt?«

Ebba knufft ihn an die Schulter.

»Du glaubst doch wohl nicht, dass ich *irgendwen* date?«

»Okay.« Marlon sieht sie misstrauisch an. »Hast du mir sonst noch irgendwie nachspioniert?«

»Ich habe unsere Sternzeichen nachgeschlagen.«

Marlon überfliegt, was auf dem Bildschirm steht.

»Das ist ja total verrückt«, sagt er. »Auf wie viele Fragen haben wir geantwortet? Das müssen gefühlt so was wie hundert gewesen sein.«

»Einundvierzig«, sagt Ebba. »Und guck mal, da.«

Sie macht einen Screenshot, geht auf Bearbeiten, klickt den dicken grünen Marker an und umkringelt das Ergebnis ihres Matchings.

»99 Prozent?«, sagt Marlon ungläubig.

Anscheinend haben sie auf sämtliche Fragen nach Vorlieben und Überzeugungen und Wünschen an den potenziellen Partner mehr oder weniger identisch geantwortet.

Sie kann es Marlon am verblüfften Blick ansehen, dass es ihm ebenfalls dämmert. Als sie das Match erstmals gesehen hat und ihr Marlons Profil angezeigt wurde, hat Ebba ihren Augen nicht trauen wollen. Teils weil sie mit ihrer Quote so gut lagen wie nur irgend möglich – was in weniger als einem Prozent der Fälle passierte. Aber auch deshalb, weil ein Junge wie Marlon Single sein sollte. Dass er sich auf dieser Seite tummelte.

Sie hatten angefangen, sich zu schreiben. Marlon hatte ihr Links zu seinen TikTok-Videos geschickt und sie hatte sie kommentiert. Dann verabredeten sie sich in einem Café in Gamla stan, in einem Kellergewölbe. Und dort war dann alles klar. Jede Zelle in ihnen fühlte sich zum jeweils anderen hingezogen.

Ebba stellt den Laptop zurück auf den Schreibtisch. Dann dreht sie sich um, rafft ihr Kleid und setzt sich rittlings auf seinen Bauch. Sie legt ihm die Hände an die Wangen, beugt sich vor und flüstert ihm ins Ohr.

»Wir sind *one in a million, baby.*«

23

Lisa ist noch nie von der Polizei befragt worden, war nie auch nur ansatzweise in irgendetwas verwickelt. Das Einzige, was sie in der Richtung jemals erlebt hat, war ein Kreuzverhör zu Hause, nach ein paar Experimenten als Jugendliche, als Papa Erland sie ernst ansah und fragte, wie oft sie schon heimlich geraucht hatte. Einmal hat er sie gepackt und geschüttelt und ihr eingebläut, dass sie listiger sein müsste, wenn Jungs irgendwelche Dummheiten machten, damit sie nicht in irgendwelche brenzligen Situationen geriete.

Sie weiß nicht, ob sie diese Art von List je entwickelt hat. Eher hat sie immer den Kopf in den Sand gesteckt, wann immer sie in Schwierigkeiten geraten war.

Ein Abend für schlichte Gemüter ...

Tom hatte schon recht – dies hier ist ein Abend für gedankenlose Idioten, und sie ist eine von den Dummen, die versucht, eine Fassade aufrechtzuerhalten, die ohnehin alle durchschauen.

Als sie die Treppe hochgeht, hört sie ein merkwürdiges Geräusch und bleibt vor Ebbas Tür stehen. Sie legt das Ohr an die Tür. Sie sind dort drinnen, reden aber nicht. Sie hört Bewegungen, hört das Bett knarzen, ein Schmatzen. Knutschen sie? Nein, es klingt, als würde Ebba keuchen und seufzen.

»*Nicht, hör auf, Marlon* ...«

Lisa klopft vorsichtig an.

»Hallo? Ebba?«

»*Hör auf!*«

»Hallo? Ebba, ist alles in Ordnung?«

Ebba scheint sie nicht mal zu hören. Lisa klopft erneut, diesmal fester, sie hämmert fast schon an die Tür. Macht Marlon etwas mit Ebba, was sie nicht will?

»*Ebba?*«

Sie kann nicht mehr warten, bis Ebba antwortet. Sie schiebt die Tür auf, allerdings liegt dahinter eine Jeans auf dem Boden, sodass sie die Tür mit Kraft aufschieben muss.

Noch ehe sie offen steht und Lisa eintreten kann, hört sie die Stimme ihrer Tochter.

»Mama? *Was soll das?*«

»Ich wollte nur ... nachsehen, ob alles okay ist.«

»Ja, sicher ist alles okay. Ist nur ... Spaß. Kannst du jetzt bitte wieder gehen?«

Sie atmet ein paarmal tief durch, versucht, sich zu beherrschen. Nachzudenken. Vielleicht hat sie überreagiert. Die Begegnung mit der Polizei hat sie aus der Bahn geworfen. Ihr schießt der Moment durch den Kopf, als sie ihre Serviette fallen lassen und unter den Tisch gespäht hat. Wenn sie dort jetzt einmarschierte – was würde sie wohl vor sich sehen? Ihre halb nackten Körper? Es würde alles nur noch schlimmer machen. Ihre Tochter hat schließlich bestätigt, dass alles okay ist.

Sie zieht sich zurück.

»Okay, aber kommt ihr dann rüber? Gleich gibt es die Hauptspeise.«

»Ja! Tür zu!«

Sobald sie die Tür wieder zugezogen hat, streicht sie sich über die Haare und sieht erneut auf die Uhr. Sie kann sich nicht mehr daran erinnern, wie lange der Hauptgang dauern sollte, wann sie damit anfangen und wann damit fertig sein sollten. Klar ist nur, dass sie hinter dem Zeitplan liegen.

Am Esstisch sitzen Mikael, Sören und Camilla immer noch auf ihren Plätzen. Die Vorspeise ist abgeräumt worden und auf dem Tisch steht eine weitere, inzwischen halb leere Flasche Chablis.

»Wer war das?«, fragt Mikael.

Er hat weitergetrunken, sie kann es ihm ansehen.

»Die Polizei«, antwortet sie.

»Die Polizei?«, wiederholt Sören. »Was ist denn passiert?«

»Eine Sache in der Arbeit«, sagt Lisa. »Das, was ich vorhin in der Küche erwähnt habe, Camilla.«

Sie setzt sich.

»Kannst du darüber reden?«, fragt Camilla.

»Ich weiß nicht ... Ich glaube, inzwischen ist wieder alles unter Kontrolle. Sollen wir stattdessen nicht lieber weiteressen?«

Sie klingt ebenso steif, wie sie sich fühlt. Sie macht Anstalten, in die Küche zu verschwinden, doch Sören hält sie auf.

»Was ist denn im Hospiz passiert, dass die Polizei am Silvesterabend einen Hausbesuch macht? Klingt fast, als wäre es etwas Ernstes, Lisa.«

Sie nickt – unwillkürlich, nicht etwa, um Sören beizupflichten, weil sie das nämlich partout nicht will, sondern eher, weil sie immer noch versucht, zu begreifen, wie ernst die Sache wirklich ist.

»Gestern Nacht ist dort eingebrochen worden«, sagt sie. »Kurz bevor ihr gekommen seid, habe ich davon erfahren.«

»Und was wurde geklaut?«, will er wissen.

»Medikamente, die unters Betäubungsmittelgesetz fallen.«

»Und warum war die Polizei jetzt hier?«

»Die Diebe müssen sich mit meiner Codekarte Zutritt zum Medikamentenschrank verschafft haben. Gestern Nacht ist nämlich auch unser Auto aufgebrochen worden. Ich hatte meine Sporttasche auf dem Rücksitz vergessen. Und darin lag auch die Karte.«

Sie versucht, Mikaels Blick aufzufangen. Vielleicht, damit er sie unterstützt, übernimmt, mit etwas beiträgt, womit sie selbst sich lieber nicht beschäftigen will.

»Haben sie das gesagt – die Polizisten?«, hakt Mikael nach. »Dass deine Karte bei dem Einbruch benutzt wurde?«

»Nein, aber das mussten sie gar nicht erst, ich hab es auch so kapiert.«

Stirnrunzelnd schüttelt er den Kopf. Er kann es auch nicht glauben. Dass mithilfe ihrer Karte und ihres PIN-Codes der Medikamentenschrank ausgeräumt worden sein soll. Kann sie beweisen, dass ihre Karte in der Sporttasche lag? Hat die Polizei vielleicht Grund zur Annahme, dass ihre Geschichte gelogen sein könnte – trotz des eingeschlagenen Autofensters?

»Gott«, sagt Camilla, »wie schrecklich unangenehm!«

»Dann braucht die Polizei technische Beweise«, sagt Sören. »Musstest du irgendwas tun, was du nicht wolltest?«

Er sieht sie ernst an, als würde er sich ihretwegen Sorgen machen. Es fühlt sich merkwürdig an, die ganze Situation wird dadurch nur noch schlimmer.

»Nein«, sagt Lisa. »Aber sie müssen nun mal ihren Job machen.«

»Du hast das Recht, für deine Rechte einzustehen«, wendet Sören ein. »Sie dürfen hier ohne Durchsuchungsbeschluss nicht rein – und den dürften sie an einem Abend wie heute nicht allzu schnell bekommen. Außerdem solltest du wissen, dass sie Zwangsmittel nur dann anwenden dürfen, wenn du als dringend tatverdächtig angesehen wirst und wenn das Strafmaß auch Haft umfasst.«

Sören muss sie nun wirklich nicht belehren. Sie kennt die Rechtslage nach dem Arzneimittelgesetz.

»Was willst du denn bitte damit andeuten?«, fragt Mikael. »Dass sie mit einem Durchsuchungsbeschluss zurückkommen? Merkst du nicht, wie du sie gerade unter Druck setzt?«

Lisa sieht es regelrecht vor sich. Fremde Leute, die ihr Zuhause durchwühlen, weitere Fragen stellen, vielleicht nach Proben oder irgendeiner Form von Untersuchung verlangen. Zu Beginn ihrer Karriere als Krankenschwester hat sie sich unter anderem um Drogenabhängige gekümmert und Polizisten erlebt, die mit Latexhandschuhen bis zu den Ellenbogen Leibesvisitationen durchführten, an Männern wie Frauen, die auf der Straße lebten und sich wochenlang nicht geduscht hatten. Es war unfassbar erniedrigend.

Sie dürfen sie nicht untersuchen. Sie dürfen sie nicht objektifizieren, ihren Körper zu einem Gegenstand herabwürdigen, den es abzusuchen gilt.

Aber das Körperliche ist das eine. Sich einem Drogentest zu unterziehen bedeutet, eine winzige Kammer zu betreten, sich auszuziehen und in einen Becher zu pinkeln. Das ist nicht die Welt – die mentale Belastung hingegen ist etwas vollkommen anderes.

Ihr Herz würde rasen, genau wie damals.

Als hätte sich jemand an ihr vergriffen.

»Ich will doch nur helfen«, sagt Sören.

»Danke, dass du dir Sorgen machst, Sören«, sagt sie gepresst. »Aber die Polizisten waren wirklich sehr professionell und freundlich.«

»Okay. Gut, Lisa.«

Es ist fast, als würde Sören ihr raten wollen, wie sie sich zu verhalten hat. Ihr eine Lektion in Sachen Persönlichkeitsrecht erteilen, die sie oberflächlich beruhigen soll, innerlich aber nur aufwühlt. Als würde er es genießen. Dass sie sich umso stärker verunsichert und mulmig fühlt. Und sie hasst seine Eigenart, dass er sie ständig beim Namen nennt, wann immer er sie anspricht. Als wäre sie ein kleines Kind.

Genau wie damals.

24

Der Timer am Ofen zählt die letzten Sekunden runter. Die Zeit schreitet voran, nach und nach nähert sich der morgige Tag. Allerdings langsam. Zu langsam.

Das Bratenthermometer zeigt sechsundfünfzig Grad an. Sie stellt den Ofen ab, schlüpft in die Ofenhandschuhe und nimmt erst das Backblech heraus und dann das Gratin.

Während Fleisch und Gratin noch kurz ruhen und abkühlen müssen, reckt sie sich nach ihrem Handy und scrollt durch die Nachrichten. Immer noch keine Antwort. Sie klickt die Nachricht an, die sie selbst geschickt hat, um sich zu vergewissern, dass sie versendet wurde.

»Ist das Tom?«, fragt hinter ihr plötzlich Camilla.

Reflexartig schiebt sie das Handy in die Tasche und dreht sich um.

Ihr schnürt sich der Hals zu. Dass Camilla so etwas fragen kann – als könnte sie Lisas Gedanken lesen. Dann fällt ihr wieder ein, dass sie Tom zu Beginn dieses Abends selbst erwähnt hat, als sie Camilla erzählte, dass im Hospiz etwas passiert war. Es gibt so einiges, was sie Camilla lieber nie erzählt hätte, und das Thema, das sie wohl am meisten bereut, ist Tom. Natürlich hat Camilla heute ausgerechnet dies mit großem Interesse zur Kenntnis genommen. Dass Tom immer noch Teil ihres Lebens ist.

»Ich wollte nur nachsehen, ob es etwas Neues von der Arbeit gibt«, erklärt sie. »Aber nichts.«

»Kann ich irgendwas reintragen?«, bietet Camilla an.

Und sieht Lisa dabei ziemlich merkwürdig an. Als versuchte sie, ihr irgendwas zu entlocken. Als glaubte sie, dass da mehr hinter der Geschichte von der Arbeit steckt, was Lisa ihr aber nicht verraten will.

»Magst du den Rotwein mit reinnehmen?«

Sie kehren zurück und stellen das Essen und den Wein auf den Tisch.

»Bitte sehr«, sagt Lisa.

Ebba und Marlon sind ebenfalls zurück und Ebba sieht Lisa mit weit aufgerissenen Augen an. Dass sie ohne Erlaubnis in deren Zimmer kommen wollte, wird sie ihr noch lange vorhalten. So etwas ist streng verboten, selbst wenn ihr Freund nicht zu Besuch ist. Ebba hat zerzauste Haare. Gerötete Wangen. Es wirkt fast, als würde das Liebesspiel der beiden kein Ende finden. Sie können die Finger nicht voneinander lassen, selbst während sie sich Essen nehmen. Sie können es einfach nicht – als wären sie durch kleine, unsichtbare Gummibänder miteinander verbunden.

Lisa kann sich an das Gefühl noch gut erinnern. Wie es war, bis über beide Ohren verliebt zu sein.

In Mikael war sie einst ebenso verliebt wie Ebba in Marlon. Sie war seiner sorglosen Art vollkommen verfallen. Dass er sich nahm, was er kriegen konnte. Und jeden Tag lebte, als wäre es der letzte. Was das genaue Gegenteil zu ihrer eigenen Erziehung war. Es fühlte sich unendlich befreiend an, als stünde ihr plötzlich die ganze Welt offen.

Inzwischen ist alles anders. Als sie die Glasabdeckung für den Pool bezahlen musste, hatte sie einen selten genauen Einblick in ihre Finanzen. Sie haben keinerlei Rücklagen mehr.

Sie steckt die Gabel in ihr Stück Fleisch. Fleischsaft sickert aus den kleinen Löchern. Sie schiebt das Fleisch zur Seite, nimmt stattdessen ein paar Bissen Salat und lässt den Blick über den Tisch schweifen. Sie hat ursprünglich ihr Hochzeitssilber aufdecken wollen, ist aber froh, dass sie sich im letzten Moment anders entschieden hat. Das Silber darf noch ein paar Jährchen auf dem Speicher liegen bleiben.

Irgendwie sind Sören und Mikael auf gegenüberliegenden Plätzen gelandet. Mikael schenkt reihum Wein ein. Hebt sein Glas zu einem flüchtigen Prost und kippt den Inhalt in sich hinein, bevor Sören auch nur zu seinem Weinglas greifen kann.

Auf ihrer Seite des Tisches ist es still. Camilla nimmt kleine Bissen, vermeidet die Miniaturportion Gratin, die sie sich aufgetan hat. Sogar sie sieht in Mikaels und Sörens Richtung, allerdings scheint sie in Gedanken woanders zu sein. Vielleicht immer noch bei der Frage, die Mikael gestellt hat, ehe die Polizei kam, und auf die er bislang keine Antwort erhalten hat. Auch Lisa kann sie nicht vergessen: wie es dazu kommen konnte, dass Camilla Mutter geworden ist.

Camilla spürt wohl, dass Lisa sie ansieht. Sie lächelt, und zwar fast entschuldigend, als wäre ihr eben erst selbst aufgefallen, dass sie leicht abwesend wirkt und sehr still ist. Sie schluckt und nippt an ihrem Wasser.

»Ist das nicht fantastisch?«, fragt sie und nickt in Ebbas und Marlons Richtung. »Die Macht der Liebe.«

Die Jugendlichen, die ebenfalls gehört haben, was Camilla gesagt hat, lächeln erst sie und dann einander an. Ebba muss lachen.

»Ihr zwei, ihr seid wirklich wie füreinander geschaffen«, fährt Camilla fort. »Urzeitliche Liebe, die in euren alten Seelen überdauert hat und in euren Körpern wiedergeboren wurde. Vom Schicksal dazu auserwählt, zueinanderzufinden.«

Camilla hebt ihr Glas in deren Richtung.

Sören starrt sie an. Auch das bemerkt Camilla.

»Durfte ich das etwa nicht sagen?«, fragt sie.

»Du musst es ja nicht so formulieren«, sagt Sören. »Immerhin sind sie doch gerade erst zusammengekommen.«

»Was denn? Ich nehme es eben so wahr. Du nimmst mir das doch hoffentlich nicht krumm, Ebba?«

»Ach was«, kichert Ebba. »Überhaupt nicht.«

Lisa versucht, den Gesichtsausdruck ihrer Tochter zu deuten. Ist es ihr peinlich oder freut sie sich darüber? Vielleicht ist Camilla ja die viel Befreitere, Coolere, Modernere von ihnen beiden, wenn sie deren Verliebtheit derart feiert.

Bei jeder anderen Frau hätte Lisa angenommen, dass sie schon zu viel Wein intus und angefangen hätte zu fabulieren. Aber was Camilla gerade gesagt hat, ist ausgerechnet für sie ganz normal. Trotzdem wird Lisa sich nie daran gewöhnen, sie wird nie aufhören zu schlucken und immer dieses eigenartige, unbehagliche Gefühl haben, dass Camilla jemand ist, aus der sie nicht schlau wird und die für sie unberechenbar bleibt.

»Was machst du eigentlich gerade so?«, fragt sie Camilla.

Die Frage klingt fürchterlich plump und nach falschem Timing. Doch sie hat das Gefühl, sie müsste irgendwas sagen, um Camilla von Ebba abzulenken.

»Ich habe angefangen, Alexander-Technik zu unterrichten«, sagt sie. »Hast du die mal ausprobiert?«

»Nein«, antwortet Lisa.

»Ist gut gegen Stress und dafür, sich bessere Bewegungsmuster anzugewöhnen und sich gerader zu halten. Die Technik hilft vielen, im Alltag besser klarzukommen.«

»Habt ihr noch Wein?«, ruft Mikael ihnen über den Tisch zu.

»Ja, danke«, sagt Lisa.

»Ich nicht.«

Camilla greift nach ihrem leeren Glas.

Mikael springt auf und kommt mit der Flasche. Er geht hinter Camilla herum und beugt sich von rechts zu ihrem Glas, eine übertriebene Scharade, als spielte er den Kellner in einem feineren Restaurant. Allerdings schenkt er ihr zu viel ein.

Camilla legt ihm die Hand auf den Unterarm. Den Oberkörper hat sie ihm zugewandt, sodass er ihr in den tiefen Ausschnitt des Hosenanzugs sieht – eine Chance, die er sich nicht entgehen lässt.

Zu Lisa hat er zigmal gesagt, was er von Camillas durchgeknallten Ideen und von ihrer unsteten Persönlichkeit gehalten hat, doch gegenüber Camilla selbst hat er nie etwas anderes als Wertschätzung an den Tag gelegt. Was sicher mit ihrer Schönheit zu tun hat. Lisa hat immer bezweifelt, dass irgendwer dagegen immun sein kann. Mikael könnte Camilla insgeheim hassen, doch hätte er die Gelegenheit, würde er zu einer heißen Nummer ganz sicher nicht Nein sagen.

Sie wäre nicht verwundert, wenn Camilla nebenbei Affären hätte. Ihre Ehe mit Sören fühlt sich eher wie eine Vernunftsache an. Ein Arrangement, damit Camilla einen Sohn bekäme. Den sie auch bekommen hat. Irgendwie. Im selben Jahr, in dem Lisa Ebba bekam.

Sie nimmt einen großen Schluck Wein. Er ist so vollmundig, dass er im Handumdrehen ihren Kopf und Körper berauscht. Bevor die Gäste eintrafen, hatte sie sich für eine gewisse Menge Wein entschieden, doch die ist mittlerweile überschritten.

Auf dem Rückweg zu seinem Platz befüllt Mikael auch Lisas Glas. Sie versucht, ihm zu signalisieren, dass sie nur noch wenig will, doch er sieht darüber hinweg. Als er sich setzen will, schwankt er, als hätte er den Fuß falsch aufgesetzt. Er verliert die Balance und kann sich gerade noch rechtzeitig an der Stuhllehne festhalten. Wein schwappt aus der Flasche und hinterlässt einen großen Fleck auf seiner Hose.

Schlagartig herrscht Stille am Tisch. Mikael verzieht schmerzhaft das Gesicht.

»Alles okay bei dir?«, fragt Sören.

Mikaels Blick ist leicht wässrig. Eine Mischung aus Trunkenheit, Schmerz und etwas, was dagegen helfen sollte.

»Keine Sorge, Herr Doktor«, presst er hervor.

Dabei ist offensichtlich, dass er Schmerzen hat.

»Nimmst du Medikamente?«

Mikael kontert mit Gelächter – mit einem ekligen, kalten Lachen – und schüttelt den Kopf. Der Fleck auf seiner Hose ist so groß, dass er aussieht, als hätte er sich eingenässt. Er stützt sich leicht vornübergebeugt an der Stuhllehne ab, hat den Rücken immer noch nicht durchgestreckt. Er muss warten, bis die Schmerzen abklingen, und spürt in sich hinein, ob es gleich vorbeigeht oder ob er jetzt auch noch einen Hexenschuss hat.

Dann hebt er den Blick und mustert Sören auf der anderen Tischseite giftig.

»Ich weiß schon«, sagt er, »dass du jetzt nur zu gern eine Diagnose stellen würdest. Irgendein Urteil über meine Gesundheit und darüber, wie ich mein Leben lebe. Vielleicht willst du ja genauer wissen, warum dieses Haus in Lillängen und nicht in Storängen steht? Weil das ja ach so komisch ist. So komisch, dass du wirklich nicht ahnen konntest, dass ihr unterwegs wart zu uns.«

»Es sind zwei verschiedene Viertel«, sagt Sören. »Wie hätte ich denn da eine Verbindung herstellen sollen? Und warum ist das überhaupt wichtig?«

Mikael lacht und schüttelt erneut den Kopf. Er hält sich immer noch an seinem Stuhl fest, wartet darauf, dass die Kraft und sein Gleichgewicht zurückkehren.

»Vielleicht solltest du jetzt die Gelegenheit nutzen, dein Gift zu verspritzen angesichts meines gescheiterten Spekulantenjobs. Weil ich mit meinem Leben nichts Ehrenhaftes angestellt habe. Und weil ich deinen hehren Idealen nicht entspreche. Aber selbst keinen Meter weit aus der sicheren, gewohnten Umgebung rauskommen! Und den Unterschied zwischen einem alten Chablis und einer Karaffe Rattenpisse nicht kennen! Was hast du denn vom Leben gesehen, hä? Was zum Henker gibt dir das Recht, hier über andere zu urteilen?«

»Mikael, wir gehen kurz raus«, fordert Lisa ihn auf.

»Nein, warte, Sören will vielleicht erst noch meinen Blutdruck messen?«

»*Mikael, es reicht!*«, schreit Lisa.

Und endlich hält er den Mund. Sören macht keinen Mucks, erwidert lediglich Mikaels Blick. Camilla sieht ihn mit großen Augen an. Marlon greift nach Ebbas Hand. Ihr Blick sagt alles.

Nicht schon wieder. Nicht jetzt. Nicht heute Abend.

»Du hast recht«, sagt Mikael. »Ich muss kurz raus.«

Langsam schwankt er davon, und jetzt ist nicht mehr zu übersehen, dass er Schmerzen hat. Lisa läuft ihm hinterher, in den Flur und dann die Treppe hinunter. Als sie auf die Haustür zusteuern, sieht sie Mikael vor sich wie auf Autopilot weitergehen, durch die Tür nach draußen, ohne sich etwas überzuziehen. Sie schlüpft in ihren Wintermantel, steigt in ihre Uggs und rennt ihm nach. Er ist bereits halb den Hang hinter zum Lillängsvägen. Sie verfällt in den Laufschritt, ringsum wirbelt der Schnee, die großen, nassen Flocken wehen ihr in die Augen, und sie kann Mikael kaum noch im Blick behalten.

»*Mikael, bleib stehen!*«, ruft sie.

Als sie die Weggabelung erreicht, umklammert er schon mit beiden Händen den Pfosten, an dem die Ortsnamen Lillängen auf der einen und Storängen auf der anderen Seite stehen.

»*Mikael*, verdammt noch mal!«

Es ist fast, als wäre sie gar nicht da.

Er geht tief in die Knie, obwohl er höllische Rückenschmerzen hat und stocksteif ist. Und mit einem markerschütternden Brüllen, das die ganze Straße erfüllt, reißt er den Pfosten aus der Erde und aus dem Schnee. Mit dem Schild in Händen stapft er über die Straße und über die unmarkierte Grenze zwischen Lill- und Storängen. Dann versucht er, das Schild andernorts in den vereisten Boden zu rammen. Nur reicht seine Kraft dafür nicht. Am Ende lehnt der Pfosten windschief gegen eine Schneewehe.

»*Das nennst du Ebba den Abend nicht vermasseln?*«, faucht Lisa. »*Kannst du dich noch daran erinnern, was du am späten Nachmittag selbst gesagt hast?*«

»Das war vorher«, sagt er. »Seither hat sich ein bisschen was verschoben.«

»Jetzt reiß dich zusammen!«

»*Versuch ich doch!*«, entgegnet Mikael. »Und ich bewundere dich, wirklich! Aber dieser selbstgerechte Arsch ...«

»Du stellst morgen als Allererstes dieses Schild zurück, ist das klar?«

Mikael nickt. Natürlich.

»Und jetzt gehen wir wieder nach Hause und du entschuldigst dich.«

Im Haus streift Mikael sich die weinfleckige Hose ab und hängt sie über einen Garderobenhaken.

»Bist du besoffen?«, fragt Ebba.

Sie muss im Flur auf sie beide gewartet haben.

»Herrgott, ich bin nur gestolpert«, erwidert er. »Was ist denn bitte mit euch los?«

Als er sich abwendet, um sich umzuziehen, bleibt Ebba stehen und starrt Lisa an.

»Wie peinlich kann man eigentlich sein?«

»Dein Vater nimmt Schmerzmittel, Lisa.«

»*Dann soll er sich halt nicht mit Wein zuschütten!*«

Sie hat recht. Sie ist kein kleines Kind mehr. Sie kapiert alles. Und das bestimmt schon seit Langem.

Ebba nimmt Mikaels Hose vom Haken.

»Was machst du denn?«, fragt Lisa.

»Die werfe ich in den Wäschekorb«, sagt Ebba. »Oder findest du, die sollte hier hängen bleiben?«

Lisa schließt die Augen und schüttelt den Kopf. Das ist nicht deine Verantwortung, schießt es ihr durch den Kopf.

»Ich rede mit ihm.«

Aber Ebba ist schon verschwunden.

Lisa geht wieder nach oben ins Esszimmer. Sören blickt von seinem Teller auf und sieht ihr ins Gesicht.

»Der Rücken?«, fragt er.

Lisa nickt.

»Was nimmt er denn?«

Er hat seinen Arztblick aufgelegt. Direkt zur Sache, alles ganz klinisch. Die alte Ordnung ist wiederhergestellt. Sören ist die Autorität und die anderen sind die Patienten.

Sie versucht, sich eine Antwort abzuringen, weiß aber nicht, was sie sagen soll, wie viel sie verraten darf, wo sie anfangen soll. Alles begann mit RLS, der Abkürzung für das englische »Restless Legs Syndrome«. Damit hielt ein Medikament namens Madopark Einzug in ihr Leben, ein Dopa-Arzneistoff, fünfzig bis einhundert Milligramm abends und bei Bedarf noch mal nachts. Es wurde bald jede Nacht. Nebenwirkungen in Gestalt von Übelkeit. Erbrechen. Unmöglich, im selben Bett zu liegen. Der nächste Schritt war Codein. Sie hat keine Ahnung, was er heute Abend genommen hat.

»Irgendwas, was sich womöglich nicht gut mit Alkohol verträgt«, sagt sie.

»Hat Mikael den Rücken wirklich ordentlich untersuchen lassen?«, fragt Sören. »War er im MRT?«

Lisa fängt an, die Teller einzusammeln. Ein wenig zu schnell, ihre Bewegungen sind fahrig und hektisch. Ein Messer rutscht von der Bratenplatte, und als sie versucht, es aufzufangen, gleitet ihr ein Teller zu Boden und zerschellt mit lautem Knall.

»*Scheiße!*«

»Ich helfe dir«, sagt Camilla.

Lisa geht in die Hocke und klaubt die Scherben mit ihrer verletzten Hand auf, versucht, zu verhindern, dass sie sich an einer Kante schneidet. Sie angelt eine Serviette vom Tisch und wischt einen Fleck am Boden auf.

Sie sieht Mikael kaum noch, weder tagsüber noch nachts. Das Bild, das sie von ihm hat, wird immer unschärfer. Was sie jedoch von ihm sieht, sind die Spuren, die er hinterlässt, wie diesen Fleck auf dem Fußboden. Kleidungsstücke, die schweißnass im Wäschekorb landen. Die Hinterlassenschaften in der Toilette.

All die Gespräche im Lauf der Jahre. Mit ihren gesundheitlichen Problemen haben sie einander angesteckt, alles hat sich vermischt und ist zu ihrem gemeinsamen Problem geworden.

Du weißt, dass du mir alles erzählen kannst, Mikael. Das kriegen wir hin.

Und jetzt ist auch Sören und Camilla klar, wie es um sie steht.

»Hast du einen Schrubber oder so was in der Art?«, fragt Camilla.

»Ja, ein Handfeger mit Schaufel steht im Putzschrank.«

Sören nimmt sich die übrigen Teller und folgt ihr in die

Küche, während Camilla die letzten Scherben vom Boden aufkehrt. Sie reden nicht miteinander. Es ist offensichtlich, dass Mikaels Verhalten sie alle aus der Fassung gebracht hat.

Als Sören sich neben Lisa stellt, hat sie sofort wieder dieses mulmige Gefühl. Sie hofft nur, dass er sie nicht weiter über Mikael und ihr Leben ausfragt. Sie spürt an seiner Energie, dass er sich nicht sicher ist, ob er unter vier Augen mit ihr reden sollte. Zu Lisas großer Erleichterung macht er wieder ein paar Schritte von ihr weg und sieht durchs Fenster nach draußen.

»Ihr habt einen Pool?«, fragt er.

Camilla lehnt Handfeger und Schaufel an die Wand und tritt ebenfalls ans Fenster.

»Dann habt ihr ihn am Ende doch gebaut«, stellt sie fest. »Gib zu, dass du es nie bereut hast.«

Draußen ist es nachtschwarz. Lisa versteht nicht, wie sie überhaupt etwas sehen können. Der Pool ist kaum zu erkennen. Doch dann sieht sie, dass sich ein Knoten gelöst hat und die Persenning im auffrischenden Wind flattert.

25

Stockholm,
im Dezember,
achtzehn Jahre zuvor

Durch die Windschutzscheibe sieht das Durcheinander aus Rückleuchten aus wie ein Bienenschwarm. Lisa lehnt den Kopf an die Nackenstütze. Es tut weh. Die Schmerzen sind jetzt schon so lange da. Sie schließt die Augen hinter der Sonnenbrille.

Sie hat sie nicht auf, um sich vor dem Licht zu schützen, weil es draußen inzwischen genauso dunkel ist wie in der vergangenen Nacht, als sie wach lag und nicht schlafen konnte. Zu dieser Jahreszeit hat sich für ein halbes Jahr eine Verdunklungsgardine vor die Welt gezogen. Sie schützt die schwedische Hauptstadt vor Tageslicht, isoliert die Bewohner voneinander und von ihrer Umwelt. Die Autos, die Lisa nachts hört und sieht – sie könnte sie nicht zählen. Diejenigen, die mit dem Zug in den Hauptbahnhof einfahren, fahren nicht weiter zu einem größeren, fremden Ziel – und niemand legt in Arlanda bloß einen Zwischenstopp ein.

Stockholm ist die Endstation.

Sie hätte nie gedacht, dass sie für immer hierbleiben würde. In ihrer Vorstellung wäre sie irgendwann nach Hause zurückgekehrt. Daheim heißt es, wenn jemand sein Glück in Stockholm sucht, glaubt er, dass er etwas Besseres wäre. Und diejenigen, die zurückkommen, haben ihre Lektion gelernt.

In den Fenstern leuchten Weihnachtskerzen und Leuchtdioden schicken filigrane Blitze hinaus in die Dunkelheit. Wenn sie die Augen zusammenkneift, kann sie sich einreden, dass sie eine fremde Galaxie vor sich sieht. Allerdings ist sie nicht die Erste aus Blekinge in diesem Universum. Sie ist auch nicht die Erste, die sich hier in der Großstadt verloren fühlt.

Sie muss die ganze Zeit an Mikaels und ihre Abendroutine denken. Sie sitzt auf dem Klo, Mikael kauert vor ihr, in der Hocke oder auf Knien, und hat die Spritze in der Hand. Zielsicher und entschlossen, wie nur er sein kann. So wie er ist, seit er seine Unterredung mit Sören hatte.

Guck jetzt weg.

Die Nadel durchbohrt ihre Haut. Die Injektionslösung breitet sich in ihrem Gewebe aus wie eine Schlangenbrut. Dann folgt die benebelte Müdigkeit.

So haben sie mittlerweile Sex.

Sie lächelt und im selben Moment löst sich eine Träne aus ihrem Augenwinkel und läuft ihr über die Wange.

Ihr Hormonspiegel muss runter. Sören hat sie vorgewarnt, dass sich körperlich einiges verändern würde, dass sie sich schlapp fühlen und schwitzen würde, Migräneattacken hätte, dass ihr übel werden könnte, und so liegt sie nun zu Zeiten wach, zu denen sie eigentlich schlafen sollte. Um schwanger zu werden, muss sie ein chemisches Klimakterium erzeugen. Es klingt völlig widersinnig, aber Sören weiß hoffentlich, wovon er redet.

Sie träumt sich zurück, durch das Motorendröhnen und die eine oder andere Sirene, die durch die Dezemberdunkelheit schrillt. Sie sehnt sich nach einem Leben, in dem die Menschen sind, wie sie nach außen wirken, und in dem

Lisa sich nicht genötigt fühlt, ständig die Körpersprache zu deuten, die Ohren zu spitzen und auf Zwischentöne zu lauschen. In dem sie nicht ständig über die wahren Beweggründe spekulieren muss. Ein Leben, in dem Menschen nicht sind wie Camilla.

Seit ihrem Spaziergang im Djurgården knapp zwei Monate zuvor hat sie nicht mehr mit ihr gesprochen. Sie hat auch nicht vor, den Kontakt noch einmal aufzunehmen. Es schmerzt, dass sie ihre neue Freundin wieder verloren hat – ebenso schnell, wie sie sich angefreundet hatten.

Ob sie je wieder zusammenfinden? Einander achselzuckend vergeben? Sich darauf einigen, dass Camilla leicht durchgedreht, dass die Verrücktheit aber biologisch begründet war?

Sie verabscheut, sich selbst einzugestehen, dass sie eine Person vermisst, die sie so sehr verletzt hat. Sie hat sich nie im Leben so einsam gefühlt wie in diesem Moment.

Als sie Mikael von Camillas Vorschlag erzählt hat, war sie besorgt, dass er alles abbrechen und die IVF-Behandlung wieder absagen würde. Doch Mikael meinte nur, er würde mit Sören reden, und das tat er dann auch – ohne sie. Sie weiß bis heute nicht, was genau die beiden Männer besprochen haben, aber Mikael stellte sicher, dass ihre Angelegenheit mit der gleichen Diskretion behandelt würde wie die von allen anderen. Lisa fragt sich, ob Mikael Sören vielleicht sogar gedroht hat, weil er ihn nach der Unterredung irgendwie in der Hand zu haben schien.

Was Camilla anging, meinte Mikael nur, dass er seine Zunge im Zaum halten werde. Was er von Camilla und ihren verrückten Ideen halte, habe er ihr nie verraten, weil er wisse, wie wichtig diese Freundschaft für Lisa gewesen sei. Aber er hielt sie für völlig durchgeknallt.

Was auf der Tanzfläche egal gewesen war.

Sind sie zu weit gegangen? Können sie ihre Ehe noch retten?

Sie will nicht darüber nachdenken. Sie will nicht diese Frau sein – die ihre Ehe aufgibt und am Arbeitsplatz eine Affäre hat. Sie müssen einen Weg finden, sich wieder zusammenzuraufen, ehe sie endlich schwanger wird, sofern dieser Fall je eintritt. Ein Kind kann ihre Eheprobleme nicht lösen. Eine solche Verantwortung darf man keinem kleinen Kind aufbürden.

Sie haben einander vor Gott und der ganzen Gemeinde aus Verwandten und Freunden eine Menge Dinge versprochen. Dass sie einander nie die Schuld in die Schuhe schieben, dass sie einander nie verurteilen würden. Es war der glücklichste Tag ihres Lebens, daran besteht kein Zweifel. Jenes Glück damals war echt. Was sie jetzt erleben, ist falsch, das sind Störungen, die von Stress und einem Gefühl des Ungenügens herrühren.

Die Ampel springt auf Rot.

»Willst du die gleich aufbehalten?«, fragt Mikael.

Lisa wirft einen Blick in den Rückspiegel. Mit der schwarzen Sonnenbrille sieht sie aus wie ein Promi auf dem Weg in eine Entzugsklinik. Zwei Wochen Hormone, Schweißausbrüche und Migräne. Ihr Gesicht ist geschwollen, der Körper aufgeschwemmt, und wenn Mikael noch einmal zu scharf abbiegt, muss sie wieder kotzen.

»Ich kann sie auch absetzen, wenn du willst.«

»Wie geht's dem Kopf?«

»Fahr einfach vorsichtig.«

Sie streckt sich nach dem Armaturenbrett und stellt das Radio an. Der eingespeicherte Sender spielt zu dieser Jahreszeit nichts anderes als Weihnachtssongs.

Mariah Carey singt »All I Want For Christmas Is You«.

Ihre Stimme fräst sich durch Lisas Hirn. Sie stellt das Radio wieder ab.

Mikael sieht sie besorgt an, sagt aber nichts und fährt so vorsichtig an, wie er nur kann, als die Ampel auf Grün umspringt.

Als sie im Krankenhaus ankommen, werden sie in ein Krankenzimmer verwiesen. Lisa zieht sich aus und streift sich eine Art Kittel über. Mit dem ausgewaschenen Wappen der Provinz auf der Brust. Mikael steht hinter ihr und massiert ihr die Schultern.

Es klopft und Sören tritt ein.

»Hej«, sagt er. »Wie geht es dir? Bist du bereit?«

»Ja, wir sind bereit«, antwortet Lisa.

Mikael tritt vor und schüttelt Sören die Hand.

»Wie lange dauert es?«, will er wissen.

»Nicht länger als eine Viertelstunde«, antwortet Sören. »Dann bekommt ihr hier drinnen einen Kaffee. Kann sein, Lisa, dass du dich hinterher ein bisschen schlapp fühlst und leichte Schmerzen hast.«

»Darf Mikael dabei sein?«

»Mikael muss erst zur Samenspende, aber ansonsten kann er dir die ganze Zeit über Gesellschaft leisten. Habt ihr noch irgendwelche Fragen?«

»Nein.«

Sie sind alles mehrmals durchgegangen.

»Gut, dann machen wir uns jetzt auf den Weg.«

Sören zieht die Spritze für die örtliche Betäubung auf. Er arbeitet zügig und routiniert, seine großen Hände bewegen sich unbeirrt und zielbewusst.

»Machst du das immer alles selbst?«, will Mikael von ihm wissen.

»Ich hab euch eine Spezialbehandlung versprochen, oder nicht?«

Mikael nickt beifällig. Das muss Teil ihrer Abmachung sein.

»Normalerweise mache ich das hier nur noch selten, aber weil ihr es seid, will ich sichergehen, dass in der ersten, kritischen Phase wirklich alles glattgeht.«

Er dreht sich zu ihnen um.

»Lisa, ich weiß, dass du Spritzen nicht magst.«

Sie schüttelt den Kopf.

»Ich bin so vorsichtig wie nur irgend möglich. Das hier ist die Betäubung. Okay?«

Lisa nickt. Sie dreht den Kopf weg, nimmt Mikaels Hand, umklammert sie und starrt an die Wand. Sie ist von Kopf bis Fuß angespannt.

Die Nadel drillt sich in sie hinein. Der Einstich ist schmerzhaft und sie erschaudert.

Als es vorbei ist, blickt sie nach unten und sieht ihre nackten Beine. Der Kittel wurde nach oben geschoben und hüftabwärts ist sie nackt. Sie hat den Besuch beim Frauenarzt immer gehasst, aber all das hält sie weit von sich weg, schon seit Langem.

Sören bereitet die nächste Spritze vor. Sie ist wesentlich größer und länger als die vorige. Er befestigt sie im Arm eines Ultraschall-Präzisionsgeräts.

Das Gerät sieht fürchterlich aus. Wie ein Roboter, der sie gleich attackiert.

Sie umklammert Mikaels Hand noch fester und spürt, wie seine Knochen knacksen. Er rückt seinen Hocker näher und streicht ihr über die Stirn.

»Halt durch«, sagt er. »Es ist nur eine Viertelstunde. Fünfzehn Minuten.«

»Jetzt sind die Eifollikel dran, Lisa«, erklärt Sören.

»Du hast da drin ein paar perfekte Eizellen gebildet, das haben die Tests eindeutig gezeigt. Ich habe große Hoffnungen.«

Das Gerät an seiner Seite setzt sich zwischen ihren Beinen in Bewegung. Die Nadel stößt durch die Scheidenwand und dann noch tiefer in sie hinein. Sie versucht, tief zu atmen. Trotz der Betäubung spürt sie ein Saugen in sich, ein unbehagliches Gefühl, als würde sie auf ein bodenloses Meeresgrab zusinken. Sie schließt die Augen, versucht, alle Gedanken und Gefühle beiseitezuschieben.

Sie kommt wieder zu sich, als die Nadel langsam herausgezogen wird. Als sie die Augen aufschlägt, sieht sie Mikaels Gesicht keinen Meter von ihr entfernt, er lächelt und seine Augen sind feucht.

»Du bist ohnmächtig geworden«, sagt er.

»Gut gemacht, Lisa«, sagt Sören. »Wie fühlst du dich?«

»Ein bisschen durcheinander ...«

»Das höre ich oft. Das hier ist körperliche und seelische Schwerstarbeit. Da ist das normal.«

»Und was passiert jetzt?«

»Du bleibst einfach noch ein wenig liegen. Ich schiebe das Bett zurück in euer Zimmer, damit du dich ausruhen kannst. Jetzt ist Mikael am Zug.«

Mikael lächelt schief. Eine vereinzelte Träne löst sich aus seinem Augenwinkel. Er macht sich nicht die Mühe, sie wegzuwischen.

»Jetzt verpaaren sie uns«, sagt er.

Sören tätschelt ihm die Schulter.

»Mach mir die Tür auf, dann übernehme ich das Bett.«

Eine Frau läuft draußen vorbei, als das Bett hinaus auf den Flur rollt. Lisa sieht nur ihre Silhouette, nicht das Gesicht. Ein hektisches Huschen, und sie ist um die Ecke verschwunden, als hätte sie die Flucht ergriffen.

Irgendwas war mit der Frau. Die Haarfarbe, der Körperbau, das Bewegungsmuster.

Das bildet sie sich doch nur ein. Das kann nicht sein. Was hätte *sie* hier verloren?

In ihr fängt es an zu kribbeln. Was ihr da gerade durch den Kopf schießt, ist nicht vernünftig.

»Die Frau«, sagt sie. »Wer war das?«

»Wer?«, fragt Mikael.

»Da war eine Frau auf dem Flur, als du die Tür aufgemacht hast. Wer war das? *Wie heißt sie?*«

»Lisa, was ist denn los?«

»Sören, wer ist da gerade über den Flur gelaufen?«

»Eine Krankenschwester.«

Als Mikael zusammen mit Sören verschwunden ist, hat Lisa am ganzen Leib brennende Schmerzen. Sie liegt im Bett, starrt zur Decke ihres Krankenzimmers, hat ein Saugloch im Bauch, versucht, sich zu beruhigen, wieder zu der flachen, rhythmischen Atmung zurückzukehren, die sie in den vergangenen fünfzehn Minuten gerettet hat, als ihr die Eizellen entnommen wurden. Doch es fällt ihr unendlich viel schwerer. Ihr Atem geht stoßweise und gehetzt. Sie kann nur mehr an diese Frau denken. Die vom Flur geflüchtet ist.

In den letzten Wochen hat sich bei ihr sowohl körperlich als auch hinsichtlich der Sinne einiges verändert. Aber verrückt geworden ist sie nicht, und sie sieht auch keine Gespenster, da ist sie sich sicher.

Camilla hat früher als Krankenschwester im SÖS gearbeitet und ist immer noch Springerin, das hat sie selbst mal erzählt. Dass sie ausgerechnet heute hier ist, während Mikael und sie ihren Termin haben … Dabei sollte Sören doch wissen, dass das nicht sonderlich angemessen ist?

Doch Lisa ist felsenfest davon überzeugt, dass die Frau draußen auf dem Flur Camilla war.

26

Lillängen, Nacka,
am Silvesterabend

»Den Pool zu bauen, war die beste Entscheidung überhaupt.«

Mikael kommt mit einer sauberen Hose zurück. Sein Pony ist feucht, als hätte er sich Wasser ins Gesicht gespritzt. Er lallt nicht, das tut er nie.

Der Pool hat ihrem Hausbau das i-Tüpfelchen aufgesetzt. Als dann der erste Herbst kam und sie ihn mit großen grauen Platten abdeckten, war aller Charme, für den sie sich so mühevoll abgerackert hatten, schlagartig verpufft. Die Lage des Hauses auf dem Grundstück, der Pool direkt an der Außenwand, das Licht, die Aussicht aus dem Fenster – alles wirkte auf einmal verkehrt.

Doch in diesem Herbst hat Lisa eine Lösung gefunden, die alles geraderücken soll. Auf einem Anwesen in Skåne hatten die Eigentümer ihren Pool für den Winter mit einem spezialangefertigten Glasdach verdeckt statt mit hässlichen Platten. Unter dem Glas kann die Poolbeleuchtung selbst *off-season* angeschaltet werden, auch wenn das Becken leer ist, und sie können das gleiche Licht und die gleiche Atmosphäre auf dem umliegenden Holzdeck genießen wie an einem Sommerabend. Mit ein wenig warmem Wasser, das über die Scheiben fließt, sieht es sogar so aus, als wäre der Pool immer noch voller Wasser und beheizt.

So schön haben es nicht mal die betuchtesten Familien in Storängen.

Sören und Camilla sehen verunsichert zu Mikael, als er auf sie zugeht, neben ihnen stehen bleibt und den Blick über das rückwärtige Grundstück schweifen lässt.

»Hier gehe ich im Sommer immer raus«, sagt er, »stelle mich ans Geländer und mache einen Schwalbensprung ins Wasser.«

Er lacht wieder.

»Wie geht es dir?«, fragt Sören. »Fühlst du dich wieder besser?«

Mikael hat dort unten an der Weggabelung wirklich die Nerven verloren. Lisa kann nur froh sein, dass die Polizisten nicht in diesem Moment aufgetaucht sind und ihn auf frischer Tat ertappt haben, als er versucht hat, die Grenze zwischen Storängen und Lillängen zu verschieben.

Sören hat etwas in ihm getriggert. Die merkwürdigen Kommentare, die unangenehmen Fragen. Ihre gemeinsame Geschichte.

»Es schlägt mir manchmal ins Kreuz«, sagt Mikael, »so ist es leider nun mal. Und wenn der Rücken mir Probleme macht, schlägt mir das auch aufs Gemüt. Ich muss mich entschuldigen. Ich hoffe, du nimmst mir nicht krumm, was ich gesagt habe.«

»Kein Thema«, sagt Sören. »Ist schon vergessen.«

In Storängen dreht sich alles darum, die *Gemeinschaft* zusammenzuhalten – oder die *Community*, wie man hier sagt. In Lillängen gibt es nichts dergleichen – außer die Nähe zu Storängen. Mikael war von klein auf Teil jener Gemeinschaft. Lisa indes hat in den ersten Jahren nach ihrem Einzug kaum je einen Fuß vor die Tür gesetzt. Man kannte sie zwar, aber keiner wusste, was eigentlich mit ihr los war, und niemand wollte den Kontakt erzwingen. Als sie wieder auf den Beinen war, war es zu spät, um sich noch als die Neue im Viertel vorzustellen. Da war sie Schnee von gestern. Versehrte Ware.

»Den Schwalbensprung vom Geländer, den würde ich wirklich zu gern mal sehen«, sagt Camilla. »Besonders mit deinem Rücken.«

Sie lächelt Mikael leicht aufreizend an.

Was Mikael natürlich nicht entgeht, und er lächelt zurück.

»Was für ein Pech, dass wir den Pool für den Winter eingemottet haben«, sagt er. »Das holen wir ein andermal nach. Aber ich wette, du würdest dich nicht trauen, mit mir von der Terrasse zu springen.«

»Um wie viel?«, kontert Camilla.

»Sei bloß vorsichtig«, sagt Sören. »Camilla lässt sich keine Badegelegenheit entgehen. Und Höhenangst hat sie auch nicht.«

»Wenn du springst, springe ich auch«, sagt Camilla. »Musst nur Bescheid geben.«

»In Ordnung«, erwidert er. »Das merke ich mir.«

Was Lisa mit dem Pool vorhatte, war ein Versuch, die Zeit zurückzudrehen. Mikael dazu zu bringen, seine Minderwertigkeitskomplexe zu vergessen und zu akzeptieren, dass er genauso gut ist wie die Einwohner von Storängen. Und ein Versuch, ungeschehen zu machen, was ihn von Grund auf verändert hat.

Ihr behagt nicht, welche Richtung ihre Unterhaltung gerade wieder einschlägt. Ihre Persönlichkeiten sind eine toxische Kombination. Und schlagartig hat sie keine Lust mehr, die Beleuchtung einzuschalten und Mikael ihre Überraschung zu zeigen. Soll es draußen doch kohlrabenschwarz bleiben.

»Wisst ihr, wo Ebba und Marlon sind?«, fragt sie.

Sie hat Ebba nicht mehr gesehen, seit sie mit der fleckigen Hose ihres Vaters verschwunden ist. Den Blick ihrer Tochter wird sie so bald nicht vergessen. Die Enttäuschung in ihrer Stimme.

»Ich schätze mal, in Ebbas Zimmer«, sagt Camilla.

Lisa geht und klopft an Ebbas Zimmertür. Diesmal wartet sie, bis sie sich sicher sein kann. Sie will um nichts in der Welt erneut dort reinplatzen. Als niemand antwortet, schiebt sie die Tür auf. Sie nimmt die Jeans vom Boden hoch, die beim letzten Mal im Weg lag, und wirft sie in Ebbas Wäschekorb. Der ganze Boden liegt voller Klamotten, Stifte, Blöcke, Bücher und Schminkutensilien. Sie lässt den Blick über die Wände schweifen und betrachtet die neuen Poster, die Ebba aufgehängt hat.

Eternal Sunshine of the Spotless Mind. Edward mit den Scherenhänden. The Cure – *Boys Don't Cry.* Cigarettes After Sex. Nick Cave & The Bad Seeds.

Bei der Vorstellung, wofür dies alles steht, zieht sich in ihr alles zusammen. Filme und Bands, die eher für ihre eigene und Mikaels Generation stehen als für die von Ebba. Wo hat sie diese leicht altmodische Neigung her? Ihr Geschmack kommt der Abkehr von allem gleich, was derzeit angesagt ist, sie scheint sich zum Alternative Rock hingezogen zu fühlen, zum Indie und zu Filmen, die auf Netflix gar nicht erst laufen.

Ebba datet nicht jeden dahergelaufenen Jungen, so viel ist klar. Marlon passt da wie die Faust aufs Auge.

Genau wie Camilla gesagt hat.

Vielleicht hätte Lisa Ebba mehr Bestätigung geben müssen in dem, was sie anscheinend sucht, und ihr versichern sollen, dass Marlon genauso gut ist für sie, wie sie glaubt?

Wie es Camilla getan hat.

Das Bett ist nicht gemacht. Wo sind die beiden? Vielleicht sind sie diesmal runter ins Fernsehzimmer gegangen?

Sie weiß, sie sollte nachsehen gehen, aber da steht Ebbas Laptop aufgeklappt auf dem Schreibtisch. Sie macht ein paar Schritte darauf zu und fixiert den Bildschirm. Die Matchbox-Seite, über die sie und Marlon sich kennengelernt haben. Ein Screenshot, den Ebba bearbeitet hat, auf dem sie einen grünen Kringel um das Ergebnis von 99 Prozent gezogen hat. Daneben hat sie getippt:

Seelenverwandt.

Lisa widersteht der Versuchung, auch den Rest des Rechners zu durchsuchen, aber den Browser ruft sie trotzdem auf und klickt sich durch die Chronik. Ebba hat ein Liebeshoroskop bestellt. Lisa klickt es auf und fängt an zu lesen. Sie durchschnüffelt etwas, worauf sie kein Recht hat. Was sie gerade macht, ist ebenso schlimm, als würde sie Ebbas Tagebuch lesen. Sie will den Text gerade wieder wegklicken, als ihr Blick an ein paar Wörtern am Ende des Horoskops hängen bleibt.

Diese Sternenkonstellation lässt nur zwei Schlüsse zu.
Entweder seid ihr das beste Paar, das es je gegeben habt, oder ihr werdet einander in tausend Stücke schlagen.

27

Storängen, Nacka,
am Silvesterabend

Unser Besuch ist jetzt da ... Erzähl ich später ... Können wir morgen telefonieren?
Tom weiß nicht, zum wievielten Mal er gerade Lisas SMS liest. Der Balkon, der zu seiner Dachgeschosswohnung im alten Gerichtsgebäude gehört, ist inzwischen komplett eingeschneit. Der kleine Park darunter ist ebenfalls weiß und totenstill. Dahinter wiederum liegt der alte Holzhof, der abgerissen werden und Wohnhäusern weichen soll. Genau daneben befindet sich der Bahnhof Storängen, an dem die Saltsjö-Bahn hält. Gerade fährt ein Zug ein, stiller als sonst, das Kreischen der Bremsen wird von der finsteren Winternacht gedämpft. Es blitzt in der Oberleitung und fahl gelbliches Licht fällt über die leeren Sitze in den Waggons.

Warum hat sie nicht angerufen? Zumindest hätte sie noch eine weitere Nachricht schicken müssen.

Es ist offensichtlich, dass sie heute Abend keinen Kontakt haben will, dass Familie und Gäste sie auf Trab halten, aber irgendwann noch heute Nacht müssen sie sich treffen, vielleicht sollte er ihr das schreiben, eine Erinnerung daran, dass sie eine Aufgabe hat, der sie sich nicht entziehen kann, aber bis dahin stört er sie besser nicht.

Er dreht sich zur Wohnung um. Eine Junggesellenbude, spartanisch eingerichtet, eine Übergangslösung auf halbem

Wege ins Nichts. Purple liegt in seiner üblichen Stellung vor dem Fernseher und schläft. Er wird allmählich alt. Alt für eine Bulldogge.

Der Rucksack liegt nur ein Stück weiter am Boden. Noch hat er das Paket nicht herausgenommen und aufgemacht, womit er den Abend versüßen will, was die schmerzenden Glieder wärmen und die Panik dämpfen soll.

Er muss an das Päckchen denken, das er selbst verschickt hat, die Sache, die er verkauft hat; sie wegzugeben fiel ihm nicht leicht. Aber so ist das Leben – manchmal muss man sich von Dingen trennen, die man eigentlich lieber behalten möchte. Es wird ein paar Tage dauern, bis das Geld auf seinem Konto eingeht. Bis dahin muss er die Füße stillhalten. Sofern er sich zu irgendeinem Neujahrsvorsatz durchringen kann, dann, dass er nicht mehr so nachlässig mit Geld umgehen will.

Er koppelt sein Handy mit der Stereoanlage, klickt seine übliche Playlist an und wirft das Handy aufs Sofa, geht in die Küche, wäscht und desinfiziert sich die Hände, zieht den Kühlschrank auf, nimmt eine eiskalte Cherry Coke heraus, spült die Dose unter laufendem Wasser ab und gießt sich das dunkle, sprudelnde Getränk in ein sorgsam handgespültes Glas.

Der junge Polizist hat gefragt, ob er in der Nacht etwas gehört habe. Was hätte er denn hören sollen – den Einbruch in Lisas Auto? Oder das kaum hörbare Klicken, wenn ein Medikamentenschrank mit Karte und PIN geöffnet wird? Von jemandem, der die Abläufe im Maria Regina kennt, der gründlich genug war, keine Spuren zu hinterlassen. Und der in Sachen Hygiene pingelig ist.

Jemand wie er selbst.

Er stellt das Glas auf den Couchtisch im Wohnzimmer, tritt ans Bücherregal und nimmt sich zwei Ordner mit der

Aufschrift »Michigan State Spartans« und »Northwestern Wildcats«.

Damit lässt er sich schwer aufs Sofa fallen, breitet die Spielerkarten vor sich aus und versucht, die heutige Partie vorauszusehen: auf welche Taktik die Spartans setzen wollen, um die Defense der Wildcats zu durchbrechen. Möglicherweise – wenn auch nicht sicher – hätte er zu einer Einladung zu Silvester sogar Ja gesagt, aber dieses Erlebnis vor dem Fernseher ist an sich schon ein Fest. Die Silvestermatches haben ein ganz spezielles Flair, wenn die Tribünen voll besetzt sind und die Cheerleader neue aufsehenerregende Tricks einstudiert haben.

Sein Couchtisch wird zu einem testosterongeladenen Schachspiel. Das Schlachtfeld ist bereitet, fehlt nur noch der Anpfiff. Er spürt die Anspannung am ganzen Leib, als wäre er selbst dabei, einer der Krieger an der Mittellinie.

Ganz hinten im Ordner bewahrt er die Stars auf, jene Spieler, die im College angefangen und sich bis in die Profiliga hochgeschuftet haben. Diese Spielerkarten sind Erstausgaben, seine Sammlung ist vollständig und einzigartig, vielleicht die beste der Welt. Sie zusammenzutragen hat ihn Jahre, abertausend Stunden am Computer und zahlreiche weite Reisen zu verschiedensten Events auf dem amerikanischen Kontinent gekostet. Und mehr Geld, als er wahrhaben will. Und unzählige Besuche am Postschalter bei Ica-Maxi.

Die Frau, die dort arbeitet, Franka, hat keine Ahnung, was er da treibt – ebenso wenig wie alle anderen, die er im Leben getroffen hat. Lisa hat ihn mal mit ihrem Vater verglichen, der Briefmarken gesammelt hatte und stolz auf seine wertvollste Marke, eine Skilling Banco gewesen war. Wenn das Haus in Lyckeby Feuer gefangen hätte, hätte er mehr Angst um seine Briefmarken als um sein Zuhause gehabt.

Wenn Toms Wohnung brennen würde, würde er diesen

Ordner hier retten wollen. Und warum? Er weiß es womöglich selbst nicht genau.

Er nimmt die goldgerahmte Karte von Graham Stoke Perkins heraus, dem Verteidiger, mit dem er zusammen studiert hat und der nach den Jahren an der Uni die hoffnungslosen Houston Texans an die Spitze der Southern Division geführt hat. Im Finale wurden sie von den Baltimore Ravens weggeputzt.

Er dreht die Karte um, betrachtet den Namensschriftzug und die persönliche Widmung.

I love you, no helmet!

Er fährt mit den Fingern über die Karte, über die Buchstaben in schwarzer Tinte, die sein alter Freund dort draufgeschrieben hat.

Zu Beginn seiner Collegezeit hatte Tom es nicht leicht. Er war Medizinstudent, außerdem Europäer. Europäer hatten von American Football nicht die leiseste Ahnung.

Aber verdammt, wie er gekämpft hat, um in die Mannschaft aufgenommen zu werden. Er kann die Milchsäure immer noch bis hoch in den Hals spüren, wenn er daran zurückdenkt. Er schaffte es, sich einen Namen zu machen, zumindest für einige Zeit. Ein paar *field goals* und einige freundliche Worte in der Lokalzeitung.

Als die Conference Finals bevorstanden, kam seine große Chance. Der Coach rief ihn zu sich, er solle während einer kurzen Spielunterbrechung eingewechselt werden. Er hätte niemals gedacht, dass er wirklich die Gelegenheit bekäme – zumal so viel auf dem Spiel stand –, und machte sich eilig fertig. Er lief aufs Feld, nahm seine Position neben Perkins ein, machte sich bereit, den Blick wie immer fest zu Boden gerichtet, und wartete auf das Kommando, loszurennen und die Gegner umzutackeln. Doch beim Pfiff des Schiedsrichters war sofort klar, dass etwas faul war. Tom blickte auf und sah, wie der Schiedsrichter die Arme ausbreitete und eine Strafe gegen die Wildcats verhängte. Dann zeigte er auf Tom und sagte übers Mikrofon: »Fünfzehn Yards Strafe – Unsportlichkeit, regelwidrige Ausrüstung.«

Alle sahen Tom an. Der Coach schmetterte sein Klemmbrett zu Boden und stampfte mit dem Fuß darauf. Seine Teamkollegen schlurften knapp fünfzehn Meter zurück. Tom riss die Arme hoch und winkte dem Schiedsrichter, wusste nicht, was er falsch gemacht hatte, doch der Coach brüllte nur, er solle das Feld wieder verlassen. Das Publikum tobte, kreischte und lachte.

Perkins legte ihm eine Hand auf den Schulterschutz und sagte nur: »*No helmet.*«

Tom lehnt sich auf dem Sofa zurück, legt die Hände an den Kopf, bohrt die Fingerspitzen in die Kopfhaut. Er war im Conference Final aufs Feld gelaufen, ohne sich den Helm aufzusetzen.

Er wurde nie wieder eingewechselt.

In der Achtziger-Liedabfolge erklingt aus der Stereoanlage Bruce Springsteens Reibeisenstimme. Es tut immer noch weh. Bittersüß und grüblerisch, als wäre er für den Moment erstarrt, in der Erinnerung versteinert.

»Gleich fängt das Spiel an«, sagt er laut – sowohl an sich selbst als auch an Purple gerichtet. »Wir sind doch bereit, oder? *Go, Wildcats!*«

Keine Reaktion vonseiten des Hundes.

Er geht zurück ans Bücherregal und nimmt einen unbeschrifteten Ordner heraus. Darin stecken einzelne Dokumente fein säuberlich chronologisch sortiert in Plastikhüllen.

Der Ordnerrücken hat aus gutem Grund kein Etikett.

Wenn irgendwer anders darin blättern würde, würde Tom dafür zur Rechenschaft gezogen werden. Als Arzt hat man solche Ordner nicht zu Hause. Die Identität der Patientin wäre nicht hinreichend geschützt. Ihre Personennummer steht auf jeder Seite.

Nur bei wenigen Gelegenheiten hat er über die Informationen aus dem Ordner geredet. Er hat es gut gemeint, aber ordentlich Gegenwind dafür geerntet. Er war der Arzt, der auf dem falschen Dampfer war, der Kollege, der sich ungefragt einmischte, der Freund, der sich unerlaubt Freiheiten nahm.

Der Typ, der sich in ein Match stürzte, ohne seinen Helm aufzusetzen.

Ein Foto rutscht aus der Plastikhülle und segelt zu Boden. Er beugt sich vor und nimmt es hoch. Es stammt aus einem Fotoautomaten im Nacka Forum, ist vielleicht achtzehn, neunzehn Jahre alt. Aus einer vergangenen Zeit, in der noch nicht alles so verdammt endgültig war. Als noch alles möglich gewesen wäre.

Lisas blondes Haar war damals länger, ihr Gesichtsausdruck offen und unschuldig. Die Haut gesund und straff. Ihre Schönheit pur und für jeden offensichtlich. Überbordende Energie. Der Blick gleichermaßen zugeknöpft und unverblümt, als würde sie gerade einen Gedanken fassen, einen Beschluss, einen Wunsch formulieren.

Als hätte sie sich eben erst dazu entschieden, eine SMS zu schreiben, statt ihn anzurufen.

So wie sie damals war, jetzt ist, immer sein wird.

Dessert

28

Lillängen, Nacka,
am Silvesterabend

Bevor Lisa Ebbas Zimmer verlässt, versucht sie, alles am Computer wieder so einzustellen, dass ihre Tochter nicht merkt, dass sie da war und geschnüffelt hat. Sie hatte es nicht fassen können, als Ebba ihr erzählte, dass sie und Marlon sich online kennengelernt hätten. Den ganzen Abend hatte sie gegrübelt und gemutmaßt, dass da doch mehr sein müsste, was Ebba wusste, aber nicht verraten wollte. Doch was sie auf deren Rechner gesehen hat, bestätigt nur, was Ebba erzählt hat. Es war die Datingseite und dieses hoch komplizierte Matching-Verfahren, das die beiden zueinandergeführt hat.

Dem Horoskop zufolge müssen Sören und Camilla zeitgleich mit Mikael und ihr selbst ein Kind erwartet haben. Nun hatte sie zwar den Kontakt mit Camilla abgebrochen, doch angesichts all der Termine und Gespräche mit Sören ... Hätte sie da nicht bei irgendeiner Gelegenheit etwas mitbekommen müssen? Hätte Sören nicht irgendwann etwas über Camillas Schwangerschaft gesagt?

Als Lisa in die Küche zurückkehrt, bereiten Mikael, Sören und Camilla die Nachspeise vor. Für die sich Lisa selbst entschieden hat. Die sie ihnen vorsetzen wollte. Doch Camilla scheint sich gut zurechtzufinden und hat das Kommando übernommen. Bedenkenlos geht sie hierhin und dorthin und durchwühlt die Küchenschubladen, als wären dies ihre eigenen vier Wände.

Ebba und Marlon kommen aus dem Untergeschoss und gesellen sich zu ihnen. Genau wie Lisa vermutet hat, waren sie eine Zeit lang im Fernsehzimmer, um auf Abstand von den Erwachsenen zu gehen. Ebbas Schlafzimmer ist kein geschützter Raum mehr, seit Lisa sich dort ungebeten Zutritt verschafft hat.

Lisa sieht ihr an, dass sie nach dem Eklat mit Mikael im Wohnzimmer verändert ist. Härter, in sich gekehrter. So wie sie mitunter sein kann, wenn der Frust in ihr überzukochen droht. Doch jetzt ist nicht der richtige Augenblick, um sein Verhalten zu erklären und ihn in Schutz zu nehmen. Sie hat das schon so oft getan und weiß, dass sie damit besser bis morgen wartet.

»Mama, wir dachten, wir gehen kurz vor Mitternacht noch auf eine Party bei ein paar Freunden«, sagt Ebba.

Lisa muss sich auf die Zunge beißen, um nicht sofort Nein zu sagen. Dieses Silvesteressen ist Ebbas Idee. Und die zwei Teenager sind die Einzigen, die sie noch davon abhalten, einander an die Kehle zu gehen. Sie schluckt und reißt sich zusammen, versucht, sich eine überzeugende Antwort zurechtzulegen.

»Und wo soll das sein?«, fragt sie.

»In Storängen.«

»Habt ihr schon mit Sören und Camilla gesprochen?«

Ebba zuckt nur mit den Schultern.

»Können wir vielleicht erst fertig essen und das dann anschließend entscheiden?«

Ebba schüttelt den Kopf.

»Aber es ist gleich halb elf«, sagt sie.

Lisa guckt auf die Uhr. Ebba hat recht, bald bricht das neue Jahr an. Aber der Countdown ist ausgesetzt. Sie hat die Kontrolle über ihr Timing verloren. Ihre Strategie, alles in Häppchen aufzuteilen, ist kläglich gescheitert.

»Marlon und ich wollen *wirklich* zu dieser Party gehen.«

»Aber das ist doch unhöflich«, mischt Sören sich ein. »Wir sind hier doch zu Gast – als Familie. Und wir bleiben auch nicht übertrieben lange. Lisa hatte einen harten Tag. Da ist es besser, wir fahren nachher alle zusammen nach Hause.«

Lisa hat gar nicht mitbekommen, dass Sören so nah bei ihnen stand, dass er ihr Gespräch mit anhören konnte. Ganz offensichtlich ist er ebenfalls skeptisch. Genauso wenig wie Lisa scheint er zu wollen, dass die Jugendlichen sich aus dem Staub machen. Dass sie auf derselben Seite stehen, ist eine neue Erfahrung. Allerdings keine wahnsinnig angenehme.

Camilla kommt dazu und schiebt ihren Arm unter den ihres Mannes. Schmiegt sich eng an ihn.

»Wen man liebt, muss man freilassen, ist es nicht so, Schatz?«, fragt sie. »Ist doch klar, dass die zwei zu dieser Party gehen.«

»Ich finde das wirklich nicht angebracht«, wendet Sören ein.

»Was soll das, Papa?«, blafft Marlon. »Was genau ist daran denn unangebracht?«

Marlon sieht Sören mit trotzigem, fast schon verächtlichem Blick an. Ebba nimmt Marlons Hand und drückt sie.

»Jetzt gibt es erst mal Dessert«, sagt Lisa. »Wollt ihr nicht auch ein bisschen probieren?«

»Lisa und Mikael haben so ein feines Silvesteressen vorbereitet und ihr wollt einfach gehen?«, fragt Sören. »Ich finde, das gehört sich nicht.«

Lisa pflichtet ihm bei. Sagt es aber nicht laut.

»Mama, aber wirklich«, sagt Ebba. »Die Party ist hier in Storängen, zu Hause bei Steffe.«

Steffe ist der Sohn einer halbwegs bekannten Familie hier in der Gegend. Sie besitzen das größte und teuerste Haus von allen. Lisa ist überrascht, dass dort eine Party stattfinden soll. Sie war der Meinung, dass die Familie über Neujahr immer auf irgendeine Karibikinsel fliegen würde. Doch sie will das, was ihre Tochter sagt, nicht anzweifeln.

»Steffe!« Camilla lacht und reißt die Arme hoch, als wäre der Name des Partygastgebers ein Zeichen der Götter. »Herrgott, Sören, hast du so wenig Verständnis dafür, wie es mit achtzehn ist? Wir sollten dankbar sein für die Zeit, die wir mit diesen zwei Goldstücken hatten!«

»Und wir dachten, wir könnten eine Flasche Wein mitnehmen«, fährt Ebba fort.

Mikael taucht hinter den beiden auf, und Lisa sieht ihn in der Hoffnung an, dass er sich ebenfalls äußert. Doch er sagt kein Wort.

»Wir haben doch schon darüber gesprochen, Ebba«, sagt Lisa. »Außerdem, Camilla, sind Ebba und Marlon erst siebzehn und keine achtzehn.«

»Klar«, sagt Ebba. »Du findest wahrscheinlich, ich könnte doch einfach die angebrochene Pommac-Flasche aus dem Kühlschrank mitbringen.«

»Ich finde, ihr solltet hierbleiben«, wiederholt Sören.

»Ihr?«, mischt sich Mikael wieder ein. »Willst du jetzt etwa auch meiner Tochter vorschreiben, was sie zu tun hat? Wenn sie auf eine Party gehen will, dann hat das ja wohl nichts mit *dir* zu tun.«

Sören nimmt entschuldigend die Hände hoch.

»Ich habe bloß meine Meinung gesagt.«

»Darf ich einen Vorschlag machen?«, fragt Camilla. »Wir essen zusammen Dessert und stoßen mit einem Gläschen Dessertwein an. Marlon und Ebba bekommen auch ein Glas. Damit ist dieses feine gemeinsame Abendessen beendet, und dann dürfen sie ja wohl auf ihre Party gehen, oder? Das ist doch okay?«

Sören starrt seine Frau an. Und nickt zu guter Letzt zaudernd. Er will eindeutig nicht, dass Marlon geht, man kann es ihm deutlich ansehen, aber er widerspricht Camilla auch nicht. Macht er wahrscheinlich nie.

Was Camilla sagt, klingt trotz allem nach einem guten Vorschlag. Nach einem Kompromiss. Untypisch diplomatisch von ihr. Und Lisa hat sich geschworen, Ebba stets eine Stütze zu sein, selbst wenn sie sie dafür loslassen muss.

»Einverstanden«, sagt Lisa. »Von mir aus …«

»Ein bisschen Dessert ist ja nie verkehrt«, sagt Marlon.

»Aber schaffen wir es dann noch?«, wendet Ebba ein. »Wir können dort doch nicht erst *nach* Mitternacht aufschlagen.«

»Das schaffen wir«, sagt Mikael. »Kommt, setzen wir uns wieder.«

Als sie wieder am Tisch Platz genommen haben, fühlt sich alles verändert an. Mikael und Sören tragen die Nachspeise auf und stellen eine Flasche Sauternes auf den Tisch. Lisa sitzt stocksteif da und sieht ihnen zu, wie die stille Beobachterin, wie ein Gast im eigenen Zuhause.

Warum war Sören so sehr darauf erpicht, dass Marlon nicht geht?

Der Kopfschmerz, der während des Abends mal ab- und dann wieder zugenommen hat, ist jetzt mit ganzer Macht zurück und pulsiert in ihren Schläfen. Ihr Nacken ist so verkrampft, dass ihr leicht schwindlig ist und sie sich gleichzeitig steif wie ein Brett fühlt. Das Kribbeln am ganzen Leib hat eine neue Intensität angenommen. Es geht vom Herzen aus, das brutal hart schlägt, und sickert ihr bis in die Arme und Finger. Wenn sie nicht schnell einen Weg findet, sich zu beruhigen, fangen ihre Hände bald an zu zittern.

Mikael, wir gehen kurz raus.

Nein, warte, Sören will vielleicht erst noch meinen Blutdruck messen.

Sie schließt für ein paar Sekunden die Augen, damit ihr Körper entspannen kann. Nimmt ein paar bewusste, tiefe Atemzüge. Im Dunkel hinter ihren Lidern sieht sie Ebbas flimmernden Laptop mit den Informationen vor sich, die sie soeben erhalten hat. Sie schlägt die Augen auf, als Mikael die Schale mit Gino auf den Tisch stellt. Obst mit weißen Schokoladensplittern, fünf Minuten bei 225 Grad im Ofen erwärmt, dazu Vanilleeis.

Sie drückt den Dessertlöffel in die Schokolade, presst ihn durch eine Erdbeere und ein Stück Banane hindurch, wird an ihr verletztes Handgelenk erinnert, das unter dem Verband immer noch schmerzt, doch den Schmerz nimmt sie kaum noch wahr. Sie fügt ein Stück Kiwi und Eis auf dem Löffel hinzu, legt ihn dann aber auf den Teller, nimmt stattdessen das Messer und schlägt damit gegen das Dessertweinglas, um alle zur Ruhe zu rufen.

»Jetzt bin ich an der Reihe, eine Voraussage für das kommende Jahr zu treffen«, sagt sie. »Ich glaube, dass derjenige, der im Maria Regina eingebrochen ist, gleich zu Beginn des neuen Jahres dafür verhaftet wird. Und dass er eine harte Strafe bekommt.«

29

Ebba steht eine Weile draußen an der kalten Luft. Die Frage, ob sie Alkohol zu der Party mitbringen dürfen, hat das Fass zum Überlaufen gebracht. Doch der zügige Spaziergang an der frischen Luft hat sie wieder ein wenig beruhigt und ihre geröteten Wangen gekühlt.

Ein kleines Gläschen mit ekligem, süßem Dessertwein, mehr haben sie nicht bekommen.

Ihre Mutter hat null Verständnis gezeigt. In ihren Augen sind sie immer noch Kinder, die beschützt werden müssen. Sie sieht einfach nicht, was eigentlich offensichtlich sein müsste – dass sie inzwischen groß sind, erwachsen, unterwegs zu einem Fest, bei dem sich keine Kinder treffen. Im Sommer werden Marlon und sie völlig legal jedweden Drink bestellen können, wenn sie in der Stadt draußen vor einer Kneipe sitzen. Glaubt ihre Mutter allen Ernstes, ihnen da hinterherlaufen und kontrollieren zu müssen, dass sie auch ja nicht angetrunken sind? Oder kommt mit irgendeiner neuen Regel, nach dem Motto: Solange du unter meinem Dach wohnst, bestimme ich hier die Spielregeln?

Dass ihre Mutter sie als Paar nicht akzeptiert, dass sie ihnen einen einzigen banalen Wunsch nicht erfüllen mag ... Aber wie sie sich selbst benommen haben! Wie viele Flaschen haben sie bitte schön in sich reingekippt? Und wie viele kommen noch, bis dieser Abend vorbei ist?

Durch die Hintertür kehrt sie ins Fernsehzimmer zurück. Marlon nestelt an der Stehlampe neben dem Sofa und nimmt den Lampenschirm ab. Als eine Art Therapie oder unbewusstes Ventil für den Stress, der sich in seinem Körper aufgestaut hat. Dann nimmt er sein Handy und schreibt jemandem. Er hat immer noch diesen gequälten Gesichtsausdruck, als wäre er irgendein jugendlicher Straftäter, als hätte er Mist gebaut.

Wenn er es sich jetzt nur nicht anders überlegt. Der Abend ist nicht direkt so verlaufen, wie sie es sich vorgestellt haben. Ihre Eltern haben nicht gerade neue Freunde kennengelernt, so wie sie es gehofft hatten.

Wenn sie ihn heiratet, sind sie so was wie alle miteinander verwandt. Ihre Mutter wäre wohl diejenige, die das größte Problem damit hätte. Auch wenn sie sagt, dass sie all das, was passiert ist und was sie krank gemacht hat, hinter sich gelassen hat. Aber dass das nicht stimmt, sieht doch jeder. Ebba will gar nicht darüber nachdenken, was als Nächstes kommt, jetzt, da ihre Mutter Sören erneut getroffen hat – wie lange es wohl dieses Mal dauert? Kommt sie morgen überhaupt aus dem Bett?

Marlons Eltern haben ihrerseits anscheinend begriffen, wie es bei der Freundin ihres Sohnes zu Hause zugeht. Wie es um die Ehe der Eltern bestellt ist, um die Streitereien, dass sie sich nie küssen wie normale Ehepaare, dass sie nicht mal mehr im selben Bett schlafen. Der Rücken ihres Vaters und das Alkoholproblem und die Schmerzmittel. Und dass ihre Mutter ein hysterischer Kontrollfreak ist.

Hier gibt es keine Zukunft, nur Vergangenheit.

Marlon hat davon geredet, ins Ausland zu ziehen. Vielleicht schon nach den ersten Jahren auf der Musikhochschule. Es gäbe auch eine Musikschule in Los Angeles. Wenn er dort hinwill, dann geht sie mit, kein Zweifel. Wenn er nach diesem Abend immer noch mit ihr zusammen sein will.

Er blickt von seinem Handy auf, als sie sich die Schuhe auszieht.

»Wo warst du denn?«

»Ich war nur kurz draußen.«

»Und warum? Wir müssen so langsam los.«

»Musste noch etwas erledigen.«

Marlon neigt den Kopf leicht zur Seite.

»Was musstest du erledigen?«

Die Idee kam ihr während der Nachspeise. Papas Schlüssel steckten in der Hose, die sie in den Waschkeller gebracht hat. Und er ist der Einzige, der einen Schlüssel zu der Hütte am Ende des Grundstücks hat.

»Wir sollen doch was mitbringen, oder?«, sagt sie. »Das hab ich jetzt organisiert.«

Auf seinem mürrischen Gesicht breitet sich ein Lächeln aus. Sie spürt es im ganzen Körper. Seine Wärme strahlt auf sie ab. Sie drückt sich an ihn. Marlon hat nicht vergessen, was sie sich vorgenommen haben, und er scheint es sich auch nicht anders überlegt zu haben.

Als er ihr tief in die Augen sieht, fühlt ihr Gesicht sich an, als wäre es einhundert Grad warm. Ihr Körper, als würde er gleich explodieren. Sie weiß genau, was sie antreibt und was sie bislang abgehalten hat – sie weiß, was das für Gefühle sind. Aber damit muss jetzt Schluss sein.

Die Hütte ist durch den Hang auf der Rückseite des Grundstücks vom Haus aus nicht einsehbar. Sie diente früher als eine Art Lager, dann als Fahrradschuppen. Als diese neuen Gesetze für Nebengebäude eingeführt wurden, hat Ebbas Vater die Hütte in sein eigenes kleines Schloss umgewandelt, in dem er jetzt seit ein paar Jahren arbeitet und schläft.

Die Tür ist immer verschlossen und es gibt nur einen einzigen Schlüssel.

Als Ebba im Herbst einmal runter zum Wasser ging,

erhaschte sie durch das Fenster zum dortigen Arbeitszimmer einen Blick auf ihren Vater, der auf einem Hocker stand und eins der Paneele an der Zimmerdecke hochwuchtete. Als er sie entdeckte, zuckte er zusammen und wich vom Fenster zurück, grüßte und tat so, als wäre nichts gewesen. Doch Ebba wusste, was sie gesehen hatte.

Sie um Erlaubnis zu bitten, hätte keinen Zweck. Und ob sie ihr verzeihen oder nicht, ist ihr inzwischen herzlich egal.

Sie hat die Angelegenheit in die eigenen Hände genommen. Zugesehen, dass sie bekommt, was sie braucht.

Sich freizuschwimmen und ein neues Leben mit Marlon zu beginnen, ist das Einzige, was ihr noch bleibt. Dafür ist sie bereit, alles zu tun. Dieses Sexproblem darf ihr dabei nicht im Weg stehen. Was immer sie am Esstisch gesehen und gehört hat, erhöht nur den Druck.

Doch es gibt Mittel und Wege, diesen Druck abzulassen. Alles hinter sich zu lassen.

30

»Camilla, wann hast du eigentlich deinen letzten Dienst als Springerin im SÖS gehabt?«

Sören hat sich wieder aufs Sofa im Wohnzimmer gesetzt und spielt an seinem Handy. Mikael sitzt vor der Stereoanlage und dem Schrank mit den LPs am Boden. Nur Lisa und Camilla sind in der Küche.

»Das ist Ewigkeiten her«, antwortet Camilla. »Warum fragst du?«

Lisa zögert kurz, ehe sie antwortet. Sie will ihren alten Streit nicht wieder heraufbeschwören.

»Ich frag mich einfach nur«, sagt sie ausweichend.

»Das ist bestimmt fünfzehn Jahre her, wenn nicht länger«, sagt Camilla.

Sie stellt die letzten Dessertteller in die Spüle und lässt Wasser darüberlaufen.

»Ich ahne, was für einen Tag du gehabt haben musst«, fährt sie fort. »Wenn so etwas Grässliches wie ein Einbruch passiert – und dann auch noch deine Arbeit mit all den sterbenden Menschen ... Ich kann wirklich nicht fassen, wie du das alles wegsteckst.«

Lisa tritt an die Kaffeemaschine und bereitet eine Kanne Kaffee vor. Hat Camilla das eben nur erwähnt, um ihr alles wieder vor Augen zu führen? Den Einbruch, die Tasche, die Polizei?

Sie will Camilla nicht mit ihren Mutmaßungen konfrontieren. Die Erinnerungen sind alles andere als deutlich. Sie hat Mikael hundertmal gefragt, wer die Krankenschwester auf dem Flur war. Und er hat jedes Mal das Gleiche geantwortet: dass er es nicht wisse.

Camilla stellt die Teller in die Spülmaschine und trocknet sich die Hände am Geschirrhandtuch. Sie hat einen nachdenklichen, unschuldigen Ausdruck im Gesicht. Dann kommt sie auf Lisa zu – so nah, dass sie sie fast streift.

»Wann haben die Probleme mit Mikael angefangen? Willst du darüber reden?«

Insgeheim wünscht sich Lisa nichts lieber als jemanden zum Reden. Und sie hat einst geglaubt, dass Camilla genau die Richtige dafür wäre. Mit ihrem innigen Blick bringt Camilla sie beinahe dazu, wieder so zu fühlen.

Als Mikael jünger war, war er so vielversprechend – immer in den Startlöchern, wenn es galt, neue Kontakte zu knüpfen, immer bereit, die Initiative zu ergreifen. Er wusste intuitiv, dass reiche Leute keinen langweiligen Buchhaltertyp wollten, der sich um ihr Geld kümmerte, sie wollten den attraktiven Kumpeltyp. Mikael sah gut aus, aber nicht nur das. Er ging in der Rolle regelrecht auf. Hatte die richtige Frisur, die richtigen Klamotten. Das richtige Lächeln im Gesicht. Er hatte das gewisse Etwas, wann immer seine Kunden genau das wollten, ganz gleich, was dieses gewisse Etwas im Einzelfall war.

»Ebba«, sagt sie plötzlich, ganz ohne dass sie es will. »Es fing an, als wir Ebba bekamen. Da wurde ich krank. Keine Ahnung, ob du das weißt, aber ich war am Boden, mehrere Jahre lang. Mikael musste sich um alles allein kümmern.«

»Muss hart für ihn gewesen sein«, sagt Camilla.

Lisa nickt.

»Man könnte sagen, er ist ausgebrannt.«

»Aber wie hat er unter diesen Umständen noch seinen

Job machen können? Es sah doch so aus, als würden er und seine Kollegen nonstop durcharbeiten.«

Jene Jahre waren für Mikael ein Drahtseilakt. Er versuchte, sich mithilfe von Pillen wach zu halten, brauchte dann aber etwas, um schlafen zu können. Und irgendwann kippte das Ganze. Er hatte seine Karriere in der schicken Firma am Kungsträdgården im gestreckten Galopp zu Ende geritten – genau so formulierte es sein Chef während ihres letzten Gesprächs, als Mikael gekündigt wurde. Sie hätten ihn ohne Zugeständnisse vor die Tür setzen können, zahlten ihm aber noch eine kleine Abfindung, weil der Chef ihn für einen netten Kerl hielt. Seither hat Mikael keine Vermögenswerte mehr verwaltet außer den eigenen.

»Er hat sich selbstständig gemacht und arbeitet jetzt von zu Hause«, sagt Lisa.

Sie schaltet die Kaffeemaschine ein. Noch eine Dreiviertelstunde bis Mitternacht. Sie hat keine Ahnung, was sie um Schlag zwölf tun sollen, jetzt, da Marlon und Ebba nicht mehr hier sind.

Camilla legt ihr die Hand auf den Arm.

»Ich hab gesehen, dass ihr nicht mehr im selben Bett schlaft.«

War sie in ihrem Schlafzimmer? Als Mikael und Lisa draußen waren? Oder als Lisa in Ebbas Zimmer war? Was für einen Grund sollte sie haben, dort herumzuschnüffeln?

»Wir wissen beide, wie sehr es an einer Beziehung zehrt, wenn man nicht einfach so ein Kind kriegen kann«, fährt sie fort. »Und dann hast du nach deiner Krankschreibung wieder angefangen zu arbeiten. Das macht ein Liebesleben ja nun auch nicht wirklich besser. Krankenschwester zu sein, ist ein ermüdender und undankbarer Job.«

Lisa fühlt sich an früher erinnert, wenn Camilla direkt zur Sache kam, direkt ans Eingemachte, komplett ohne Hemmungen ins Allerprivateste. Sie hätte damit rechnen müssen, trotzdem ist sie schockiert.

»Ist es leichter, wenn man Healerin ist?«, stellt sie die Gegenfrage.

Camilla lacht und wirft das Geschirrtuch auf die Kücheninsel.

»Darf ich mit dir mal was ausprobieren? Eine Übung, nach der es dir besser geht. Hier, setzen wir uns aufs Küchensofa.«

Camilla setzt sich und gibt Lisa mit einer Geste zu verstehen, dass sie neben ihr Platz nehmen soll.

»Was willst du denn machen?«

»Eine kurze Meditation. Es dauert nicht lange. Setz dich bequem hin. Und der Rücken muss gerade sein.«

Lisa setzt sich neben Camilla und drückt den Rücken durch. Es fühlt sich an, als würde ihr Kleid an den Säumen aufplatzen.

»Atme ein paarmal tief durch. Tief in den Bauch und langsam wieder aus. Konzentrier dich auf deinen Unterleib.«

Als sie versucht, so zu atmen, wie Camilla sagt, sackt sie leicht in sich zusammen und versucht sofort, wieder aufrecht zu sitzen.

»Fokussiere auf deinen Bauch und entspann dich. Fokussiere auf deine Lendengegend und entspann dich. Fokussiere auf deinen Brustkorb, aufs Kreuz. Und entspann dich.«

Camillas Stimme ist für so etwas trainiert. Sie klingt wie die Entspannungsübung auf YouTube, die Lisa hin und wieder ausprobiert hat.

»Fokussiere auf deine Schultern und entspann dich.«

Macht sie das auch so, wenn sie Patienten empfängt? Wird sie dafür bezahlt, dass sie Menschen erzählt, sie sollen sich entspannen?

Camilla hält ihre Hände einen Zentimeter über Lisas Schultern. Eine eigenartige Wärme strahlt davon ab. Lisas Körper reagiert darauf, fühlt sich gelockert an. Nach und nach verschwindet das Chaos in der Küche um sie herum und alles Übrige, was ihre Aufmerksamkeit erfordert. Die Teenager, die Gäste, der Einbruch.

Und urplötzlich taucht ein Bild in ihrem Kopf auf. Es ist ihr Vater Erland. Sie sieht ihn deutlich vor sich. Es ist das alte Foto, auf dem er mit seinem Fahrrad am Zaun ihres Elternhauses steht. Das Bild, das der deutsche Fotograf geschossen hat. Das Camilla an jenem aus dem Ruder gelaufenen Abend am Stureplan in der Hand hielt.

»Jetzt nehmen wir die Arme«, sagt Camilla. »Spür in sie hinein und entspann dich.«

Lisas Atmung wird ruhiger, tiefer. Die Schultern und Arme sacken nach unten, finden in ihre natürliche Position.

»Und jetzt das Gesicht. Den Nacken. Den ganzen Kopf.«

Camillas Finger nesteln im Nacken an Lisas Haaren. Ihr wird so warm, dass es fast brennt.

»Fühl dein Herz-Chakra, den Mittelpunkt deiner Gefühle.«

Das Foto verschwindet in einem Lichtwirbel, wie Wasser, das aus der Wanne abläuft.

»Fühl in den Schmerz hinein, den du in der Vergangenheit empfunden hast.«

Lisa will auf ihren Körper hören. Sie ist irgendwohin unterwegs, auf eine kontemplative Ruhe zu. Ihr Körper sehnt sich danach, will voll und ganz entspannen.

»Atme durch den Mund und bring die Atemluft zu jenem Schmerz, den du in der Vergangenheit gespürt hast, in dein Herz-Chakra. Atme die Heilung von diesen emotionalen Schmerzen tief ein.«

Lisa atmet durch den Mund, während Camillas Worte durch ihren Körper pulsieren.

»Geh zurück zu jenem Erlebnis, das diesen emotionalen Schmerz einst verursacht hat, und spüre, wie dessen Intensität abnimmt. Und das machst du dreimal.«

Ihr Körper ist jetzt völlig still. Doch in ihrem Kopf rennt sie einen langen Hang hinab, der Wind strömt um ihren Körper und vor ihr am Fuß des Abhangs steht jemand. Auf diese Person läuft sie zu.

Ist das Marlon? Er gleicht ihrem Vater auf dem alten Foto so sehr.

Sie hört eine Männerstimme. Dann dass jemand an eine Tür klopft.

Mach die Tür auf!

Mikael sitzt bewusstlos auf dem Klo in der Arbeit. Der Tablettenblister liegt vor seinen Füßen. Die Hosenträger hat er sich von den Schultern gestreift, das Hemd ist aufgeknöpft, sein Hals rot, das Gesicht kreideweiß.

Mach die Tür auf!

Männer stürmen herein, zerren ihn zu Boden, leiten die Herzdruckmassage ein.

Lisa versucht, zu begreifen, woher die Stimme kommt und wer ruft. Sie kennt die Stimme, es ist nicht Mikaels Chef, auch nicht ihr Vater, nicht Marlon. Sie kommt von weiter her, von hinten.

Sie beschleunigt, rennt schneller, weg aus dem Büroflur, weg von den Stimmen.

Der Blutdruck muss runter!

Der Wind, den sie eben noch gespürt hat, fühlt sich jetzt heiß an wie Feuer, als würde ihr ganzer Leib lichterloh brennen. Sie will die Flammen ausschlagen, das Feuer mit den Armen löschen, bleibt jedoch reglos sitzen. Sie will die Augen aufmachen, aber auch das funktioniert nicht.

Sie befindet sich jetzt in dem klinisch weißen Zimmer auf der Entbindungsstation im Söderkrankenhaus.

»Atme in dein Herz-Chakra. Atme durch die Nase aus. Dein ganzes Herz.«

Das Ultraschallgerät fährt kalt über ihren Bauch, der mit einem Gel bestrichen ist.

Irgendwas stimmt nicht mit den Herzgeräuschen.

»Aller Schmerz, den du in dir trägst, nimmt an Intensität ab. Wird maximal reduziert.«

Ein lauter Alarm schrillt durch den Raum, ihren Kopf, die ganze Welt. Jemand stürzt auf ihr Bett zu.

»Und jetzt mach die Augen wieder auf«, sagt Camilla. »Fühlst du dich besser?«

Lisa schlägt die Augen auf. In ihrem Kopf ist alles klar und still.

Auf der Uhr am Herd ist es noch eine halbe Stunde bis Mitternacht.

31

»Ich muss mich umziehen. Bin in ein paar Minuten wieder da.«

Lisa eilt in Richtung Schlafzimmer. Sie riecht ihren eigenen Schweiß. Das Kleid klebt ihr am Rücken. Die Hitze, die sie während Camillas Behandlung gespürt hat, hat sie sich nicht eingebildet, die war in höchstem Maße echt. Die Bilder, die sie gesehen hat. Die Erinnerungen.

Die waren auch nicht eingebildet. Das waren echte Erinnerungen.

Sie betritt den kleinen Duschraum, lässt das Kleid zu Boden gleiten.

Sie fühlt sich merkwürdig ruhig, aber nicht müde, im Gegenteil, sie ist in gewisser Hinsicht wacher als zuvor. Aber wohl fühlt sie sich bei Weitem nicht. Als wäre sie aus einem langen, tiefen Schlaf geweckt worden. Die Wut, die sie so lange unterdrückt hat, ist zurück. Der Hass ist zurück.

Camilla mag ein spezielles Talent haben, sie mag Wärme durch ihre Handflächen und Finger schicken und ihre Stimme mag einen aus dem Hier und Jetzt in Momente intensiver Gefühle transportieren. Aber heilen kann sie nichts.

Camilla ist verrückt. So verrückt, dass es gefährlich ist.

Lisa will eigentlich duschen, aber es ist gleich zwölf. Sie wäscht sich eilig die Achseln und macht das Schränkchen auf.

Alles Chemie.

In Mikaels Schrankfach sieht sie einen Neuzugang in ihrer Sammlung, ein Medikament namens Concerta, ein Stimulans, das zur medikamentösen Behandlung von ADHS eingesetzt wird. Wenn dieses Krankheitsbild in Mikaels Kindheit bekannter gewesen wäre, hätte man ihm viel früher helfen können. Der Wirkstoff Methylphenidat ist stark anregend und hilft gegen Konzentrationsprobleme.

Dieser Abend dreht sich nicht mehr um Ebba. Er dreht sich nur noch um sie selbst. Sie wird niemals verstehen, wie der Zufall sie in diese Lage hat versetzen können. Doch sich darüber den Kopf zu zerbrechen, bringt überhaupt nichts, stattdessen sollte sie den Abend genießen, um Sören, Camilla und sich selbst ein für alle Mal zu beweisen, dass sie wieder gesund ist, dass die Dunkelheit keine Macht mehr über sie hat. Sosehr sie Camilla und Sören auch hasst.

Sie muss nur noch ein paar wenige Minuten lang gute Miene machen, darf nicht zulassen, dass die neu entfachte Wut diesen letzten Abschnitt des Abends zunichtemacht. Sie hat bis hierhin durchgehalten und schafft das letzte Stück auch noch.

Sie sieht die Betablocker, die Mikael einnimmt, überlegt, selbst eine Tablette zu nehmen, um den Zorn, der in ihr brodelt, an die Leine zu legen.

Plötzlich sieht sie im Spiegel, dass Mikael in der Tür steht.

»Warum bist du gegangen?«, fragt er. »Was machst du hier?«

»Ich hab zu Camilla gesagt, dass ich mich umziehen muss. Muss ich dich jetzt dafür um Erlaubnis bitten?«

Sie geht zurück ins Schlafzimmer. Mikael folgt ihr und setzt sich auf die Bettkante. Er sieht mit großen Augen zu ihr hoch.

»Camilla macht sich Sorgen um dich.«

»Ich hab auf ihre Behandlung reagiert«, erklärt sie. »Aber es ist schon okay.«

Sie macht den Kleiderschrank auf und nimmt eine locker sitzende schwarze Hose und ein schwarzes Sweatshirt heraus.

»Kann ich das anziehen?«

Mikael zuckt mit den Schultern.

»Was ist in der Küche passiert?«

»Camilla hat mit mir eine Meditation gemacht. Ich hab meinen Vater und Marlon gesehen. Als ich die Augen geschlossen und ihre Anweisungen befolgt habe, sind ihre Gesichter und Körper ineinander verschwommen. Dann war ich plötzlich in deinem alten Büro.«

»In meinem Büro?«

»Ich hab dich dort auf dem Klo sitzen sehen. Wo du zusammengeklappt bist. Woraufhin sie dich gefeuert haben.«

Mikael fasst sich an die Stirn und starrt zu Boden.

»Danach war ich im Krankenhaus. Es fing mit einer Routineuntersuchung an, bei der sie meinen Blutdruck checken wollten.«

»*Wie bitte? Was zur Hölle soll das?*«

»Es hat sich angefühlt, als würde das alles noch mal passieren.«

Mikael lässt sich rücklings aufs Bett fallen. Er atmet schwer aus, gerät ins Stocken, und dann kann er nicht mehr an sich halten, sein ganzer Oberkörper fängt an zu beben und Tränen laufen ihm über die Wangen.

32

Lillängen, Nacka und Stockholm,
im April,
siebzehn Jahre zuvor

Dieses eigenartige Zucken ist wieder da. Sie hat keine Ahnung, was es ist, aber irgendwas pocht in ihrem Körper.
Ist es das, was in ihr heranwächst?
Fühlt sich das wirklich so an?
Sie ist in der achtzehnten Woche. Ihr Bauch ist so groß, dass eine Frau im Nacka Forum glaubte, es wäre die dreißigste. Sie wacht erst spät am Vormittag steif und mit bleischweren Gliedern auf und muss erst beide Füße auf den Boden setzen, ehe sie sich hochstemmt. In der vergangenen Woche kam sie mehrmals gar nicht aus dem Bett. Bekam bohrende Kopfschmerzen, sobald sie wach wurde. Manchmal fühlt sich eine Körperhälfte regelrecht taub an. Als es das erste Mal passierte, glaubte sie schon, dass sie gelähmt wäre. Wenn sie sich dann bewegt, wird es nur schlimmer, und das Einzige, was sie dann tun kann, ist liegen zu bleiben.

Alle Gerüche im Haus sind verstärkt und durchdringen sie. Die frisch gemalerten Wände, der geölte Holzboden, Mikaels Körpergeruch, ihr eigener Atem. Licht ist genauso schlimm. Die Vorhänge bleiben vorgezogen, mitunter mehrere Tage in Folge.

Sie kniet vor der Ofenschublade, räumt die letzten

Küchenutensilien aus den Umzugskisten. Sie schafft es kaum, die Töpfe aus dem Karton zu nehmen. Ihr Kreuz tut weh, die Schultern, die Hüften. Sie legt eine Pause ein, versucht, den steifen Nacken zu dehnen.

Sie beugt sich über die Umzugskiste, um eine Suppenterrine herauszunehmen. Unbegreiflich, dass sie so viel Zeug besitzen. Als würden sie am laufenden Band große Abendgesellschaften ausrichten. Dabei ist ihre Verwandtschaft nicht groß und die Treffen mit Freunden sind mit jedem Jahr seltener geworden.

Es ist unglaublich still im Haus. An einem Aprilnachmittag unter der Woche scheint die Welt hier fast stillzustehen. Der einzige Hinweis auf Leben ist die Sonne, die draußen untergeht. Bald wird es dunkel. Von der Wohnung, in der sie zuvor gewohnt haben, konnten sie in eine Richtung den Fahrstuhl Katarinahissen und die Schleuse, in die andere Richtung das Rathaus sehen. Wenn sie hier durch die großen Panoramafenster nach draußen guckt, sieht sie nur unzählige Baumkronen. Sie hat sich zurückgesehnt in die Natur, es als absolute Notwendigkeit angesehen, in einem Haus mit Garten zu wohnen, sofern sie ein Kind haben wollen. Trotzdem fühlt es sich gerade nicht so an, wie sie es sich gedacht hat. Es fühlt sich einsam und öde an.

Sie weiß nicht, wie sie den Inhalt des Kartons noch in den Schubladen verstauen soll, versteht nicht mal mehr, was all das sein soll – Hochzeitsgeschenke. Hochzeitsgeschenke sollten verboten sein.

Sie streckt sich auf dem Boden aus. Die Fußbodenheizung ist Balsam für ihre schmerzenden Glieder. Sie legt die Hand an ihren Bauch, versucht, das Zucken zu beruhigen, alle Energie nach innen zu richten, weil sie um jeden Preis behalten will, was in ihr heranwächst.

Sie wacht erst wieder auf, als Mikael nach Hause kommt.

Setzt sich ein wenig zu hastig auf, muss ein Aufstoßen unterdrücken.

Mikael lässt seine Schultertasche fallen und stürzt auf sie zu, geht hinter ihr in die Hocke und umfasst ihre Schultern.

»Bist du hingefallen?«

»Nein, ich hab mich nur hingelegt.«

»Du musst diese Sachen nicht auspacken. Hab ich doch gesagt.«

Sie nickt. Das weiß sie.

»Wie geht es dir?«

»Na ja, bin wohl schwanger«, erwidert sie.

Sie hat Sodbrennen bis hinauf in die Mundhöhle. Nach dem Eingriff, bei dem sie ihr die Eizellen entnommen hatten, hatte sie erst Blutungen und war angeschlagen, hatte heftige Periodenschmerzen. Mikael war im ganzen Leben nie so besorgt um sie gewesen. Doch dann kam die Nachricht, dass die Befruchtung geklappt hatte. Es war wie ein Wunder. Und sofort legte Mikael ein Höhlenmenschverhalten an den Tag: kaufte Kindersachen, informierte sich über ein neues Auto. Betüddelte sie, kümmerte sich um alles. Sören hatte ihnen gesagt, dass sie das Ergebnis der Prozedur endlich als gesichert ansehen dürften. Als wäre es eine x-beliebige Schwangerschaft.

Doch wie sie sich fühlt. Das kann nicht normal sein.

Es klingt komisch, wenn sie sich selbst sagen hört, dass sie schwanger ist. Insgeheim hat sie nie richtig daran geglaubt.

»Wir können so nicht weitermachen«, sagt Mikael. »Du bist ja total fertig. Hast seit Wochen Migräne. Wir müssen ins Krankenhaus.«

»*Nein, ich will nicht*«, schreit sie. »Jedes Mal, wenn ich da hinfahre, muss ich wieder von vorn anfangen. Ja, ich hab zu hohen Blutdruck, aber das ist schon okay. Jedes Mal eine neue Krankenschwester, und täglich grüßt das Murmeltier!

Und das Pochen wird noch schlimmer, sobald ich im Krankenhaus bin.«

»Aber du bist doch selbst Krankenschwester.«
Sie sieht ihn an. Was soll das denn heißen?
»Ich rufe jetzt Sören an«, beschließt er.
»Nein, mach das nicht. Wir haben doch in ein paar Tagen den Ultraschall.«
»Aber es hilft doch nichts – er muss dich auf der Stelle untersuchen.«

Ein paar Stunden später liegt sie wieder in einem Krankenzimmer auf Sörens Station. Er hat ihnen sofort einen Termin gegeben und sie haben diverse Tests gemacht.

Während sie auf die Ergebnisse wartet, spürt sie wieder den saugenden Schmerz ihres letzten Besuchs, als würden ihr weitere Eizellen entnommen.

War die Frau damals auf dem Flur wirklich Camilla? Die Migräne und die Schmerztabletten trüben ihre Sinne ein. Sie weiß nicht mehr genau, was sie wirklich gesehen und was sie sich lediglich eingebildet hat.

Sören kommt und setzt sich auf die Bettkante.
»Ich hab Neuigkeiten. Gute und schlechte Nachrichten. Nichts, was in diesem Zusammenhang ungewöhnlich wäre, aber um ganz sicherzugehen, müssten wir noch einen Ultraschall machen.«

»Was sind die schlechten Nachrichten?«, fragt Mikael sofort.

Sören wirft ihm einen flüchtigen Blick zu, setzt eine entschuldigende Miene auf und wendet sich wieder Lisa zu.

»Dein Blutdruck ist zu hoch, Lisa. Aufgrund einer sogenannten Schwangerschaftsvergiftung – oder wie es im Fachjargon heißt: Präeklampsie.«

»Ist es ernst?«, fragt sie.

»Normalerweise tritt eine solche Erkrankung erst im späteren Verlauf ein, im letzten Trimester. Wenn sie in einem frühen Stadium auftritt, ist das Risiko für Komplikationen größer, deshalb müssen wir die Sache sehr ernst nehmen. Aber das ist behandelbar.«

Mikael springt von seinem Stuhl auf. Tritt von einem Fuß auf den anderen. Rauft sich die Haare.

»Du hast ihre Frage nicht beantwortet«, sagt er. »Ist es ernst?«

»So etwas trifft in Schweden etwa eine von zehn Schwangeren. Wir müssen unbedingt den Blutdruck im Blick behalten und du musst für den restlichen Verlauf der Schwangerschaft absolute Ruhe haben.«

»Und warum wurde das nicht schon früher festgestellt?«, hakt Mikael nach.

»Die Wahrscheinlichkeit, die Erkrankung in so einem frühen Stadium bei einem Routinecheck zu erkennen, ist sehr gering.«

»Dann sind wir jetzt fertig mit Routinechecks«, sagt Mikael. »Ab sofort kommen wir direkt zu dir.«

»Lisas Blutdruck muss ab sofort engmaschig kontrolliert werden – allerdings nicht von mir, das geht leider nicht. Aber sobald etwas sein sollte, was euch Sorgen macht, kontaktiert ihr mich, genau wie vorhin.«

»Was könnte denn passieren?«, will Lisa wissen.

»Versorgung und Wachstum könnten leiden und damit bestünde ein gewisses Risiko für eine Frühgeburt.«

»Kann das Kind sterben?«, fragt Mikael.

»Ja«, antwortet Sören, »allerdings sind solche Fälle extrem selten.«

Champagner

33

Lillängen, Nacka,
an Silvester

Im Fernsehen wird die Solliden-Bühne im Skansen eingeblendet. Gleich deklamiert ein Schauspieler Lord Tennysons berühmte Zeilen aus »Der Glocke Klang hoch zum Himmel klingt«. Mikael hat seine Tränen getrocknet, allerdings sieht man sie ihm noch an – zumindest Lisa sieht sie ihm an. Er ist blass, wirkt resigniert. Er hat eine Flasche Jahrgangschampagner geöffnet und auf dem Couchtisch vier Gläser befüllt.

Es ist merkwürdig still im Wohnzimmer, seit Ebba und Marlon gegangen sind. Lisa spürt die Veränderung nicht nur an Mikael, sondern auch an Sören und Camilla, die sich aufs Sofa gesetzt haben und aneinanderschmiegen. Sie alle suchen Zuflucht beim Fernsehen. Solange die Teenager im Haus waren, konnten sie Theater spielen, doch jetzt wirkt es, als wäre ein Vorhang aufgezogen worden und enthüllte die Wirklichkeit, so wie sie ist. Von hier an wird improvisiert.

Es war Sörens Stimme, die sie während der Meditation gehört hat, als die Bilder aus unterschiedlichen Phasen in ihrem Leben aus ihrem Unterbewusstsein aufgetaucht sind – wie die Stimme eines allmächtigen Gottes. Ihre Lex-Maria-Aufsichtsbeschwerde hätte ihn fast die Karriere gekostet. Der Höhepunkt einer grässlichen Zeit.

Was Camilla während ihres Spaziergangs im Djurgården

zu ihr gesagt hat, hat ihrer Freundschaft ein jähes Ende gesetzt. Es war so absurd, so kränkend, so unverschämt.

Heute Abend hat Camilla sie dafür um Verzeihung gebeten, weil sie eine Grenze überschritten hatte. Leihmutterschaft ist in Schweden verboten. Aber natürlich gibt es Grauzonen. Camilla hatte angedeutet, dass sie nach der Geburt des Kindes eine Adoption vornehmen könnten. Eine heimliche Vereinbarung, von der nur sie vier wüssten, so hatte sie es sich vorgestellt. Sören hätte die Expertise und sie alle entsprechende Kontakte gehabt.

Wie genau Camilla sich all das in der Praxis vorgestellt hätte, hat Lisa nie verstanden. Und sie will es bis heute nicht wissen.

Sie müssen eine andere Frau gefunden haben, weil Marlon ja zur Welt gekommen ist. Und das muss schnell gegangen sein. Im Augenblick wandert er auf dem Weg zu einer Silvesterparty Hand in Hand mit Lisas Tochter durch die Straßen von Storängen. Manchmal ist die Welt wirklich nicht zu begreifen.

»Sollen wir wirklich vor dem Fernseher sitzen?«, fragt sie. »Wollen wir nicht raus, uns an die Grundstücksgrenze stellen, anstoßen und uns das Feuerwerk ansehen?«

»Danke, Lisa«, sagt Sören. »Aber ich schaue mir das da gern an.«

Camilla, die den Kopf auf die Schulter ihres Mannes gelegt hat, winkt nur müde ab.

Sie haben die Scharade aufgegeben und sich in ihrer eigenen Blase eingeschlossen. Bestimmt wünschten sie sich, sie wären bei sich zu Hause.

»Komm«, sagt Mikael zu Lisa, »wir zwei gehen raus und sehen uns das Feuerwerk an.«

Der Raum ist mit einer Handvoll Baulampen ausgeleuchtet, die zur Decke ausgerichtet sind und die irgendwie im Takt der Musik blinken. Die groben Bretterwände sehen im gleißenden Licht fast weiß aus. Es herrscht dichtes Gedränge, Mädchen und Jungs aus den Schulen der Gegend sind gekommen sowie einige andere, die Ebba nicht kennt. An einer Wand steht ein DJ an einer Art Pult aus Paletten und davor tanzen massenhaft junge Leute. An der Wand neben der Tür steht ein langer Tisch mit Schnaps- und Weinflaschen, Limo und stapelweise Plastikbechern.

Ebba zupft an Marlons Arm und zieht ihn erneut hinter sich her zum Getränketisch. Sie befüllt ihren Becher und kippt den Inhalt in einem Zug in sich hinein.

»Mach langsam, Ebba«, sagt Marlon.

»Einen noch«, erwidert sie. »Einen will ich noch.«

Sie legt Marlon den Arm um die Schultern und bugsiert ihn vor sich her zurück auf die Tanzfläche. Lachend schüttelt er den Kopf. Sie presst sich an ihn, nimmt die Schultern zurück und schwingt die Haare herum. Mit jeder Bewegung spürt sie, wie der ganze Mist von ihr abfällt. Sie will nicht mehr daran zurückdenken, sie will überhaupt nicht mehr denken.

Ein Bekannter von Marlon kommt auf sie zu und sagt etwas. Ebba versteht kein Wort, so nah an den Lautsprechern ist es unmöglich, auch nur eine Silbe zu verstehen. Aber es ist ihr egal, sie tanzt weiter, reißt die Arme nach oben und wirbelt herum, immer weiter. Die Jungs lassen sie nicht aus den Augen.

Als Marlon fertig gequatscht hat, hält er auf sie zu und umarmt sie von hinten. Er hat zwei Plastikgläser mit Sekt in der Hand und drückt ihr einen Kuss auf den Hals.

Der DJ dreht die Musik runter und aus den Lautsprechern hört man nur noch *zehn, neun, acht* ...

»Komm, wir gehen raus«, sagt Marlon.

Sie folgen den anderen in den Hof. Ebba ist schon hundertmal am alten, stillgelegten Holzhof vorbeigekommen, wenn sie in der Gegend war, aber dies hier ist das erste Mal, dass sie innerhalb der Umzäunung steht. Über das Gelände verteilt stehen baufällige Schuppen und Scheunen – und überall sind junge Leute. In der Mitte steht der Typ, der die Party organisiert hat, mit dem Marlon gerade noch gesprochen hat, vor einer riesigen Batterie Silvesterraketen.

»*Drei, zwei, eins! Prost Neujahr!*«

Sie stoßen miteinander an und nippen an ihren Gläsern. Als Ebba ihr Glas geleert hat, lässt sie es zu Boden fallen, nimmt Marlons Kopf in beide Hände und gibt ihm einen Kuss.

»Ich liebe dich«, sagt sie. »Ich liebe dich so irrsinnig!«

Lisa und Mikael stehen am Hang direkt an der Grundstücksgrenze und blicken über den See. In der Ferne, wo der See sich in den Sickla-Kanal ergießt, ragt der mit Scheinwerfern strahlend weiß erleuchtete Hammarbybacken auf. Noch ein Stück weiter sieht man den Globen, dessen Fassade in knalligem Purpur bestrahlt wird.

Ein entferntes Pfeifen, und über die hoch aufragenden Baumwipfel im Nacka-Reservat schießt eine Silvesterrakete und explodiert blau, dicht gefolgt von weißem Sternenglitter. Dann noch eine Rakete, weitere – aus allen Richtungen schießen sie in den Himmel, zerschneiden mit ihrem Pfeifen, Knattern und Knallen die Stille, zersprengen die Dunkelheit mit vielfarbigem Feuer, umhüllen den eisigen Wind mit dem Geruch von Schießpulver.

Lisa dreht sich zu Mikael um und stößt ihr Champagnerglas gegen seines.

»Gutes neues Jahr«, sagt sie.

»Gutes neues Jahr, Lisa«, antwortet er.

Er tastet nach ihrer Hand, und als er sie findet, drückt er sie. Seine Hand ist warm. Sonderbarerweise sind seine Hände immer warm.

Sie stehen eine Zeit lang da und sehen dem Schauspiel über ihnen zu. Lisa hat ihre Winterschuhe angezogen und eine Winterjacke übergestreift, trotzdem wird ihr schnell kalt. Mikael ist nur in den dünnen Lederschuhen draußen und er steht reglos da. Kein Hinweis darauf, dass er frieren könnte, eher, als hätte die Kälte auf ihn einen beruhigenden Effekt.

Das Feuerwerk, das sich vor ihren Augen abspielt, ist freigesetzte Energie, die Wärme, Licht und Geräusche erzeugt. Unwillkürlich muss sie an jenen Moment früher am Abend denken.

Alles Chemie.

Genau so hatte er an ihrem Hochzeitstag seine Rede eingeleitet. Mikael hatte den naturwissenschaftlichen Zweig am Gymnasium Nacka belegt, wie alle klugen Köpfe seinerzeit. Als er dann die Uni besuchen wollte, entschied er sich für das Studium der Wirtschaftswissenschaften, weil er glaubte, dass es ihm damit leichterfallen würde, ein Vermögen zu machen.

Es gebe Körper und Antikörper. Materie und Antimaterie. Plus- und Minuspole.

Sie kann sich noch an jedes seiner Worte erinnern.

In einem Tagungscenter außerhalb Stockholms hatten sie einhundertsechzig Gäste gehabt, die in zwei großen Sälen mit einer beiseitegezogenen Zwischenwand an zig Tischen saßen. Mikael hatte in der Mitte gestanden, damit jeder ihn sehen konnte. Die meisten hatten studiert und fanden seine Ansprache verständlich, ein paar alte Freundinnen aus Blekinge fanden sie ein wenig hochtrabend, aber die meisten waren – genau wie Lisa selbst – fasziniert von diesem gut aussehenden, intelligenten Mann, der seit jenem Nachmittag ihr Ehemann war.

Die Rede nahm sie und die Gäste mit auf eine träumerische Reise zu Atomen und deren Bewegungsmustern, zu Botenstoffen im Gehirn und der Antwort des Körpers, zur abstoßenden und anziehenden Kraft von Magneten.

Der Punkt war indes, dass alle wissenschaftlichen Gesetze dieser Welt die Liebe nicht erklären konnten. Verliebtsein war die große Antithese, die Ausnahme innerhalb der Ordnung des Universums und allen Lebens. Das Einzige, was sich nicht beweisen ließ. Was sich nicht durch Rationalität oder menschliche Kenntnis wie jener der Mathematik oder des Alphabets erklären ließ. Die Liebe war eine Energie, die nicht umwandelbar war, nicht konstant, die nicht als selbstverständlich erachtet werden durfte und die ganze Zeit angefacht werden musste.

Sie war es, die uns zu Menschen machte.

Sie war es, die unser Überleben sicherte.

Sie war fragil und zugleich die stärkste Kraft auf Erden. Die unüberwindbare Barrieren sprengte und alles möglich machte. Die Liebe hatte ihren eigenen unsichtbaren Kompass. Der nicht hinterfragt, sondern nur befolgt werden konnte. Wir können sie nicht erschaffen, nicht zerstören, uns nicht mal bewusst für oder gegen sie entscheiden.

Die Liebe hat sich für uns entschieden, weil wir die perfekte chemische Verbindung sind.

So endete seine Ansprache.

Und jetzt hat die Liebe sich für Ebba und Marlon entschieden, jetzt sind sie es, die um ihr Leben rennen.

Lisa dreht sich um, betrachtet ihr Haus, das Zuhause, das sie zusammen errichtet haben. Ihr Handy vibriert in der Jackentasche. Sie ignoriert es – sicher nur die erste von vielen SMS mit Neujahrsgrüßen aus dem Freundes- und Bekanntenkreis. Sie will von diesem Moment mit Mikael nicht abgelenkt werden.

Über die Jahre sind sie oft voneinander abgelenkt gewesen, Dinge kamen ihnen dazwischen, störten die Energie, die sie einst zusammengeführt hatte. Doch auch das ist Teil des Menschseins. Die Liebe ist nicht immer ungetrübt und auch nicht die einzige Kraft. So einfach ist es nun mal nicht.

Oder war das Tom, der auf ihre SMS reagiert hat? Er war damals wie heute im Hintergrund, eine heimliche Schattenfigur, eine Alternative, eine Zuflucht, wenn die Liebe wehtat.

Wenn sie hier heute mit ihm stehen würde, wie hätte ihr Leben wohl ausgesehen?

»Bist du froh, dass wir hier zusammen stehen?«, fragt Lisa.

»Ja«, antwortet Mikael. »Bin ich.«

Seine Stimme klingt hohl. Sie weiß, dass er betrunken ist, möglicherweise sogar über ein Maß hinaus, bis zu dem er noch zurechnungsfähig ist. Bestimmt hat er mehr intus als bloß Alkohol. Irgendwas für den Rücken, gegen die Ängste, die Rastlosigkeit in den Beinen oder sein ADHS. Sie hat ihn so oft dafür gehasst, doch tief in ihrem Innern weiß sie, dass er nicht schuld daran ist und sie es ihm deshalb auch nicht vorwerfen kann. Sie weiß, warum es so gekommen ist, warum er so wurde.

»Was für ein Scheißjahr«, sagt er und plötzlich klingt seine Stimme klar.

Es ist fast, als wäre es das Erste, was er seit mehreren Monaten sagt, dabei hat er viel gesprochen, auch während des Abends, aber nichts von alledem hatte dieselbe wuchtige Aufrichtigkeit wie diese jüngste Feststellung. Sie hat das Gefühl, als wäre er endlich zurück, endlich anwesend, als wäre er wieder er selbst.

»Wir haben einander«, sagt sie. »Unser fantastisches Mädchen und unser Haus. Lass zu, dass das neue Jahr uns eine neue Chance gibt.«
»Es tut mir leid, Lisa.«
»Was tut dir leid?«
»Mir tut alles so leid.«

34

Als Lisa und Mikael durch die Schiebetür zurück ins Wohnzimmer kommen, hat Camilla den Fernseher ausgeschaltet und wieder Musik angemacht. Mikael geht auf die Stereoanlage zu, sieht nach, was sie auf den Plattenteller gelegt hat, und setzt sich neben sie auf den Boden. Lisa hört sie miteinander reden, als sie an ihnen vorbeigeht. Der Moment der Ehrlichkeit, den sie draußen am Hang zum See bei Mikael verspürt hat, ist wie weggefegt. Ihr Mann ist wieder in die Rolle geschlüpft, die er schon den ganzen Abend gespielt hat, plaudert über Nichtigkeiten, um seine Verbitterung in Schach zu halten und damit die Zeit vergeht, bis die Gäste endlich verschwinden. Das ist nicht der Mikael, den sie kennt, nicht der Mann, den sie einst geheiratet hat. Er kommt ihr wieder vor wie ein Fremder.
Mir tut alles so leid.
Was hat er überhaupt damit gemeint?
Sie geht in die Küche und nimmt ihr Handy aus der Jackentasche. Überfliegt die Nachrichtenvorschau auf dem Display, versteht aber kein Wort. Irgendwas wegen des Autos im Carport. Ihr Puls schnellt in die Höhe und in ihrer Winterjacke wird ihr zu warm. Sie klickt die Nachricht an, wird aber von einem Gluckern unterbrochen.
Sören steht an der Spüle und schenkt Rotwein nach. Sie erstarrt, als ihre Blicke sich treffen, und schiebt das Handy zurück in die Tasche.
»Ich hatte nach der Geburt nie die Gelegenheit, mit dir

zu reden«, sagt er. »Aber ich will, dass du weißt, dass ich dich verstehe.«

Ist das seine Art, sich zu entschuldigen? Er kann sie unmöglich verstehen. Da spielt es auch keine Rolle, bei wie vielen Entbindungen er dabei gewesen ist, über wie viele Jahre er Erfahrung und Wissen sammeln konnte. Er könnte niemals nachempfinden, was sie durchgemacht hat.

Sie hat gehofft, dass der Abend ohne dieses Gesprächsthema vorbeiginge, doch in diesem Moment sind sie erstmals allein in einem Raum, ausgeliefert, ohne die Möglichkeit, einander aus dem Weg zu gehen.

»Ich habe unsere Lex-Maria-Anzeige nie abgeschickt«, sagt sie.

Er nickt. Das weiß er natürlich.

»Ich hätte es euch nicht verübelt«, erwidert er. »Ich bin das, was an jenem Tag und in der Nacht passiert ist, im Kopf hundertmal durchgegangen. Ich würde es jedes Mal wieder so machen. Ich hoffe, du kannst das verstehen und meinen Blickwinkel irgendwie nachvollziehen.«

Lisa starrt stumm auf ihre Hände hinab.

»Am selben Tag, an dem wir Ebba auf die Welt geholt haben, hatte eine andere Frau ähnliche Symptome«, fährt er fort. »Und was mit ihr passiert ist, hat eindeutig Spuren bei mir hinterlassen. Sie hatte einen himmelhohen Blutdruck, Krämpfe, dann einen Schlaganfall. Es war ein Albtraum, Lisa. Ich wollte nicht, dass dir das Gleiche passiert.«

»Was ist mit der Frau und dem Baby passiert?«

»Sie haben es nicht überlebt.«

»Wer war sie?«

»Ein Sozialfall – ein Trafficking-Opfer, keine Familie oder Freunde in Schweden. Wenn sich jemand rechtzeitig die Mühe gemacht hätte, wäre sie nicht in derart schlimmer Verfassung ins Krankenhaus gekommen.«

Lisa tritt an den Wasserhahn und nimmt sich ein Glas Wasser. Trinkt. Es ist abscheulich. Sie leidet mit der Unbekannten. Ist unendlich dankbar für Ebba. Doch was Sören getan hat, war trotz allem falsch und würde es auch immer sein. Nichts könnte Lisa je davon abbringen, nicht einmal das, was Sören eben geschildert hat. Sie versteht schon, worauf er aus ist. Er will rehabilitiert werden. Doch für ihn hat Lisa kein Mitgefühl übrig.

»Und dass unsere Kinder zusammen sind«, sagt sie, »was hältst du davon?«

»Stockholm ist eine Kleinstadt – auch wenn wir uns einreden, dass es der Nabel der Welt wäre.«

Er nimmt einen Schluck, zuckt mit den Achseln, lächelt sie an, wenn auch leicht wehmütig. Dieses Lächeln hat sie bei ihm noch nie zuvor gesehen, sie hat ihn überhaupt nie als normalen, verletzlichen Menschen aus Fleisch und Blut angesehen.

»Aber was hältst du davon?«, wiederholt sie.

»Würde ich ans Schicksal glauben, würde ich vielleicht denken, dass es aus irgendeinem Grund so vorherbestimmt war. Aber wie du weißt, glaube ich nicht an solche Dinge.«

»Und was tun wir dagegen?«

»Wenn wir einschreiten, wird alles nur schlimmer. Sie sind jung. Bald haben sie das Abitur in der Tasche. Wer weiß, wohin es sie dann verschlägt.«

Er nimmt die Flasche zur Hand und schenkt sich Wein nach. Er muss weitertrinken, obwohl der Abend zu Ende geht. Es ist, als würde er sich selbst medikamentieren.

»Darf ich dich mal was fragen?«

Sören stellt die Flasche ab und sieht sie an.

»Du darfst mich alles fragen«, antwortet er.

»Nachdem die Polizei hier war ... Warum hast du da von meinen Rechten geredet?«

»Ich hab zigmal erlebt, wie die Polizei ihre Befugnisse überschritten hat. So etwas sitzt einem in den Knochen.«

»Ich bin nicht mehr deine Patientin.«

»Das weiß ich«, sagt Sören. »Ist womöglich eine Berufskrankheit. Ich hab nur versucht, dir zu helfen.«

Er zuckt leicht mit den Schultern.

Schon wieder versucht er, sie zu manipulieren. Er versucht, vernünftig zu wirken, eine Einigung zu erzielen, einen Schlussstrich zu ziehen unter das, was war, bevor sie wieder auseinandergehen.

Doch zu einer Versöhnung ist sie nicht imstande. Nach der langen Rekonvaleszenz ist sie zwar wieder auf die Beine gekommen, doch die Wunden sind nie verheilt. Sie ist nicht mehr diejenige, die sie vorher war. Der Schmerz sitzt immer noch tief und wird es auch immer tun.

Sie könnte nicht sagen, ob die Geschichte der anderen Frau wahr ist. In Schweden sterben nicht mehr viele Frauen an den Folgen von Schwangerschaftskomplikationen oder bei der Geburt ihres Kindes. Aber wenn es wahr ist, dass sie selbst mit ihrem hohen Blutdruck am selben Tag in die Klinik kam, könnte das möglicherweise erklären, warum sie diese Behandlung bekam. Doch es spielt keine Rolle, es verändert rein gar nichts mehr.

Sie hat Sören ihr Leben und ihre Zukunft anvertraut.

Und sie wird ihm nie wieder auch nur ein einziges Wort glauben.

35

Lisa versucht, die Erinnerungen an die Entbindung zu verdrängen, sie versucht, das Gespräch mit Sören und die Geschichte der anderen Frau zu vergessen. Es pulsiert wieder in ihrer Brust, ein Hämmern, das ihr durch die Pulsadern bis hinauf in die Gurgel und in den Kopf steigt.

Sie zückt erneut ihr Handy, sieht die verpassten Anrufe und die SMS, die sie nur zur Hälfte hat lesen können.

Der Carport.

Draußen vor dem Haus ist es still. Das Einzige, was sie hören kann, ist der Wind, der durch das Schneegestöber pfeift, das gar nicht mehr aufhören will.

Sie macht die Tür auf. Es hat so stark geschneit, dass die Spuren der Polizisten verdeckt sind. Sie setzt den ersten Schritt nach draußen, spürt, wie der Schnee ihre Sohlen umklammert. Die oberste Pulverschicht reicht bereits bis über den Schaft ihres Schuhs und durchnässt ihren Strumpf.

Ein Stück weiter entdeckt sie frische Spuren. Jemand ist den Hang heraufgekommen, hat sich die ganze Zeit am Zaun gehalten, um nicht entdeckt zu werden. Große Schuhe, ohne Zweifel die eines Mannes. Das Auto steht immer noch da, auf den ersten Blick unberührt, unter dem Dach des Carports.

Alles sieht aus wie am Abend. Das Fenster ist eingeschlagen, der Wagen genauso kalt und leer wie zuvor. Es ist gerade erst ein paar Stunden her, seit sie hier draußen war und festgestellt hat, dass ihre Sporttasche gestohlen wurde, doch es fühlt sich an wie eine Ewigkeit.

Dass jemand in ihr Auto eingebrochen ist, kommt ihr immer noch unwirklich vor – in derart unmittelbarer Nähe zu ihrem Privatleben, dass sie kaum glauben kann, dass es wahr sein soll. Das Auto hat sie unter der Woche von A nach B gebracht, Ebba zu ihren Verpflichtungen an Abenden und Wochenenden, ist mit Lebensmitteln beladen worden, von denen sie sich ernährt haben. Fast so als wäre es ein Familienmitglied. Es hätte ein geschützter Bereich sein müssen. Genau wie das Krankenhaus.

Genau wie ihr Körper.

Sie geht auf den Carport zu, dabei weiß sie gar nicht recht, was sie sucht. Nach etwas, was sie zuvor nicht gesehen hat, was ihr die Frage nach dem, was passiert ist, beantworten könnte. Unter dem Dach endet die Spur. Lisa streicht mit der Hand über die Motorhaube, als sie den Wagen umrundet.

»*Lisa.*«

Sie zuckt heftig zusammen. Die Stimme kommt aus dem rabenschwarzen inneren Teil des Carports, wo der Rasenmäher, die Rechen und die Pflanztöpfe für draußen stehen.

Eine Gestalt kommt – wie ein Schattenriss vor der Dunkelheit – langsam auf sie zu.

Sie greift zu ihrem Handy, es hämmert in ihren Schläfen, die Hände wollen nicht richtig zupacken.

»*Wer sind Sie?*«

Es gelingt ihr, die Taschenlampenfunktion anzuschalten und den Lichtkegel auf die Stimme und das Dunkel zu richten.

Eine Hand schnellt nach oben und leuchtet weiß im Taschenlampenlicht, sodass Gesicht und Körper im Schatten liegen.

»Ich wollte nicht klingeln.«

»*Tom?*«, entfährt es ihr. »*Was machst du hier?*«

Er steht jetzt direkt vor ihr und streckt die Hand nach ihr aus.

»Ich muss mit dir reden.«

Marlon zieht Ebba quer über die Tanzfläche auf eine Tür am anderen Ende des Raumes zu. Er schiebt die Tür auf und sie gehen einen langen Flur entlang. Überall liegt Unrat, alles ist von einer Staubschicht überzogen. Ebba zupft an seinem Ärmel, bis er stehen bleibt. Sie schlingt ihm die Arme um den Hals und küsst ihn. Ihr ist warm, ihr ganzer Körper pulsiert.

Marlon beendet den Kuss und zieht sie weiter. Der heruntergekommene Bretterhof hat etwas Beängstigendes, ist aber auch faszinierend. Sie bleibt abermals stehen.

»Wo gehen wir denn hin?«

»Komm«, sagt Marlon, »es ist nicht mehr weit. Hast du alles dabei?«

»Na klar«, sagt Ebba.

Er leuchtet mit der Taschenlampe an seinem Handy den dunklen Gang vor ihnen aus.

»Hier geht's hoch.«

Er setzt den Fuß auf die Sprosse einer Leiter und richtet den Lichtkegel auf eine Luke in der Decke.

»Was ist denn da oben?«

»Der Himmel.«

Ebba schnaubt.

Marlon klettert die Leiter hoch und sie folgt ihm.

Als sie oben auf dem Boden stehen, sieht Ebba durch zwei Dachfenster, wie die Welt draußen von Silvesterraketen erleuchtet wird. Die Partymusik dringt von unten durch die groben Bohlen. Sie befinden sich am hinteren Ende des Gebäudes, die Außenwand steht so nah an den Bahngleisen, dass sie hören, wie es in den Oberleitungen knistert.

Der Speicher ist leer, abgesehen von einer alten Werkbank am Dachfenster, auf der Werkzeug und ein paar Plastikflaschen liegen, einem rostigen, alten Heizkörper, der hörbar knackt, während er den Raum aufheizt – und abgesehen von einer Matratze, die mitten auf dem Boden liegt. Alles in allem sieht es aus wie die Kulisse eines Theaterstücks oder eines alten Films. Als hätten sie in ein Zimmer über dem Westernsaloon einer Geisterstadt eingecheckt, die nur auf sie beide gewartet hat.

»Das ist perfekt«, sagt sie.

Ein heimliches Liebesnest, in dem niemand sie findet und keine Eltern stören, über ihnen nur der Himmel und die Sterne als Zeugen.

»Haben wir es nicht so ausgemacht?«, fragt Marlon.

Ebba nickt.

Genau so haben sie es ausgemacht.

36

Stockholm,
im August,
siebzehn Jahre zuvor

»Lisa Kjellvander?«

Als sie ihren Namen hört, blickt sie auf. Wieder eine neue Krankenschwester, die sie zuvor nie gesehen hat. Anfangs ist Mikael immer mitgefahren zu den Kontrollen, doch in den vergangenen Wochen hat er sie allein geschickt. Heute war es ein wichtiges Kundengespräch. Er wollte, dass sie ihn gleich nach der Untersuchung anruft.

Lisa folgt der Krankenschwester aus dem Wartezimmer in einen kleinen Behandlungsraum und setzt sich auf den Besucherstuhl.

»Wir messen noch mal den Blutdruck, wenn ich es richtig sehe«, sagt die Frau. »Dann schauen wir doch mal. Wo sind wir denn gerade, in der fünfunddreißigsten Woche, stimmt das?«

»Ja, das stimmt«, sagt Lisa. »Jetzt dauert es nicht mehr lange.«

Die drückende Spätsommerwärme ist typisch für die Jahreszeit, wenn die Sommerferien zu Ende gehen. Gewitter hängen in der Luft. Lisa trägt bloß ein dünnes Sommerkleid. Der Stoff spannt über ihrem Bauch. Als sie sich im Spiegel sah, bevor sie zu Hause losfuhr, fand sie den Anblick vollkommen absurd. Noch fünf Wochen. Sie will einfach nicht glauben, dass ihr Bauch noch weiter anwachsen kann.

»Sie waren letzte Woche schon hier, lese ich gerade, und da sah alles so aus, wie es bei einer Präeklampsie zu erwarten ist.«

»Ich habe keine Schwangerschaftsvergiftung«, entgegnet Lisa. »Ich habe nur erhöhten Blutdruck. Und der schwankt stark – ich kontrolliere ihn zu Hause selbst.«

Die Krankenschwester nickt ihr lächelnd zu. Dann legt sie die Manschette um Lisas Oberarm, pumpt ein paarmal, um den richtigen Druck zu erzielen, nimmt das Messgerät zur Hand und zählt im Kopf mit.

»Wie geht es Ihnen denn heute?«

Die Krankenschwester blickt nicht einmal von dem Messgerät auf. Das Kribbeln ist wieder da und Lisa spürt ein Rauschen im ganzen Körper. Das darf nicht passieren, nicht jetzt, nicht schon wieder. Doch es gibt nichts, was sie dagegen unternehmen kann. Die letzten Tage waren nicht sonderlich gut, sie musste eine höhere Dosis von ihrem Migränemedikament einnehmen, um überhaupt schlafen zu können. Der Schlaf ist ihre einzige Rettung. Wenn sie wach ist, ist sie so benebelt und ihr ist so schlecht, dass sie zu nichts mehr imstande ist.

»Ganz okay«, antwortet sie, »ich hab Kopfweh, bin ein bisschen müde, aber nichts, was anders wäre als sonst.«

Der Blick der Krankenschwester ist immer noch auf das Blutdruckmessgerät gerichtet. Auf ihrer Stirn hat sich eine tiefe Falte gebildet.

»Ich hab es jedes Mal erzählt – dass mein Blutdruck in die Höhe schießt, sobald ich zur Kontrolle komme«, erklärt Lisa. »Ich bin selbst Krankenschwester, wie Sie, aber aus irgendeinem Grund scheine ich Weißkittelhochdruck zu haben.«

Die Krankenschwester nimmt ihr die Manschette ab und legt das Messgerät auf den Tisch.

»Sie meinen, die Messungen hier ergeben höhere Werte als bei Ihnen zu Hause?«

»Ganz genau.«

»Was haben Sie denn für ein Gerät daheim?«

»Das Gleiche, das Sie benutzen.«

Sie schreibt sich etwas auf. Sind das Ziffern?

»Wie sind Sie denn hergekommen? War es stressig?«

»Nein, gar nicht. Ich habe ein Taxi genommen.«

Sie hat das Fenster im Taxi runtergekurbelt, damit der Luftzug ihr Abkühlung verschafft, damit die frische Luft die anhaltenden bohrenden Kopfschmerzen lindert.

»Ich schlage vor, Sie legen sich kurz hin«, sagt die Krankenschwester. »Ich muss schnell mit dem Arzt sprechen. Ruhen Sie sich so lange aus. Dann messen wir in einer Viertelstunde noch einmal nach. Wie klingt das für Sie?«

»Wie waren denn die Werte?«

»Im Augenblick eindeutig zu hoch. Aber wir checken das gleich noch mal, sobald Sie wieder zur Ruhe gekommen sind.«

Die Krankenschwester verlässt den Raum und schließt die Tür hinter sich.

Das Besondere an Sörens Arbeit ist, dass er seine Patientinnen die ganze Zeit über begleitet, vom Weizenkorn zum Brot, wie er immer sagt. Von den Vorbereitungen auf die IVF-Behandlung bis zur Entbindung. Das Team ist immer dasselbe, kein Detail wird übersehen, nichts wird dem Zufall überlassen. Die Blutdruckmessungen sind das Einzige, was da durchs Raster fällt. Eine simple Routine, die jeder durchführen kann.

Trotzdem ist es nun mal so gekommen. Kurz bevor sie

sich ins Taxi gesetzt hat, hat sie selbst noch mal ihren Blutdruck gemessen. Da war er nicht sonderlich hoch.

Sie nimmt ihr Handy, schiebt sich auf die Krankenliege mit dem Papierschutz, legt sich hin. Dann schreibt sie Mikael eine SMS.

Muss noch kurz bleiben, sie wollen ein zweites Mal den Blutdruck messen, anscheinend gerade zu hoch.

Nach einem kurzen Augenblick die Antwort.

Soll ich kommen?

Nein, nicht nötig. Ich ruf später an.

Sie legt das Handy beiseite, schließt die Augen, versucht, ruhig zu atmen und das Kribbeln im Körper zu beruhigen. Sie legt die Hände an ihren Bauch, damit das, was in ihr heranwächst, ihr helfen und es der Mutter erleichtern möge. Insgeheim wünscht sie sich, dass Mikael hier wäre, gleichzeitig will sie nicht, dass er seine wichtige Besprechung abbricht. Mikael hat eine Art an sich, die ihre Version unterstreicht. Und andere dazu bringt hinzuhören.

Vor dem Fenster ist ein Grollen zu hören. Lisa blickt auf und betrachtet den dunkelgrauen, blau-rot gefleckten Himmel. Wie ein großes Hämatom über Södermalm.

Das Zucken, das Kribbeln oder was immer es ist – sie kann es nicht richtig beschreiben –, nimmt und nimmt nicht ab. Im Gegenteil, es wird schlimmer. Sie tastet erneut nach ihrem Handy, will Mikael schreiben, dass er nun doch so schnell wie möglich kommen soll.

Im selben Moment geht die Tür auf und die Krankenschwester kommt zurück.

»Hej«, sagt sie. »Fühlen Sie sich schon besser?«

»Ich weiß nicht«, antwortet Lisa. »Ich glaube, da ist kein Unterschied.«

»Dann messen wir jetzt noch mal den Blutdruck.«

Die ganze Prozedur wird wiederholt. Nach dem Gesichtsausdruck der Schwester zu urteilen, ist es diesmal kein bisschen besser.

»Lisa«, sagt sie, »ich habe mit dem Arzt gesprochen, wir verlegen Sie auf die Entbindungsstation.«

»Auf die *Entbindungsstation*? Sie sind ja verrückt! Der Termin ist erst in *fünf Wochen*!«

»Es ist fürs Erste nur eine Sicherheitsmaßnahme. Sie haben einen gefährlich hohen Blutdruck.«

»Ich habe einen *instabilen* Blutdruck. So was passiert – aber der sinkt auch wieder ab.«

»Wir wollen Sie eine Weile überwachen und alles abstimmen, bevor wir entscheiden, ob wir weitere Maßnahmen einleiten. Bleiben Sie liegen, wir schieben Sie rüber.«

Welche Maßnahmen? Wovon redet die Frau?

»Ich will vorher noch meinen Mann anrufen«, sagt Lisa, während sie bereits auf den Flur geschoben wird. »Und Sie müssen Sören Isaksson kontaktieren, jetzt gleich, er ist unser Facharzt und hat versprochen, dass er sofort zur Stelle ist, wenn etwas sein sollte.«

»Mit Sören Isaksson habe ich gerade gesprochen«, erwidert die Krankenschwester. »Er wartet schon oben auf der Entbindung.«

Sie fahren mit dem Aufzug hoch. Das Bett rollt in die Entbindungsstation und Lisa wird in ein Zimmer geschoben. Die Krankenschwester legt ihr ein komplizierteres Messgerät an, das den Blutdruck dauerhaft überprüfen soll.

»Können Sie bitte Ihr Kleid etwas hochziehen?«

Lisa tut wie geheißen und macht ihren Bauch frei. Er wird mit einem klaren, kalten Gel beschmiert.

»Wir überprüfen auch gleich die Herztöne.«

Das metallische Ultraschallgerät fühlt sich eisig auf ihrer Haut an. Der Kopfschmerz ist inzwischen unerträglich. Sie hört die Herztöne – wie einen Ruf von einem fremden Planeten. Sie sehnt das Ende ihrer Schwangerschaft herbei, dann wird es alle Mühen wert gewesen sein.

Allerdings darf es erst in ein paar Wochen so weit sein.

»Bleiben Sie liegen, dann wird alles gut, Sie werden sehen. Wir behalten sowohl Blutdruck als auch Herztöne im Blick. Ich gebe Ihnen ein Beruhigungsmittel, damit Sie besser entspannen können.«

Lisa bekommt einen Becher mit zwei Tabletten. Einen weiteren Becher mit Wasser. Sie schluckt, spült die Tabletten hinunter.

»Wann darf ich wieder nach Hause?«, fragt sie.

»Das entscheidet der Arzt. Alles hängt davon ab, wie es sich hier entwickelt.«

»Könnte ich vielleicht eine Decke haben? Mir ist kalt.«

Die Krankenschwester kümmert sich sofort und deckt Lisa zu.

»Danke«, sagt sie. »Müssen Sie jetzt gehen?«

»Meine Schicht ist zu Ende, aber meine Ablösung kommt sofort.«

Sie wird wieder allein gelassen. Allein mit dem leisen Surren der Geräte, an die sie angeschlossen wurde, und mit dem Grollen am Himmel draußen vor dem Fenster. Sie schließt die Augen und versucht, sich zu entspannen.

Nach einer Weile – es ist vielleicht eine halbe Stunde vergangen – geht die Tür wieder auf. Sie sieht sofort, dass Sören irgendwie irritiert ist. Er hält den Blick auf den Monitor gerichtet, der mit dem Blutdruckmessgerät verbunden ist. Dann setzt er sich neben sie.

»Hej, Lisa. Wie geht es dir?«

»Sag du es mir«, erwidert sie.

»Ich mache mir ein bisschen Sorgen. Aber wir haben das ja schon die ganze Zeit gewusst und engmaschig kontrolliert. Dein Blutdruck muss runter.«

»Und wie soll das gehen?«

»Du kriegst stärkere Medikamente. Intravenös. Und wir behalten dich zur Beobachtung hier. Wenn du willst, verordne ich dir ein Schlafmittel. Was hältst du davon?«

»Ich will nicht schlafen.«

»Und ein Beruhigungsmittel?«

»Okay.«

»Dann fangen wir mal an.«

Er nimmt eine Spritze aus seiner Kitteltasche. Damit hat sie nicht gerechnet. Sie hätte nicht gedacht, dass er die Spritze selbst setzen würde. Dann fällt ihr wieder ein, dass sie sich schließlich genau hierauf geeinigt haben – dass er bei jedem Schritt dabei ist.

Die Nadel sticht ihr in den Arm und sie spürt augenblicklich mehr Wärme und Ruhe.

»Jetzt setze ich den Zugang für den Blutdrucksenker«, erklärt Sören. »Versuch einfach, dich zu entspannen.«

Lisa fragt sich, ob Sören Angst davor hat, dass sie Krämpfe bekommen könnte; sie hat davon gehört, so etwas gehört zu den Risiken bei einer Präeklampsie. Deshalb ist es auch so wichtig, dass sie ruhiger wird.

Vorsichtig befestigt Sören eine Nadel an dem dünnen Schlauch. Es sieht aus, als würde sie an den Tropf gehängt.

»So, das hier soll jetzt erst mal wirken. Ich muss noch eine Runde drehen, aber ich bin gleich wieder da, okay?«

»In Ordnung«, sagt sie. »Danke, Sören.«

Von einem leisen Alarm wacht sie wieder auf. Von einem Ton, der sich regelmäßig wiederholt und stoßweise kommt. Sie stemmt sich auf ihrem Bett hoch und sieht im selben Moment, wie die Tür aufgestoßen wird. Sören rennt auf den Apparat neben ihr zu. Dann greift er zum Ultraschallgerät. Das kalte Metall gleitet über ihren eingegelten Bauch. Seine Bewegungen sind hektisch, gestresst und er schüttelt den Kopf.

»*Sören, was ist los?*«

Er antwortet nicht. Stattdessen streckt er sich nach einem Schalter aus, und ein neuerlicher Alarm ertönt, diesmal lauter als zuvor, sodass der ganze Raum davon widerhallt. Über der Tür fängt eine Lampe an, rot zu blinken.

Die Tür schlägt erneut auf und eine Frau kommt hereingerannt.

»Ich höre keine Herztöne mehr, Lisa«, sagt Sören. »Wir entbinden jetzt gleich.«

»*Jetzt? Aber das geht doch nicht?*«

Die Frau zieht ihr eine Maske über und sagt: »Von zehn runterzählen, Lisa.«

Zehn.

Sie holt tief und angestrengt Luft durch die Maske, die fest auf ihrem Gesicht aufsitzt.

»Nicht so tief – ganz normal atmen.«

Neun.

Die Narkose beginnt zu wirken. Gleichzeitig wird das Bett im Eiltempo hinaus auf den Flur geschoben. Sören rennt neben ihr her.

Die Stimme klang bekannt. War das die erste Krankenschwester, die zurückgekommen ist?

Eine weitere Tür geht auf und Sören ruft auf dem Weg in den Kreißsaal Anweisungen.

Acht.

Die Krankenschwester antwortet Sören. Lisa hört die beiden davon reden, dass sie sofort und binnen Sekunden entbinden müssen.

Lisa streckt den Nacken durch, versucht, die Frau zu sehen, doch die Leuchtröhren blenden. Sie kneift die Augen zusammen. Ihre Augen sind überanstrengt. Dann kann sie wieder sehen – allerdings ist die Schwester verschwunden.

Sieben.

Sören zerschneidet ihr Kleid und den Slip. Sie fühlt sich schwerelos.

»Es wird alles gut, Lisa.«

Es kommt geflüstert. Die Stimme der Schwester klingt so vertraut. Sie berührt Lisa an den Armen und die Berührung ist unverwechselbar.

Ihr Körper wird immer schwerer und ruhiger.

Sie ist in guten Händen. Es sind keine fremden Menschen mehr da, sie muss die Deckung nicht länger hochhalten, diese Leute, die hier im OP bei ihr sind, kennen sie gut, sie wissen alles über ihren Zustand.

Sechs.

Lisa legt ihre Hand auf den Arm der Krankenschwester und flüstert: »*Danke, Camilla.*«

Kaffee

37

Lillängen, Nacka,
an Silvester

Lisa richtet den Lichtkegel ihres Handys schräg nach oben, damit Tom nicht geblendet wird.

»Warum hast du auf meine SMS nicht reagiert?«, will sie wissen.

»Ich habe versucht, dich anzurufen«, antwortet er.

»Warum gehst du nicht ran? Du bist doch sonst nicht so schwer zu erreichen.«

Sie hatte mehrere verpasste Anrufe. Alle von einer unbekannten Nummer. Er muss sie vom Festnetztelefon angerufen haben.

»Es war ein anstrengender Abend«, sagt sie.

Es klingt wie ein dummer, idiotischer Erklärungsversuch.

»Unsere Gäste, die Eltern von Ebbas Freund … Wir kannten sie, Tom. Du kennst sie auch. Oder du weißt zumindest, wer der Vater ist.«

»Wer?«

»Sören Isaksson.«

»*Du machst Witze!* Mit *seinem* Sohn ist Ebba zusammen? Und ihr wusstet das nicht?«

»Wir hatten keine Ahnung.«

Tom fährt sich durchs Haar. Schüttelt den Kopf. Er versucht, zu begreifen, was er gerade gehört hat, versucht, die

Puzzleteile zusammenzusetzen, genau wie Lisa es den ganzen Abend lang versucht hat.

Wie ihre Kinder zusammenkommen konnten.

»Weißt du noch, worum ich dich gebeten habe, damals im Frühling, bevor Ebba zur Welt kam?«, fragt Lisa.

»Wie könnte ich das vergessen«, erwidert Tom. »Du hast die Sache mit der Präeklampsie nicht geglaubt.«

»Und ich hatte recht. Die Tests, die du gemacht hast, haben es nachgewiesen.«

Tom nickt.

»Aber der große Sören Isaksson wollte davon nichts wissen. Er war sich seiner Sache so sicher. Es tut mir leid, Lisa. Ich ahne, wie grässlich das alles für dich sein muss.«

Er macht einen zaudernden Schritt auf sie zu und nimmt sie in die Arme.

»Warum bist du hier?«, fragt sie.

»Weil du mit zur Arbeit kommen musst. Die Ersatzmedikamente sind per Kurier gekommen. Sie brauchen zwei Unterschriften.«

Sie stößt einen langen Seufzer aus. Sie hätte sofort schalten müssen, als Tom davon sprach, dass er Ersatz besorgen müsste. Die anderen in der Nachtschicht haben nicht die Befugnis.

»War es meine Karte, mit der eingebrochen wurde?«, fragt sie. »Die Polizei war hier, aber sie wollten es mir nicht sagen.«

»Ja«, antwortet Tom. »Es war deine. Aber denk nicht weiter darüber nach. Niemand geht davon aus, dass du es warst.«

Als Lisa zurück ins Haus kommt, sitzen ihre Gäste auf dem Sofa, vor ihnen ein Tablett mit Kaffeetassen und eine Schale mit Pralinen, die Mikael dazugestellt hat. Sören hat das Handy am Ohr.

»Er versucht, die Taxizentrale zu erreichen«, erklärt Camilla.

»Ich muss zurück zur Arbeit und etwas erledigen«, verkündet Lisa.

»Um diese Uhrzeit?«

Lisa nickt.

»Ist Tom auch da?«

Camilla lächelt und sieht sie vielsagend an.

»Du hast selbst erzählt«, sagt sie, »dass ein Tom angerufen hat, als du von der Arbeit kamst. Ich nehme an, es ist derselbe Tom wie früher?«

»Ja, es ist derselbe«, sagt Lisa. »Nur wir zwei dürfen die neuen Medikamente abzeichnen.«

»Sieht er immer noch so gut aus? Und ist er immer noch Single?«

Sie sagt es völlig freiheraus. Obwohl Sören direkt neben ihr sitzt.

»Ich bin in einer halben Stunde zurück.«

Camilla lächelt übers ganze Gesicht.

Mikael kommt zurück ins Wohnzimmer.

»Musst du noch mal weg?«, fragt er.

»Die neuen Medikamente sind da. Ich muss sie nur abzeichnen. Bin gleich wieder da.«

»Anscheinend ist in den nächsten Stunden kein Taxi zu kriegen«, sagt er. »Dann unterhalte ich unsere Gäste so lange allein. Beeil dich, ja?«

Sie sieht, wie er sich zum Barschrank umdreht und eine Flasche Kognak ins Visier nimmt.

Lisa läuft die Auffahrt hinunter zum Lillängsvägen, wo Tom geparkt hat, und rutscht auf den Beifahrersitz. Er nimmt ihre Hand und drückt sie. Dann fährt er los.

Als Tom ihr die Werte der Urinprobe zeigte, damals während ihrer Schwangerschaft, bestätigten diese, was sie bereits die ganze Zeit geahnt hatte: dass Sören falschgelegen hatte. Sie hatte nicht die geringste Spur Protein im Urin. Kein Hinweis auf Präeklampsie – nur Blutdruckschwankungen. Sören ging darüber hinweg und behandelte Tom – einen Kollegen – wie Luft.

Tom regte sich über dessen Ignoranz fürchterlich auf: dass er die Ergebnisse einfach beiseitewischte, sie und Toms Einschätzung kleinredete und sich nicht mal um Erklärungen bemühte.

Man merkt es Tom an, dass ihn das immer noch aufregt. Auch wenn die beiden Mediziner unterschiedlicher Ansicht waren, was die Schwangerschaftsvergiftung anging, waren sie immerhin einer Meinung, dass Lisas Blutdruck phasenweise gefährlich hoch war.

Und alle Beteiligten wussten, was dies zur Folge hatte.

Die Stille in Toms Wagen sagt mehr oder weniger alles. Keiner von ihnen hat Lust, erneut über Sören Isaksson zu sprechen.

Am Bahnübergang überqueren sie die Gleise und fahren weiter durch die stillen Straßen. In manchen Häusern brennt immer noch Licht, andere sind dunkel und verlassen. Als sie am Parkvägen vorbeifahren, streift Lisa mit dem Blick die stattliche Borgen-Villa. Sie kann durchs Fenster ins Wohnzimmer sehen. Dort soll die Party sein, auf die Ebba wollte. Zu Hause bei Steffe.

Nur dass das Haus und das ganze Viertel menschenleer sind.

Ist Ebba wirklich dort? Oder hat sie gelogen, was die Location anging?

Sie greift zu ihrem Handy, zögert, doch dann ruft sie Ebba an. Sie kann sich deren Gesichtsausdruck vorstellen, sobald sie sieht, wer da auf dem Display erscheint. Sie sind noch gar nicht lange weg und trotzdem ruft Mama an.

Aber was soll sie sagen, wenn Ebba rangeht? Dass daheim bei Familie Borgen nirgends Licht brennt? Das Haus ist so groß, dass die Party gut und gern nur im Keller stattfinden könnte.

Es ist ihrer beider Abend. Lisa legt wieder auf, noch ehe die Leitung steht.

Vor dem Hospiz steht ein Kuriertransporter. Der Fahrer steht daneben und raucht eine Zigarette. Als er sie auf sich zufahren sieht, schnickt er die Kippe in den Schnee und greift ins Auto nach den Unterlagen, die sie unterzeichnen sollen. Sobald er beide Unterschriften hat, schiebt Tom sich das Paket unter den Arm, und sie gehen nach drinnen.

Es waren nur zwei flüchtige Unterschriften nötig. Keine weiteren Sicherheitsmaßnahmen. Wie einfach ist es eigentlich, derart ausgelieferte Medikamente zu stehlen, die unters Betäubungsmittelgesetz fallen? Wesentlich einfacher, als erst Lisas Sporttasche zu klauen, ihren persönlichen PIN-Code auszuspionieren und sich dann im Maria Regina einzuschleichen und ihre Karte zu benutzen.

Warum hat der Dieb ausgerechnet ihr Privateigentum für seinen Raubzug benutzt?

Sie gehen ins Lager, öffnen den Medikamentenschrank, befüllen die leeren Fächer. Die neuen Präparate sind nicht so stark wie jene, die verschwunden sind, aber zumindest haben sie jetzt wieder einen Vorrat und können die schlimmsten Schmerzen mildern.

Als sie fertig sind, gehen sie hinüber zu Toms Arbeitszimmer. Im Hospiz herrscht nächtliche Stille. Allerdings kehrt hier nie vollends Ruhe ein. Es ist immer jemand da, immer bereit einzugreifen, wenn in einem der Zimmer die Notklingel betätigt wird.

Tom nimmt ein paar Sachen vom Schreibtisch.

»Ich glaube, ich mache mich dann mal wieder auf den

Weg.« Er sieht müde aus. Es war auch für ihn ein langer Tag.
»Soll ich dich nach Hause fahren?«

Im selben Moment klingelt Lisas Handy. Sie hofft, dass es Ebba ist, die zurückruft, aber es ist schon wieder eine unbekannte Nummer. Sie nimmt den Anruf an.

»Ja? Lisa hier?«

»Mein Name ist Jessica Möller«, sagt eine Frauenstimme. »Ich bin Notärztin im Söderkrankenhaus. Sind Sie die Mutter von Ebba Kjellvander?«

In Lisa zerbricht etwas.

»Ja…?«

»Ihre Tochter ist mit dem Rettungswagen aus Nacka hierhergebracht worden. Es wäre gut, wenn Sie sofort ins Krankenhaus kämen.«

»*Rettungswagen?*«

Sie schließt die Augen und schüttelt den Kopf.

»Ihre Tochter schwebt in Lebensgefahr«, fährt die Frau fort. »Rufen Sie mich unter dieser Nummer an, sobald Sie da sind. Und kommen Sie, so schnell Sie können.«

»*Aber was ist denn passiert?*«

»Ebba hat eine Überdosis genommen.«

38

Hat Ebba versucht, sich umzubringen? Oder hat sie auf der Party irgendwas angedreht bekommen?

Ebbas Erwartungen an den Abend waren zerschlagen worden; ihre Reaktion, als ihr dämmerte, wer Marlons Eltern waren, war nur zu eindeutig gewesen, genau wie die Enttäuschung über den weiteren Verlauf des Abends. Aber was wirklich in ihrem Kopf vorging, konnte niemand von ihnen wissen.

Was hat sie getan?

Lisa versucht, ruhig zu atmen, um nicht völlig die Beherrschung zu verlieren. Ebba ist ihr Fleisch und Blut, sie spüren denselben Schmerz, haben dieselben Wunden.

Das muss eine Verwechslung sein.

Und Marlon? Ist er bei Ebba im Krankenhaus? Um ehrlich zu sein, weiß sie gar nichts von ihm.

Tom fährt, so schnell er kann, über die Skanstullsbron in Richtung Ringvägen. Der Schnee wirbelt in der scharfen Kurve zum Krankenhaus auf, das Auto gerät kurz ins Rutschen, um dann die gerade Strecke bis zum Haupteingang wieder zu beschleunigen.

»Beeil dich«, sagt er. »Ich bleibe im Wartebereich.«

Lisa stürzt aus dem Wagen, nimmt das Telefon hoch, noch während sie durch die Türen rennt, bleibt am Empfang stehen und ruft die letzte eingegangene Nummer auf.

»Hier ist Lisa Kjellvander. Ich bin jetzt da. Geht es Ebba gut?«

»Ich komme runter«, sagt Jessica.

Der Wartebereich ist voller Leute, die sich in der Silvesternacht verletzt haben oder krank geworden sind. Lisa würde alles tun, um jetzt neben ihrer Tochter zu sitzen, die von hohem Fieber oder einer Nebenhöhlenentzündung gebeutelt würde oder was auch immer – Hauptsache, sie bekäme Ebba zurück.

Eine Ärztin hält auf sie zu.

»*Wo ist sie?*«

»Kommen Sie, wir reden da drinnen.«

Sie führt Lisa einen Flur entlang, schiebt die Tür zu einem Besprechungsraum auf und bittet Lisa hinein.

»*Nein, ich will zu Ebba!*«, schreit Lisa. »*Ich muss sie sehen!*«

»Ebba kämpft um ihr Leben.«

Lisa versteht es nicht, kann immer noch nicht glauben, dass es wahr sein soll. Jessica tritt hinter sie, zieht einen Stuhl näher und drückt sie nach unten.

»Wir tun alles, was in unserer Macht steht.«

Sie sieht genauso todernst aus, wie sie klingt.

Allmählich überreißt Lisa die Situation. Natürlich haben sie überprüft, wer das Mädchen ist. Ebba liegt hier irgendwo, und ihr Zustand ist so kritisch, dass nicht mal ihre Mutter zu ihr darf.

Das hier ist keine Verwechslung.

»Kommt sie durch?«

»Das wissen wir noch nicht.«

»Woher kam der Rettungswagen?«

»Aus Storängen, in Nacka. Dort wohnen Sie auch, oder?«

»Sie ist dort mit ihrem Freund zusammen auf eine Party gegangen ... Haben Sie schon mit ihm gesprochen?«

»Ich weiß nur, dass ein Mädchen bei ihr war.«

Lisa schließt die Augen. Sie will, dass dies alles ein

Traum ist, ein schrecklicher, schlimmer Traum. Irgendwas – nur dass es nicht real ist.

»Das Mädchen hat erzählt, Ebba sei auf die Tanzfläche getorkelt und zusammengebrochen. Sie war nackt und hatte einen Atemstillstand.«

»*Oh Gott!*«

Lisa kann die Tränen nicht mehr zurückhalten. Sie zittert am ganzen Leib. Versucht, die Vorstellung beiseitezuwischen – nackt. Kalt. Ohne Sauerstoff in der Lunge.

»Der Rettungswagen war in wenigen Minuten vor Ort. Wenn wir Glück haben und sie überlebt, dann nur aus diesem Grund. Sie haben sie an Ort und Stelle wiederbelebt, ihr Zustand war kritisch, es war schon sehr, sehr ernst. Außerdem war sofort klar, dass es sich um eine Überdosis gehandelt hat.«

»Ebba hat nie Drogen genommen!«

»Ich kann verstehen, dass das hier ein Schock für Sie sein muss. Aber das ist leider die Wahrheit. Wir sehen das hier wöchentlich – und an Feiertagen wie diesem noch viel häufiger. Ein einziges Mal ist oft schon ein Mal zu viel. An Drogen kommt man ja heutzutage kinderleicht, und die jungen Leute haben keine Ahnung, was sie da zu sich nehmen.«

»Aber was hat Ebba denn eingenommen?«

»Der Wirkstoff nennt sich Fentanyl. Und Ebba scheint die Droge inhaliert zu haben. Haben Sie eine Ahnung, wie sie an den Stoff gekommen sein könnte?«

Lisas Kopf schnellt hoch und sie sieht der Ärztin direkt ins Gesicht.

Es schlägt bei ihr ein wie ein Blitz.

Marlon. Er schleicht bei ihnen nachts ein und aus. Könnte ohne Probleme Lisas persönlichen PIN-Code ausspioniert und herausgefunden haben, wo sie die Chipkarte aufbewahrt.

Sie hält sich an der Tischkante fest, das Zimmer dreht sich, als säße sie in einer Zentrifuge, und sie muss die Augen zukneifen, damit es wieder aufhört.

»Lisa, ist alles in Ordnung?«

Sie nickt. Schluckt.

»Sie sagten, sie hätte fast einen Atemstillstand gehabt?«

»Ebbas zentrales Nervensystem war runtergefahren, als der Notarzt eintraf. Sie hat sofort Naloxon bekommen, und wir haben die leise Hoffnung, dass sie es ohne bleibende Schäden übersteht.«

Sie will den Platz mit ihrer Tochter tauschen. Sie will gegen das Gift kämpfen, das Ebbas jungen Körper zerstört.

»Ich muss telefonieren«, sagt sie. »Ich muss meinen Mann anrufen.«

Sie kann das hier nicht allein durchstehen. Sie muss mit Mikael reden. Das hier müssen sie zusammen durchstehen.

»Verstehe«, sagt Jessica. »Bleiben Sie einfach hier. Ich gehe unterdessen zu Ebba und bin in ein paar Minuten wieder bei Ihnen.«

Jessica verlässt das Zimmer und schließt die Tür hinter sich.

War Ebba an dem Einbruch beteiligt? Aber das spielt keine Rolle, Hauptsache, sie überlebt. Lisa würde Ebba alles verzeihen. Sie würde jederzeit die Schuld auf sich nehmen, für den Rest ihres Lebens hinter Gitter gehen.

Ihre Hand zittert, als sie ihr Telefon zur Hand nimmt. Sie ruft Mikaels Nummer auf. Es klingelt eine Ewigkeit, aber er geht nicht ran.

39

Jessica ist zurück. Sie setzt sich Lisa gegenüber an den Tisch.
»Haben Sie Ihren Mann erreicht?«
Lisa wischt sich die Tränen fort und schüttelt den Kopf.
»Können Sie jemand anderen anrufen?«
»Ein Freund von mir hat mich gefahren, er sitzt im Wartebereich.«
»Dann schlage ich vor, Sie setzen sich zu ihm. Ich hole Sie, sobald wir Neuigkeiten haben.«
»Ich hatte eine traumatische Geburt«, sagt Lisa. »Als Ebba zur Welt kam. Ich bin falsch behandelt worden – mit schlimmen Folgen.«
»Wollen Sie mit irgendjemandem hier vom Krankenhaus darüber reden?«
»Ich muss wissen, was Sie mit Ebba machen, ich muss das Gefühl haben, dass ich verstehe, was hier passiert. Ich bin selbst Krankenschwester und arbeite als Pflegeleitung. Mein Freund draußen im Wartebereich ist Arzt.«
»Ich kann Sie nicht zu Ebba lassen, wenn Sie das meinen. Das verstehen Sie doch.«
»Ich will nur wissen, wie Sie sie behandeln.«
Jessica nickt.
»Ich bringe Ihnen eine Kopie der Krankenakte, damit Sie die Werte sehen und nachlesen können, welche Maßnahmen wir ergriffen haben. Wäre das für Sie okay?«
»Danke«, sagt Lisa. »Aber ich muss sie auch sehen. Ich gehe hier erst weg, wenn ich meine Tochter sehen durfte.«

Durch das kleine Fenster in der Tür sieht sie ein Krankenbett mit weißen Laken. Auf dem Bett liegt eine junge Frau. Ihr Brustkorb und die Schultern sind mit hellblauem Zellstofftuch bedeckt, das am Hals zurückgeschlagen wurde. Unter ihrem Kinn ist die Halskrause zu sehen, die den Kopf in Position hält. Aus dem Mund führt ein Schlauch zu einem Gerät, das ihr hilft zu atmen. Weitere Schläuche führen zum Körper oder vom Körper weg. Unter den halb geschlossenen Lidern sind die Iris zu sehen. Ob Ebba wach ist oder schläft, lässt sich nicht feststellen. Ob sie tot ist oder lebendig.

Sie sieht aus wie ein Engel, der von seiner Wolke gestürzt ist.

Und es besteht kein Zweifel daran, dass das Mädchen im Krankenbett Ebba ist.

Im Warteraum blickt Tom auf, als er Lisa auf sich zukommen sieht.

»Wie geht es ihr?«

»Sie wird beatmet.«

»Herr im Himmel. Was hat sie genommen?«

»Fentanyl«, antwortet Lisa. »Die Ärztin sagt, sie hätte es inhaliert. Sie ist auf der Tanzfläche nackt zusammengebrochen und hat aufgehört zu atmen.«

Er starrt sie an. Seine weit aufgerissenen Augen sagen alles. Das Fentanyl-Präparat zum Inhalieren nennt sich Instanyl und ist eins der Medikamente, die aus dem Maria Regina entwendet wurden. Das kann kein Zufall sein. Tom weiß ebenso gut wie Lisa, wie potent das Mittel ist. Wie lebensgefährlich, wenn es in die falschen Hände gerät.

»Hast du Mikael angerufen?«

»Er geht nicht ran.«

»Und euer Besuch? Hast du Sörens Nummer?«

»Ich hab seine Nummer und die von Camilla vor Urzeiten gelöscht. Außerdem kann ich jetzt nicht mit ihnen reden.«
»Und Marlon? Hast du seine Nummer?«
»Nein.«
»Vielleicht finde ich sie heraus. Heißt er Marlon Isaksson? Wo wohnt er?«
»In Enskede.«

Sollte Marlon ihren Anruf annehmen, weiß Lisa nicht, wie sie reagiert. Was hat er mit Ebba gemacht? Wenn jemand weiß, was passiert ist, dann er.

Vielleicht versteckt er sich irgendwo dort draußen in der Silvesternacht. Hat nicht den Mumm, für das geradezustehen, was er angerichtet hat.

»Hier, ich glaube, das ist sie«, sagt Tom.

Er ruft die Nummer auf und hält ihr sein Handy hin. Lisa schüttelt den Kopf.

»Ich kann jetzt nicht mit ihm reden.«

Tom hält sich das Handy ans Ohr und starrt zu Boden. Lisa kann das Freizeichen hören. Sie wendet sich dem Umschlag zu, den Jessica ihr gegeben hat. Sie hat über die Jahre Tausende Krankenakten gelesen, doch diesmal kommt ihr der Inhalt spanisch vor. Sie ist zu aufgeregt, kann den Blick nicht fokussieren. Sie springt von Zeile zu Zeile, kann keine Ordnung in die Buchstaben und Ziffern bringen.

»Er meldet sich nicht.« Tom steckt sein Telefon wieder in die Tasche. »Was ist das?«

»Ebbas Krankenakte. Ich habe darum gebeten, um zu sehen, ob … auch wirklich nichts falsch gemacht wird.«

Ihr Blick bleibt an etwas hängen. An etwas, was nicht stimmt.

Die Zweifel sind wieder da, sie hat sie gespürt seit Jessicas Anruf – dass es nicht Ebba sein kann, dass das nicht ihre Tochter sein kann, die auf der Intensivstation an den Apparaten hängt.

Aber sie hat sie doch mit eigenen Augen gesehen?

»Was?«, fragt Tom.

»*Das kann nicht sein*«, haucht sie. »*Sie haben sich geirrt.*«

Sie springt von ihrem Stuhl auf und rennt zurück in die Abteilung. Als sie an der Schwingtür ankommt, die auf den Flur führt, auf dem Ebba liegt, hält sie nicht einmal inne. Sie sieht das Zimmer ein Stück vor sich liegen, wird dann aber von einem Pfleger aufgehalten, ehe sie die Tür erreicht.

»*Das Mädchen da drinnen kann nicht Ebba sein.*«

Jessica kommt aus Ebbas Krankenzimmer.

»Was ist los?«

»Sie ist einfach hier reingerannt …«, sagt der Pfleger.

»Tut mir leid«, mischt Tom sich ein. »Ich kümmere mich um sie.«

»Sind Sie der Arzt, der Lisa begleitet?«, fragt Jessica. »Dann rufen Sie sie bitte zur Räson. Wenn sie nicht sofort wieder geht, muss ich die Sicherheitsleute informieren.«

»*Das ist nicht Ebba*«, fährt Lisa dazwischen. »*Das kann nicht Ebba sein.*«

Tom legt den Arm um ihre Schultern und zieht sie an sich.

Jessica kommt ein paar Schritte auf sie zu.

»Was meinen Sie damit?«

»Ich habe die Krankenakte gelesen«, sagt Lisa. »Das stimmt nicht – da ist was verkehrt.«

»Was soll da verkehrt sein?«

Lisa hält Jessica den Ausdruck hin.

»Die Blutgruppe. Ebba hat nicht Blutgruppe B.«

»Wir haben sie getestet, um sicherzugehen, falls eine Transfusion nötig wäre. Das ist Routine.«

Lisa hält den Blickkontakt. Versucht, zu begreifen, was hier gerade passiert. Jessica sieht unerschütterlich aus. So etwas ist Routine, genau wie sie sagt, außerdem ist die Bestimmung der Blutgruppe mit das Einfachste, was sie machen können, wenn man den Zustand des Mädchens bedenkt. Es ist fast unmöglich, sich da zu vertun.

»Sie müssen den Test wiederholen, um ganz sicher zu sein.«

»Lisa, Ihre Tochter ist in einem lebensbedrohlichen Zustand. Wir haben jetzt wirklich Wichtigeres zu tun. Ich kann die Security rufen, die Sie rausbringt. Vielleicht ist es besser, wenn Sie wieder heimfahren, dann können Sie Ebba in ein paar Stunden sehen.«

»Ich kann meine Tochter doch jetzt nicht allein lassen!«

»Sie brauchen die Security nicht zu rufen«, sagt Tom. »Wir gehen wieder und setzen uns in den Wartebereich.«

Lisa lässt sich aus der Station hinausführen. Sie hat keine Kraft mehr. Es fühlt sich an, als würde sie schlafwandeln. Als sie im Wartebereich ankommen, bleibt Lisa stehen.

»Komm«, sagt Tom, »setzen wir uns.«

»Nein«, entgegnet sie. »Wir müssen hier weg.«

»Aber du willst doch bei Ebba bleiben.«

Sie will nichts lieber als das. Natürlich will sie hierbleiben. So nah bei Ebba, wie es nur geht. Aber angesichts der Information, die sie soeben von der Ärztin erhalten hat, dämmert ihr gerade, dass es noch eine andere Sache gibt, um die sie sich kümmern muss, sowohl um Ebbas als auch um ihrer selbst willen, und diese Sache ist so wichtig, dass ihr keine Wahl bleibt.

»Soll ich dich nach Hause fahren?«, fragt Tom.

Genau das hatte auch Jessica vorgeschlagen. Doch nach Hause kann sie nicht – noch nicht.

»Nein«, sagt Lisa. »Wir müssen zurück ins Maria Regina.«

40

Storängen, Nacka,
in der Silvesternacht

Sie weiß, dass sie unter Schock steht, aber verrückt ist sie nicht. Der Fehler, den sie in der Krankenakte entdeckt hat, verändert alles. Erschüttert alles.

Als sie vor dem Maria Regina parken, dreht sich Tom zu ihr um.

»Solltest du nicht doch besser nach Hause fahren?«

Lisa schüttelt den Kopf.

Am dringendsten müsste sie mit Mikael sprechen, so wie sie einander einst geschworen haben, über alles zu reden. Sie würde schreien und heulen und erzählen, was passiert ist, ihn um Unterstützung anflehen – aber zu Hause kann sie gerade niemanden um Hilfe bitten. Nicht jetzt. Das weiß sie genau.

Sie sollte weinen, sie sollte sich zusammenkrümmen. Aber auch das tut sie nicht.

Sachte steigt etwas in ihr auf, eine innere Kraft, die sie antreibt. Wozu sie wohl in diesem Zustand imstande wäre? Jetzt, da ihr Unterbewusstsein die Führung übernimmt. Da tief wurzelnde Gefühle sie leiten. Der Blick auf die Uhr besagt, dass sie noch keine fünfzig Minuten von zu Hause weg ist, nicht mal eine Stunde. In so kurzer Zeit kann eine Welt in sich zusammenbrechen. So schnell kann ein Mensch sich von Grund auf verändern.

In seinem Arbeitszimmer erzählt sie Tom alles: von dem Abend, von Sören und Camilla und von der Beziehung von Ebba und Marlon, wie sie sich kennengelernt haben. Sie trinkt den Kaffee, den er ihr aus der Küche holt. Ihre Gedanken drehen sich im Kreis. Ihr ist klar, dass es wahrscheinlich nirgends hinführt, aber sie muss ihm alles erzählen.

In regelmäßigen Abständen nimmt Tom sein Handy zur Hand und versucht es bei Marlon – immer mit demselben Ergebnis. Der Junge geht nicht ran. Doch jetzt loszuziehen und ihn in den Straßen von Nacka zu suchen, wäre aussichtslos. Wenn es tatsächlich stimmt, dass sämtliche Partygäste panisch die Flucht ergriffen haben, als Ebba zusammenbrach, dann könnte er überall sein. Wenn Marlon die Drogen gestohlen haben sollte und weiß, was mit Ebba passiert ist, dann hat er jetzt Todesangst und ist dort draußen in der Nacht irgendwo auf der Flucht. Traut sich nicht, Kontakt aufzunehmen.

Marlon ist Ebbas erster fester Freund. Als kleines Mädchen war sie immer nur verliebt in den Sommer und in die Tiere auf dem Land. Sie hat weite Teile ihrer Pubertät mit Hörbüchern auf den Ohren verbracht, in ihrem Zimmer, das sie zu ihrer Burg erklärt hatte. Dass sie und Marlon hinter dem Einbruch im Maria Regina stecken sollen, ist unbegreiflich. Sie sind jung, verliebt, das ist offensichtlich. Und junge Leute machen Dummheiten, manchmal vollkommen wahnsinnige Sachen. Der Albtraum aller Eltern. Doch was mit Ebba passiert ist, ist der schlimmste Albtraum von allen. Am Abend hat Marlon ihr noch leidgetan, fast hätte sie angefangen, eine gewisse Sympathie für ihn zu entwickeln. Doch inzwischen hasst sie ihn, will gar nicht darüber nachdenken, was sie mit ihm machen würde, wenn es Tom gelänge, ihn zu erreichen.

Das mit der falschen Blutgruppe bringt sie schier um

den Verstand. Wenn sie da nicht bald Klarheit hat, wird ihr Gehirn in der Mitte auseinanderbrechen.

»Ich habe Blutgruppe A und Mikael hat Blutgruppe null«, sagt sie. »Kinder von Eltern mit diesen Blutgruppen können nicht Blutgruppe B haben, oder?«

»Bist du dir bei euren Blutgruppen sicher?«

»Schau nach«, sagt Lisa. »Du kannst doch die elektronische Patientenakte einsehen.«

Tom fährt seinen Rechner hoch.

»Ich benötige Mikaels Personennummer ...«

Lisa diktiert sie ihm. Es dauert nur ein paar Sekunden, ehe er Mikaels Datensatz aufgerufen hat.

»Und ... was steht da?«, drängelt Lisa.

»Blutgruppe null, genau wie du gesagt hast.«

»Und jetzt schlag meine zur Sicherheit auch nach.«

»Lisa ...«

Sie beißt die Zähne zusammen und kneift die Augen zu. Sie weiß genau, was er jetzt denkt. Sie ist Krankenschwester, natürlich weiß sie, welche Blutgruppe sie hat. Dass sie die von Ebba nicht kannte, ist vielleicht komisch, aber nicht ganz unerklärlich. In Schweden wissen die wenigsten, welche Blutgruppe ihre Kinder haben. Als Ebba zur Welt kam, gab es andere Themen und andere Dinge, die wichtiger waren. Ebba hat sich nie verletzt, war nie schwer krank, musste nie ins Krankenhaus. Mikael und sie hatten nie einen Grund, zu vermuten, dass Ebba eine Blutgruppe haben könnte, die mit ihren eigenen nicht vereinbar ist.

Tom tippt Lisas Personennummer ein und sieht bestätigt, was sie bereits wussten. Er starrt seinen Monitor an. Es ist einfach zu absurd, der Gedanke so schockierend, dass er ihn nicht einmal aussprechen mag.

Mikael kann nicht Ebbas Vater sein. Nicht im biologischen Sinne.

Als Lisa wegen des Verdachts der Präeklampsie bei Tom eine Zweitmeinung einholte, war sie verwirrt, in einem Zustand der Verleugnung; denn was sie damals nicht zur Gänze verstehen konnte, war, wie sie überhaupt schwanger geworden war. Die vorhergehenden Untersuchungen hatten ihnen wegen Mikaels Problemen kaum Chancen eingeräumt.

Als sie dann erfuhr, dass sie wirklich in anderen Umständen war, hatte sie ganz kurz einen Gedanken, den sie jedoch niemals ausgesprochen hat. Dass vielleicht Tom der leibliche Vater sein könnte. Und jetzt kann es nicht länger im Unklaren bleiben. Tom braucht gar nicht erst überredet zu werden. Er tippt auf seine Tastatur ein. Das Mädchen, das um sein Leben kämpft, hat die Wahrheit verdient.

Er schiebt seinen Stuhl zurück und schüttelt den Kopf.

»Ich bin es auch nicht, Lisa«, sagt er. »Ich kann auch nicht Ebbas Vater sein.«

Lisa nickt beifällig. Auch Tom hat Blutgruppe null, genau wie Mikael und ein gutes Drittel der schwedischen Bevölkerung.

Damit bleibt nur noch eine Möglichkeit. Das Sperma, mit dem ihre Eizellen während der IVF befruchtet wurden, war das eines anderen Mannes.

Lisa schließt die Augen. In ihren Schläfen hämmert der Puls. Aber es gibt Antworten auf all die Fragen, die sie in den Wahnsinn treiben, das weiß sie genau. Wie Ebba an die Drogen gekommen ist und wie sie eine andere Blutgruppe haben kann – das sind keine unlösbaren Rätsel. Sie muss die Antworten hören, noch ehe die Nacht vorbei ist, ganz gleich, wohin all das führt.

»Wie weit verbreitet ist Blutgruppe B in Schweden?«, will sie von Tom wissen.

»B ist relativ ungewöhnlich. Diese Blutgruppe haben nur acht bis zehn Prozent der Bevölkerung.«

Eine geringe Wahrscheinlichkeit, die ihnen noch nichts erklärt, keinen Trost schenkt, keine Lösung. Aber so eine ungewöhnliche Blutgruppe hat man nicht zufällig.

Alles verweist auf ein und dieselben Personen an ein und demselben Ort. Dort verschwand Lisas Chipkarte. Dort befinden sich derzeit ihr Mann und der Gynäkologe, der sie entbunden hat. In ihrem eigenen Zuhause.

Sie sieht das selbstgefällige Lächeln regelrecht vor sich.

Sollten wir nicht auf deine schöne Tochter warten?

Sören wollte nicht, dass Ebba und Marlon auf die Party gingen. Er benahm sich merkwürdig und erzählte Lisa, wie sie sich der Polizei gegenüber verhalten sollte. Er schenkte sich Rotwein ein, um alles abzudämpfen, um zu verdrängen, um irgendwas zu verheimlichen.

Etwas, worüber er Bescheid weiß.

Während der Meditationsübung mit Camilla hat Lisa Bilder gesehen. Mittlerweile fühlen die sich wie Warnhinweise ihres Unterbewusstseins an. Kleine Puzzleteile zu einem Rätsel, das sie in Gänze noch nicht durchschaut hat, das sich jedoch seiner endgültigen Lösung nähert.

Zu Anfang des Abends hatte Camilla etwas über Marlon gesagt, über seine Persönlichkeit.

Das hat mit seiner Blutgruppe zu tun.

Er ist Blutgruppe B.

»Überprüf für mich bitte noch eine Person«, sagt sie.

»Und wen?«

»Sören Isaksson.«

Tom starrt sie an.

»Soll das heißen, dass Sören ...«

»Mach einfach«, sagt Lisa. »Seine Personennummer kann doch nicht so schwer zu finden sein.«

Tom tut wie geheißen und tippt Sörens Namen ein, Buchstabe für Buchstabe, dann die Personennummer, Ziffer für

Ziffer. Der Rechner verarbeitet die Eingabe, schickt Impulse zwischen Prozessor, Platine und Leuchtdioden hin und her, und als schlussendlich die Information auf dem Bildschirm erscheint, die sie benötigen, dreht Tom sich zu Lisa um.

Ihr ganzer Körper ist in hellem Aufruhr. Ihr schwirrt der Kopf.

Sie steht auf und legt eine Hand an die Narbe, die quer über ihren Bauch läuft.

»Das mit den Blutgruppen ist nicht die Antwort auf alles«, sagt Tom. »Ich hab zu Hause einen ganzen Ordner mit deinem Fall.«

Mit erhobener Hand gebietet sie ihm Einhalt.

Nicht jetzt.

Sie rennt raus auf den Flur. Schafft es gerade noch auf die Toilette, ehe ihr Magen sich entleert. Sie klammert sich am Toilettensitz fest, ihr Hals brennt, und sie muss bewusst atmen, um nicht ohnmächtig zu werden.

Tom hockt sich neben sie, legt ihr vorsichtig die Hände auf die Schultern.

»Ruh dich aus, in meinem Zimmer«, sagt er. »Ich kümmere mich hier um alles.«

Wie ein Gespenst schleicht sie durch den stillen Flur. Bleibt an der Tür zu Toms Arbeitszimmer stehen, hört, wie er im Toilettenraum hinter ihr herputzt, und dreht sich zur Eingangstür um.

Warum hat Tom einen Ordner mit ihrem Fall bei sich zu Hause?

Alles, was sie je geahnt hat, alles, was ihr je Angst gemacht hat und was sie nie frontal angegangen ist, schlägt jetzt in einem wilden, wirbelnden Strudel über ihr zusammen.

Hat Tom seit all den Jahren einen Verdacht?

Doch sie kann jetzt keine Ruhe geben. Sie kann hier nicht bleiben.

Sie rennt auf den Ausgang zu, zieht die Tür auf und rennt in die dunkle, eisige Nacht.

Hinter sich am Eingang zum Maria Regina hört sie noch, wie Tom ihr hinterherruft, sie möge stehen bleiben, sie möge zurückkommen, sie möge auf ihn warten.

Doch sie läuft weiter, ohne auch nur einen Blick über die Schulter zu werfen.

41

Stockholm,
im August,
siebzehn Jahre zuvor

Sie atmet. Das ist das Erste, was sie bemerkt. Dass sie lebt – wieder lebt, wie vorher. Trotzdem fühlt sich alles anders an. Sie nimmt ein Licht wahr, sonst nichts, ein Glimmen durch die dünne Haut ihrer Lider, das versucht, sie zu wecken. Endlich bringt sie die Augen auf. Ihr Mund ist trocken und der Rachen brennt, vom Sodbrennen. Sie hebt leicht den Kopf, muss sich umsehen.

Sie liegt allein in einem Zimmer im Krankenhaus. Sie kann sich noch vage daran erinnern, dass sie im OP weggedämmert ist, aber dort ist sie nicht mehr. Sie haben sie irgendwo anders hingebracht, während sie in der Narkose lag. Wie lange war sie weg? Minuten? Stunden?

Warum ist es so leise?

Sollte sie nicht etwas hören? Geräusche vom Flur, Schritte, die Räder der Betten, die vorbeigeschoben werden, Mikaels beruhigende Stimme?

Säuglingsgeschrei?

Sie versucht, sich hochzustemmen, doch der Kopfschmerz und die Übelkeit machen ihr einen Strich durch die Rechnung. Es fühlt sich an wie der schlimmste Kater der Weltgeschichte.

Ihr Bauch.

Sie legt sich wieder hin. Atmet hektisch, bekommt trotzdem nicht genügend Sauerstoff in die Lunge. Es fühlt sich an, als würde sie an ihren eigenen Atemzügen ersticken.

Sie ist aufgestochen und entleert worden, ihr Bauch, den sie so lange vor sich hergetragen hat, ist nicht mehr da. Er ist auch nicht flach, wie vor der Schwangerschaft, sondern lose, schlabbrig, als wäre er nur stellenweise mit Fäden an den Rest ihres Körpers angenäht worden.

Sie haben durch sie hindurchgeschnitten. Der neuerliche Versuch, sich aufzusetzen, bereitet ihr abermals Schmerzen. Ihr Bauch lodert, ihr Becken glüht. Als wäre sie entzweigeschnitten worden, in einer missglückten Zaubernummer.

Vor sich sieht sie den Zauberer und seine Assistentin.

Sören und Camilla.

Hat sie das geträumt? Warum sollte Camilla während der OP dabei gewesen sein? Die Narkose muss ihr einen Streich gespielt haben.

Vorsichtig betastet sie ihren Bauch. Und im selben Moment begreift sie es.

Sie kreischt laut auf.

Der Schrei hallt von den kahlen, harten Wänden wider.

Sie muss sich die Ohren zuhalten, um das Echo nicht zu hören. Trotzdem schreit sie weiter, bis es ihr schier den Hals zerreißt. Sie presst die Augen zu, um nicht zu sehen.

Plötzlich sitzt jemand auf ihrer Bettkante, zieht ihr die Hände von den Ohren weg und nimmt sie in seine.

Sie schlägt die Augen wieder auf und blickt in Sörens Gesicht. Er ist ruhig, sieht jedoch mitgenommen aus.

»Du hast es geschafft«, sagt er.

Die Zeit steht still. Sie starrt ihn nur an. Sie weiß nicht, wie lange. Doch es spielt keine Rolle, denn selbst wenn sie ihn stundenlang anstarren würde, würde sie nicht begreifen, was er da gerade gesagt hat.

»*Was meinst du?*«, flüstert sie.
»Wir hätten dich fast verloren, Lisa.«
»Und die ...?«
»Die Herztöne waren plötzlich weg. Wir haben deinen Blutdruck gerade noch runtergekriegt, ehe es zu ernsten, bleibenden Schäden gekommen wäre. Allerdings hat der rapide Druckabfall dazu geführt, dass die Sauerstoffversorgung durch die Plazenta abbrach. Du hattest eine Plazentaablösung und so was ist ernst. Wir mussten sofort einen Notkaiserschnitt durchführen.«
»Wo sind sie?«
Sören nimmt ihre Hände.
»Du hast eine Tochter bekommen, Lisa. Eine hinreißende, schöne Tochter. Sie ist kräftig und sie ist bei Mikael, ein Zimmer weiter. Du darfst sie gleich treffen.«
»Eine Tochter? Aber ...«
»Der Sauerstoff hat nur für eins von ihnen gereicht.«
»Dann ist der Junge gestorben?«
»Ja«, sagt Sören. »Es tut mir fürchterlich leid, Lisa.«
Das Herz hämmert in ihrer Brust. Sie muss schwer schlucken, um zu begreifen, was er soeben gesagt hat. Sie spürt keine Tränen, kein Gefühl, das sie je zuvor gehabt hätte. Sie fühlt sich nicht mal mehr wie ein Mensch. Sie fühlt sich wie ein Tier.
»*Du hast dich geirrt*«, kreischt sie. »*Du hättest auf mich hören müssen! Der Blutdruck wäre nach unten gegangen, wenn ihr mich in Ruhe gelassen hättet! Wenn ich einfach wieder hätte heimfahren können! Ihr habt mir zu starke Medikamente gegeben – du hast meinen Sohn getötet!*«
Sören sitzt reglos da und sitzt es aus.
»Ich ahne, was du gerade durchmachst, Lisa«, sagt er. »Wir waren in einer Notlage und da müssen wir einem

strengen Protokoll folgen. Wir haben alles getan, um dich und deine Kinder zu retten.«

»*Nein, ihr habt bloß mich und den Scheißblutdruck im Blick gehabt! Die Herztöne habt ihr überhört!*«

Mit einem Mal kommen die Tränen, ganz ohne Vorwarnung. Sie hätte noch mehr zu sagen, zu dem Hass, den sie verspürt, weil das, was passiert ist, unverzeihlich ist, doch sie sagt nichts mehr. Sie entzieht Sören lediglich ihre Hände.

»Du bekommst Hilfe«, sagt er. »Du kannst mit einer Psychologin und mit einer Sozialarbeiterin aus dem Krankenhaus sprechen. Wenn du der Meinung bist, wir hätten etwas falsch gemacht, hast du das Recht, Anzeige zu erstatten. Das hab ich auch schon zu Mikael gesagt.«

»*Ich will keine verdammte Sozialarbeiterin oder Psychologin sehen! Ich will meinen Sohn sehen! Das kannst du mir nicht verweigern!*«

Sie schließt die Augen, hält sich den Bauch, und ihr ganzer Körper bebt, während sie weint. Sie fällt, durch den Boden, durch die Erde, in einen Tunnel, der direkt in die Unterwelt und in die Hölle führt.

Die Tür geht wieder auf und Mikael kommt herein.

»*Wo ist unser Sohn?*«, flüstert sie.

Mikael setzt sich an die Bettkante, wo eben noch Sören gesessen hat.

»Sicher, dass das so eine gute Idee ist?«

»Ich muss ihn sehen, Mikael.«

Mikael steht auf und winkt jemanden vom Flur zu sich.

Sören kommt mit einem kleinen Rollwagen. Mit einem Brutkasten. Er rollt ihn neben ihr Bett. Schiebt die Hand hinein und schlägt eine Decke zurück.

Der Junge sieht aus wie ein Püppchen. Er ist klein, aber fertig entwickelt. Glatte Haut, ausgebildete Gesichtszüge. Nur die Farbe der Wangen verrät, dass etwas nicht stimmt.

Das Gesicht, das neugeboren rot sein sollte, ist kalt blau, fast grau.

Mikael stützt die Ellenbogen auf den Knien ab. Legt das Kinn in beide Hände. Er starrt in den Brutkasten, starrt das tote Baby an, das dort liegt, seinen Jungen, seinen Sohn. Der nicht mehr da ist. Lisa sieht, wie es ihn zerreißt. Wie ein Herz in tausend Stücke zerbricht.

Sie sieht erneut das Baby an. Auf der Oberlippe hat es eine Blutbeule, die aussieht wie eine große Heidelbeere.

»Was ist das?«, fragt sie. »Was hat er auf der Lippe?«

»Ein Muttermal«, antwortet Sören. »Es tut mir wahnsinnig leid, aber wir haben getan, was wir tun konnten.«

Absacker

42

Lillängen, Nacka,
in der Silvesternacht

Schon am Hang hoch zum Haus hört Lisa von drinnen Musik. Bevor sie dort abfuhr – ehe sie erfahren hat, was mit Ebba passiert war –, hatte es eine Art Stellungskrieg mit Sören gegeben. Sein Versuch der Versöhnung, das erzwungene Trinken. Mikael und Camilla hatten im Wohnzimmer neben der Stereoanlage gesessen und gelacht.

In der Zwischenzeit haben sie anscheinend einfach weiter Silvester gefeiert.

Wie in *the good old days.*

Für sie ist die Welt nicht in sich zusammengefallen.

Noch nicht.

Behutsam schiebt sie die Tür auf, damit niemand sie hört. Als sie über die Schwelle tritt, vibriert ihr Handy erneut in der Tasche. Sie wirft einen Blick auf das Display und hofft, es ist das Krankenhaus. Doch es ist Tom.

»Tom?«, fragt sie.

»Ich sitze immer noch am Rechner. Vor Mikaels Datenblatt.«

Sie war so sehr damit beschäftigt, die Sache mit den Blutgruppen zu sortieren, dass sie gar nicht an die Konsequenzen gedacht hat, an all das, was Tom sonst noch entdecken könnte. Jetzt liegen Mikaels intimste Geheimnisse offen vor ihm.

Doch das ist jetzt egal. Ihr ist egal, wie gut sie jetzt noch die Fassade aufrechterhalten kann. Ihre Bemühungen, sich vor Mikael zu stellen und die normale Familie zu spielen – all das ist nicht mehr aktuell. Ebbas Überdosis hat alles verändert.

»Ich hatte keine Ahnung, dass es ihm dermaßen schlecht geht. In der Nacht auf Silvester ... Hast du da mit Mikael in einem Bett geschlafen?«

»Mikael hat sein eigenes Nebengebäude«, sagt Lisa. »Wir schlafen schon lange nicht mehr in einem Bett.«

»Ich habe all das schon zigmal gehört und gesehen – viel zu oft«, erwidert Tom. »Viele glauben, dass Drogenabhängige auf der Straße leben, aber es gibt eine riesige Dunkelziffer. Gerade dort, wo wir es am allerwenigsten vermuten.«

»Ich kann jetzt nicht reden.«

»Lisa, hör mir zu! Du bist co-abhängig, du siehst nicht mehr klar. Der Missbrauch führt dazu, dass Leute lügen – und sich belügen lassen. Sie führen ihre nächsten Angehörigen hinters Licht. Sei vorsichtig. Du kannst dich nicht auf ihn verlassen.«

Sie drückt den Anruf weg und geht langsam die Treppe hoch. Mikaels Schlüsselbund hängt am Haken, wo zuvor seine fleckige Hose hing, ehe Ebba sie genommen hat. Sie muss den Schlüssel eingesteckt haben und ist dann mit der Hose zum Wäschekorb gegangen.

Und ihr dämmert noch etwas – dass sie falschgelegen haben könnte. Dass womöglich nicht Marlon hinter dem Einbruch im Maria Regina steckt. Dass Ebba auch anders an die Drogen gekommen sein könnte.

Sie nimmt Mikaels Schlüssel in die Hand. Dann geht sie leise wieder nach unten und verlässt das Haus. Sie geht den längeren Weg um das Haus herum, damit keiner sie sieht. Der Weg den Hang runter in Richtung See ist spiegelglatt und nass von den schweren Schneeflocken, die immer noch vom Himmel fallen. Es ist nachtschwarz draußen, und sie muss aufpassen, dass sie nicht ausrutscht.

Aus dem Dunkel taucht vor ihr die Hütte auf. Dort war sie schon lange nicht mehr. Als Mikael anfing, dort umzubauen, hatte sie das als eine Art Therapie angesehen, als etwas, womit er sich die Zeit vertrieb. Und sie verstand, dass er Zeit und einen Raum für sich allein brauchte.

Ein gutes Jahr zuvor war Ebba eines Morgens in ihrem Schlafzimmer gewesen. Unter Mikaels Kissen hatte sie eine Schachtel Citodon gefunden. Sie hatte Lisa damit konfrontiert. Sie habe den Beipackzettel gelesen, Papa dürfe damit nicht Auto fahren und dass es total krank sei, wenn es mit seinem Tablettenkonsum so weit gekommen wäre, dass er nicht mal mehr aus dem Bett käme, ohne eine Pille einzuwerfen. Sie hatte damals ihren Augen nicht trauen können. Die Schachtel war bis auf ein paar wenige Tabletten leer. Wie lange hatten die schon unter seinem Kissen gelegen? Wie hatte sie nicht sehen können, was in ihrem eigenen Schlafzimmer vor sich ging? Sobald Mikael am Nachmittag von der Arbeit kam, sprach sie ihn darauf an. Die darauffolgende Nacht war die letzte, in der sie das Bett teilten. Tags darauf zog Mikael in die Hütte und hat seither nur noch dort geschlafen.

Sie wirft einen Blick über die Schulter. Das Haus ist hinter der Steigung verdeckt, die Hütte vor Einblicken aus der Umgebung geschützt.

Sie schließt die Tür auf, macht Licht und tritt ein. Vor ihr stehen Fahrräder, auf einer Werkbank liegen Handschuhe und Ersatzteile und unterschiedliches Werkzeug. An der Wand hängt ein Poster von irgendeinem Rennen in Frankreich, daneben ein gelbes Trikot.

Eine Leiter führt nach oben in die Schlafkoje. Rechts

daneben befindet sich ein Duschraum mit Klo, etwas weiter links das kleine Arbeitszimmer.

In der Ecke hinter den Fahrrädern entdeckt sie etwas, was sie nicht zuordnen kann. Ein Bündel, ein größeres Paket, eingeschlagen in blaue Plastikfolie und mit Spannriemen umwickelt. Sie stellt die Fahrräder ein Stück beiseite, damit sie daran vorbeikommt, löst die Riemen und wickelt das Plastik herunter.

Darunter kommen ein zerlegtes Kinderbett und der Zwillingskinderwagen zum Vorschein. Im Liegeteil des Kinderwagens steht eine Trage fürs Auto. All das, was sie nie benutzt haben, was immer noch unausgepackt ist, immer noch mit den Preisschildern versehen.

Mikael hat Ebba in genau so einer Trage nach Hause gebracht, nachdem sie siebzehn Jahre zuvor die Neonatologie im Söderkrankenhaus verlassen durfte. Da hatte Ebba noch immer den Schlauch der Magensonde im Nasenloch. Dort hindurch hat Mikael sie erstmals gefüttert.

Unter dem Kinderwagen liegt ein Umschlag. Lisa nimmt ihn, öffnet die Lasche und entdeckt ihre Lex-Maria-Anzeige. Sie überfliegt die Angaben, die Mikael für sie ausgefüllt hat. Ihre Version des Verlaufs, vom Beginn der Hormonbehandlung, der Übelkeit und den Blutdruckschwankungen, dem Gespräch mit Sören, bei dem er ihnen mitteilte, er habe gute und schlechte Nachrichten, über den Ultraschall, der bestätigte, dass sie Zwillinge bekommen würden, bis zu den Routinechecks durch verschiedenste Krankenschwestern, die nie auf das hörten, was Lisa zu sagen hatte. Die letzte starke intravenöse Dosis, die dazu führte, dass ihr Blutdruck absackte wie ein Stein im Wasser, dass die Kinder nicht mehr hinreichend mit Sauerstoff versorgt und die Herztöne nicht mehr zu hören waren, dann der Notkaiserschnitt.

Sie sieht ihre Unterschriften, die Namen sind kaum mehr lesbar.

Sie haben die Beschwerde nie eingereicht, weil sie nicht mehr konnten. Sie hätten Folgefragen, Zeugenaussagen, die Erinnerung nicht länger ertragen. Es ging nur mehr darum, zu überleben, mit allem abzuschließen, nach vorn zu blicken. Doch vor allen Dingen ging es um Ebba. Und darum, wieder zu Kräften zu kommen, damit sie sich um das Kind kümmern konnten, das überlebt hatte.

Unter dem Wagen liegen weitere Sachen. Sie legt den Umschlag zurück und schiebt die Hand darunter. Zieht einen Teddy hervor und eine Tapetenrolle.

Sie hatten sich darauf geeinigt, all das zum Wertstoffhof zu bringen. Lisa beobachtete durchs Schlafzimmerfenster, wie Mikael alles in den Kofferraum lud. Er muss es sich noch auf dem Weg dorthin anders überlegt haben. Muss im Viertel umhergefahren sein, runter ans Wasser und dann alles den Hang heraufgetragen haben. Und es dann hier in der Ecke der Hütte versteckt haben.

Sie kratzt ein Stück Tesafilm ab und rollt die Tapete auf. Blau mit kleinen Ballons. Ballons an Schnüren, die zum Himmel emporsteigen.

Ihre Hände zittern, als sie alles wieder zurückpackt und die Plastikfolie darüber zurechtzieht.

Die Tür zu Mikaels Arbeitszimmer ist nur angelehnt. Wie ferngesteuert bewegt sie sich darauf zu. Sie tritt ein, stellt sich in die Mitte, lässt den Blick schweifen.

Dann sieht sie nach oben und entdeckt, dass eins der Paneele an der Decke schief sitzt.

43

Storängen, Nacka,
in der Silvesternacht

Lisa geht nicht ran.

Tom schiebt sein Handy in die Hosentasche und schließt die Tür zu seiner Wohnung auf. Purple kommt ihm auf dem Flur entgegen, doch er ist nicht mehr derselbe wie zuvor; er hat den Kopf eingezogen, bewegt sich langsam, sieht verängstigt zu ihm hoch.

Tom geht in die Hocke und nimmt seinen Hund in den Arm. Er hätte ihn nicht allein lassen dürfen.

Zusammen gehen sie ins Wohnzimmer, wo der Fernseher immer noch läuft. Durchs Fenster sieht Tom, wie fortwährend Raketen in grellen Farben gen Himmel fliegen, wo sie lautstark explodieren. Er zieht die Vorhänge zu. Er könnte sich ohrfeigen, dass er das nicht früher gemacht hat. Der Raum wird dunkel, und er knipst die Stehlampe neben dem Bücherregal an, stellt die Stereoanlage an, klickt sich auf dem Handy erneut bis zu Springsteen durch, dessen Stimme für Purple ebenso bekannt und beruhigend klingt wie die von Tom.

Dann nimmt er das Paket zur Hand, das er bei Ica-Maxi abgeholt hat, reißt das Klebeband ab und wirft das Packpapier beiseite. Mit einem kleinen Hoodie in der Hand geht er auf Purple zu und zieht ihn ihm über. Im Tierheim hat er von Thundershirts gehört, einer Art eng sitzendem T-Shirt, das dem Hund ein gesteigertes Bewusstsein für die eigenen Körpergrenzen und ein Gefühl von Sicherheit beschert. Der Hoodie – eine gebrauchte Rarität, die er für ein Vermögen von einem anderen Sammler gekauft hat – erfüllt zwar nicht ganz die Anforderungen für einen Abend wie Silvester, hat aber andere einzigartige Vorteile.

Purple legt den Kopf leicht schief und sieht ihn gleich mit ein wenig mehr Selbstsicherheit und Würde an.

»Ich weiß, dass du keine Wildkatze sein willst«, sagt Tom und krault ihn hinter den Ohren. »Aber du hast nie schicker ausgesehen, mein Freund.«

Er zieht ihn an sich und nimmt ihn erneut in die Arme. Purple legt seine Pfoten auf Toms Schultern und schleckt ihm übers Gesicht.

»Komm, du kriegst ein paar Leckerli.«

Sie gehen in die Küche, und Purple japst im Takt des Songs aus der Stereoanlage, als Tom zum Hundefutter greift, eine Schüssel füllt und damit ins Wohnzimmer zurückkehrt.

Mehr kann er heute Nacht für den Hund nicht mehr tun. Es ist ihm etwas dazwischengekommen.

Er sieht wieder aufs Handy, doch Lisa hat nicht zurückgerufen. Er wird ihren Gesichtsausdruck nie vergessen – wie sie guckte, als er Sören Isakssons Personennummer eingab und die Blutgruppe angezeigt wurde.

Aus dem Bücherregal nimmt er den unbeschrifteten Ordner, geht damit in die Küche und setzt sich an den Tisch. Er darf jetzt keine voreiligen Schlüsse ziehen, wilde Hypothesen aufstellen und seinen Gefühlen nicht die Führung überlassen. Noch ist nicht sicher, dass Sören Isaksson Ebbas leiblicher Vater ist. Sie wissen bislang lediglich, dass aufgrund seiner Blutgruppe theoretisch die Möglichkeit besteht.

Lisa hatte nie eine Präeklampsie, davon ist er überzeugt. Tom hat den Test ein zweites Mal machen lassen, sozusagen als Zweitmeinung zu seiner Zweitmeinung, und das Ergebnis war wieder das gleiche. In ihrem Blut war kein Eiweiß nachgewiesen worden, daher konnte es sich nicht um eine Schwangerschaftsvergiftung handeln. Lisa hatte tatsächlich nur Blutdruckschwankungen. Genau wie sie die ganze Zeit über behauptet hatte.

Warum Sören darauf bestand, seine Behandlung trotzdem weiter fortzuführen, hat Tom nie verstanden. Vielleicht dachte er, es wäre besser, auf der sicheren Seite zu sein, lieber unnötig Medikamente zu verabreichen als das geringste Risiko einzugehen. Tom würde es nur zu gern glauben. Aber inzwischen liegt auf der Hand, dass an der Sache irgendetwas faul war.

Es stimmt schon, Lisa ging es nicht gut, als sie schwanger war. Doch Sören wusste, dass es dafür noch eine andere, einfache und ganz natürliche Erklärung gab. Was Sören bei seinem Gespräch mit Lisa und Mikael als gute Nachricht bezeichnet hatte, war der Umstand, dass sie Zwillinge erwartete – und damals war so etwas infolge einer In-vitro-Fertilisation auch nicht komisch oder ungewöhnlich.

Als Toms und Sörens Einschätzungen sich widersprachen, entschied sich Lisa, auf Sören zu vertrauen. Tom konnte es ihr nicht verübeln. Womöglich hätte er es genauso gemacht. Nur Sören war schließlich imstande, ihr und Mikael zu dem Kind zu verhelfen, um das sie sich so lange bemüht hatten.

Als Tom sich daraufhin mit seinem Verdacht an Mikael wandte, wies der ihn umso vehementer zurück und drohte fast, ihm Gewalt anzutun. Wenn er nicht aufhörte, sich in Lisas private Gesundheitsfragen einzumischen, wenn er nicht endlich aufhörte, ihrer Beziehung in die Quere zu kommen, würde es übel für ihn ausgehen.

In dieser Ehe ist nur Platz für einen Mann.

Mikael gab ihm das Gefühl, er wäre ein Idiot, nur jemand,

der Salz in Wunden streute – als wollte er ihre Ehe torpedieren.

Doch Sören hat Lisa falsch behandelt. Das intravenöse Blutdruckmittel war zu stark und führte dazu, dass der Blutdruck zu rapide absackte. Es schädigte die Kinder im Mutterleib und führte dazu, dass plötzlich keine Herztöne mehr zu hören waren.

Ganz hinten im Ordner liegt der Totenschein. Der Junge zeigte außerhalb der Gebärmutter keinerlei Vitalfunktionen mehr. Dem behandelnden Arzt zufolge bestand kein Grund, das Baby auch noch zu obduzieren. Es bekam nie einen Namen, nur eine Personennummer, die nie für etwas nützlich sein würde, außer dass das Finanzamt und das Einwohnermeldeamt kurz damit beschäftigt wären. Die Eltern hatten auch nie einen Vaterschaftsnachweis verlangt.

Als Todesdatum war der 8. August 2002 vermerkt.

Derselbe Tag, an dem Ebba das Licht der Welt erblickte.

Alles unterzeichnet von Sören Isaksson.

In einer weiteren Plastikhülle im Ordner steckt eine Statistik des Gesundheitsministeriums. Tom zieht die gehefteten Seiten heraus und fährt mit dem Zeigefinger über die Zeilen.

In Schweden sterben bei der Geburt im Schnitt vier von tausend Kindern. 2002 waren es 5,2. Es gab in jenem Jahr zwei Erhebungen von Totgeburten, eine von Statistics Sweden und eine vom Medizinischen Geburtenregister. Erstere verzeichneten 352 Totgeburten, Letzteres 348. Eine Differenz von vier.

Tom hat sich bei einem Sachbearbeiter im Einwohnermeldeamt erkundigt, wie eine solche Differenz bei zwei identischen Erhebungen zustande kommen konnte. Die Antwort, die er bekam, lautete, dass im Ausland geborene und nicht in Schweden gemeldete Personen unterschiedlich erhoben würden und dass es nicht ungewöhnlich sei, wenn keine hundertprozentige Übereinstimmung erreicht werde. Überdies komme es hier und da auch zu fehlerhaften Einträgen in der Akte oder zu Fehlern bei der Übertragung zwischen den Datenbanken.

Eine plausible Erklärung, trotzdem nicht ganz nachvollziehbar, dass dabei gleich vier Kinder aus der Datenbank abhandengekommen waren.

Viele der verlorenen Babys starben schon vor der Geburt, zahlreiche davon aufgrund schwerer Gesundheitsprobleme der Mutter, einige starben zu Hause und ein paar wenige, deren Verlegung aus kleineren Versorgungseinrichtungen zu riskant gewesen wäre.

Dass ein voll entwickeltes Kind in einer Spezialklinik in Stockholm im Zuge eines Kaiserschnitts starb, war extrem ungewöhnlich. Noch am selben Abend hat Sören Lisa von jener anderen Frau erzählt, die an jenem Tag angeblich mit den gleichen Symptomen ins Krankenhaus gekommen war, eine Ausländerin, eine Fremde im Sozialstaat Schweden, die nie zuvor mit dem schwedischen Gesundheitssystem in Kontakt gekommen war. Eine Frau, die Krämpfe gehabt und nicht nur ihr Kind, sondern auch ihr eigenes Leben verloren hatte.

Wenn das stimmte, dann wären an ein und demselben Tag in einer der renommiertesten Frauenkliniken in ganz Europa gleich zwei Kinder bei der Geburt gestorben. Die Zeitungen hätten sich darauf gestürzt und es wäre zu internen Untersuchungen hinsichtlich der Abläufe auf der Station gekommen. Doch nichts davon ist je geschehen, soweit Tom weiß; oder kann es sein, dass ihm das damals entgangen ist?

In der offiziellen Statistik des Söderkrankenhauses sucht er nach Ebbas Geburtsdatum. Es gibt nur einen einzigen Vermerk für den Tag – ein tot geborenes Kind. Ein Junge.

Doch die Statistik enthält tatsächlich nur reine Zahlen und Fakten, keinerlei Informationen zu den Umständen eines Vorfalls oder zu den Eltern – derlei Dinge fallen unter den Datenschutz. Wenn aber stimmt, was Sören an jenem Abend erzählt hat, wären dort nichtsdestoweniger zwei Kinder und nicht nur eines vermerkt. Wie ist das zu erklären? Das Söderkrankenhaus würde in so einem Fall niemals leichtfertig schludern. Kann die Registrierung in irgendeiner Weise manipuliert worden sein? So mächtig und hochrangig Sören Isaksson auch ist – mit offiziellen Statistiken kann er doch nicht ernsthaft herumgespielt haben?

Er lügt. So muss es einfach sein.

Weil Lisas Sohn gestorben ist. Lisa hat Tom erzählt, dass sie das Kind mit eigenen Augen gesehen hat, sie hat es ihm sogar beschrieben.

Klar ist trotzdem, dass Sören etwas verheimlicht.

Nur was?

Er schiebt die Unterlagen zurück in die Hülle, schlägt den Ordner zu und tritt damit ans Bücherregal. Purple ist eingeschlafen. Im Fernseher sind die Footballteams gegeneinander angetreten, doch Tom kann sich nicht mal mehr dazu durchringen, nach dem Spielstand zu schauen.

Stattdessen sieht er empor in den Nachthimmel.

Lisa hat ihm erzählt, dass der tote Junge ein Muttermal auf der Lippe hatte, das aussah wie eine Heidelbeere.

So etwas kann durch hormonelle Veränderungen entstehen. Kann aber auch erblich bedingt sein. Soweit er weiß, hat Lisa keine Anlagen dafür. Er hat an ihr nie ein Muttermal gesehen.

Aber das ist vielleicht auch völlig unerheblich. Das Muttermal kann auch andere Ursachen gehabt haben. Es hätte sogar eine Form von Krebs sein können und dem Totenschein zufolge wurde das Kind schließlich nie obduziert.

Tom fährt sich mit beiden Händen durchs Haar, schließt die Augen, ahnt, dass er sich gerade in einem Labyrinth aus Gedanken verheddert, aus dem es keinen Ausweg gibt.

Marlon.

Er ist das Puzzleteil, aus dem Tom immer noch nicht richtig schlau wird. Dass Sören und Camilla im selben Sommer wie Lisa und Mikael ein Kind bekommen haben sollen. Dass er und Ebba sich über einen Onlinedienst kennengelernt haben, dass all dieser Mist wieder ans Licht gezerrt werden musste. War das wirklich ein Zufall?

Ihm kommt ein Gedanke – zusammengesetzt aus den einzelnen Teilen des Puzzles, die Lisa ihm anvertraut hat.

Und schlagartig ist ihm schlecht. Das ist unmöglich. Total absurd. Schlicht und ergreifend unvorstellbar. Heutzutage unmöglich durchzuführen.

Als er sich nach seinem Handy ausstreckt, zittert seine Hand. Immer noch keine Antwort von Lisa. Hoffentlich macht sie keine Dummheiten.

Sie hat ihn gebeten, weiter nach Marlon zu suchen. Immer noch kein Lebenszeichen, obwohl Tom ihm mehrere Nachrichten auf der Mailbox hinterlassen hat.

Seelenverwandte.

Lisas Stimme, die in seinem Schädel widerhallt. Ihm dämmert, dass er diese Angelegenheit jetzt nicht beiseitewischen kann, nicht jetzt, nicht für den Rest dieser Nacht, womöglich nicht für den Rest seines Lebens.

»Wo zur Hölle steckst du, Marlon?«, denkt er laut. »Wenn das Mädchen, das du liebst, im Krankenhaus liegt und um sein Leben kämpft?«

Er stellt die Musik lauter, damit die sporadischen letzten Silvesterraketen drinnen nicht zu hören sind. Dann schleicht er zurück auf den Flur, zieht sich seinen alten, dicken Hoodie über, schlüpft in seine Schuhe und verlässt die Wohnung. Als er die Treppe hinunterläuft, muss er wieder daran denken, was die Notärztin im Söderkrankenhaus gesagt hat – Lisa und er waren zu aufgewühlt, um der Sache irgendeinen Wert beizumessen.

Das Mädchen, das sich um Ebba gekümmert hatte, als die Ambulanz kam, berichtete, dass Ebba auf einer Tanzfläche zusammengebrochen sei; dass sie nackt gewesen sei und kaum noch geatmet habe. Irgendwo in Storängen ...

Wenn sie nackt war, war sie zuvor unter Garantie allein mit ihrem Freund gewesen.

Noch an der Haustür greift er zu seinem Handy.

Jessica Möller meldet sich sofort.

»Doktor Tom Abrahamsson hier. Ich war vorhin mit Lisa Kjellvander bei Ihnen im Krankenhaus. Ich bräuchte von Ihnen bitte eine Information zum vorangegangenen Notarzteinsatz.«

44

Lillängen, Nacka,
in der Silvesternacht

Auf dem Fußboden von Mikaels Arbeitszimmer in der Hütte liegt all das, was Lisa durch das Loch in der Decke ertastet hat. Ihre Sporttasche, die Chipkarte, Schachteln mit unterschiedlichen Oxycodon- und Methadonpräparaten und Instanyl-Nasenspray. Jede der Schachteln ist mit den Buchstaben MR und einem Zifferncode gekennzeichnet.

MR für Maria Regina. Die Ziffern, damit Ordnung in ihrem System herrscht, die Kennzeichnung hat sie selbst eingeführt, um sich die Inventur zu erleichtern, um die Regeln einzuhalten und die Sicherheitsauflagen, die für derlei Medikamente gelten.

Sie nimmt eine der Instanyl-Schachteln, zieht sie auf und zieht das braune Glasfläschchen mit dem Pumpaufsatz heraus. Es wirkt in Windeseile und wird nur Patienten verabreicht, die unvermittelt starke Schmerzen haben, was trotz der Vergabe von Morphium mitunter passiert. Wenn man das Mittel Patienten verabreicht, die nicht an andere schmerzstillende Opiatpräparate gewöhnt sind, erhöht sich das Risiko einer lebensbedrohlichen Verlangsamung der Atmung; wenn jemand jedoch beispielsweise regelmäßig Citodon einnimmt, kann das Medikament einen positiven Effekt haben, sofern man vorsichtig vorgeht. Der Wirkstoff Fentanyl blockt Schmerzen effektiv, sowohl physische als auch psychische. Der Stress des Patienten lässt nach und er wird wieder wesentlich ruhiger.

Die Dosierung, mit der man üblicherweise startet, ist ein Hub in ein Nasenloch, sobald der Patient an Durchbruchschmerzen leidet. Wenn diese Schmerzen irgendwann binnen zehn Minuten nicht mehr abklingen, verabreicht man zusätzlich einen Hub ins zweite Nasenloch. Danach muss man mindestens vier Stunden warten.

Bei einer versehentlichen Überdosierung sind die ersten Symptome Benommenheit, Schläfrigkeit, verringerte Körpertemperatur, verlangsamter Herzschlag und beeinträchtigte Koordination der Extremitäten; in schweren Fällen führt sie zu Atembeschwerden oder sogar zum völligen Atemstillstand, was wiederum ein Koma zur Folge hat und lebensbedrohlich ist. Im Hospiz lauschen sie aufmerksam der Atmung schwer kranker Patienten. Sowie ein Rasseln zu hören ist, endet die Behandlung sofort.

Fentanyl darf Kindern und Jugendlichen unter achtzehn Jahren nicht verabreicht werden.

Sie muss an den Abend und an ihr Abendessen zurückdenken. Mikaels anfangs auffällig kontrollierte Ruhe, als er die Anzeige online erstattete, die Gespräche am Esstisch, im Schlafzimmer, jener aufrichtige Moment um Mitternacht, als sie miteinander allein waren, als sie draußen Hand in Hand dastanden und dem Feuerwerk zusahen.

Mir tut alles so leid.

Wie lange ist sie schon so blind? Sieht weg, um sich selbst und ihre Familie zu schützen und weil sie sich schuldig fühlt?

Mikael ist die Opioid-Leiter hinaufgestiegen. Es fing an, als Ebba zur Welt kam und Lisa so krank wurde, dass sie nicht mal mehr aus dem Bett kam. Inzwischen hat er die oberste Sprosse erreicht. Fentanyl ist das Einzige, was ihn noch beruhigen kann. In gewisser Hinsicht hat Mikael trotzdem die Kontrolle über sein Leben behalten, und genau das war so irreführend. Dass er derart starke Drogen zu sich nahm, erklärt auch, warum er beschloss, nicht mehr Auto zu fahren. Es erklärt, warum sie ihn oft als benebelt wahrnahm, dass er tagsüber nur mehr vor sich hindämmerte und Dinge in seiner Umgebung nicht mehr zur Kenntnis nahm. Doch es ist eben nicht so, wie die meisten über Abhängige denken – dass sie ein Schattendasein führen und unter der Brücke leben. Mikael ist in dem Leben, das er sich selbst eingerichtet hat, immer noch voll funktional und zu eigenverantwortlichen Handlungen imstande. Er hat seinen Job als Solounternehmer und ist als solcher niemandem gegenüber Rechenschaft schuldig. Doch die Sucht hat ihn immer manipulativer gemacht. Nicht er kontrolliert die Drogen, die Drogen kontrollieren ihn.

Du kannst dich auf ihn nicht verlassen.

Mikael hat denselben Verlust erlitten wie sie. Nur hat er sich nie wieder davon erholt. Er lebt in den Nächten, starrt in die Finsternis.

Auch Lisa war dort – in dieser Finsternis. Sie weiß, wie endlos sie ist. Kein Mensch ist jemals darauf vorbereitet, ein Kind zu verlieren. Auf so etwas reagiert jeder anders. Die Liebe zu Ebba hat Lisa schlussendlich wieder aufgerichtet. Doch sie reichte nicht, um auch Mikael zu retten.

Warum? Wie konnte er die Dunkelheit vorziehen?

Die körperlichen Symptome – die Rückenschmerzen, der Burn-out, die Diagnose ADHS, die Rastlosigkeit, die zappeligen Beine –, all das war zu viel und hätte womöglich jeden in die Sucht getrieben.

Dass Mikael sie hintergangen hat, ist ein Faktum. Er hat sie belogen, sie bestohlen, an ihrem Arbeitsplatz ein Verbrechen begangen. All das sollte sie ihm verzeihen können –

doch Ebba kämpft derzeit um ihr Leben, und der Grund dafür ist er. Das kann sie ihm niemals verzeihen.

Wenn sie jetzt die Polizei riefe und alles erzählte, würde Mikael verhaftet. Vermutlich würde er verurteilt werden, medizinische Hilfe bekommen, womöglich sogar in eine Entzugseinrichtung überstellt.

Und dann?

Wenn sie die Scheidung einreichte – wie würde ihr Leben anschließend aussehen? Falls Ebba überlebt. Falls sie stirbt. Falls sie bleibende Schäden zurückbehält.

Doch Mikael ist nicht der Einzige, der sich schuldig gemacht hat. Sören war verantwortlich für die Insemination. Er war der Einzige, der wusste, mit wessen Samen ihre Eizellen befruchtet wurden. Mikael und Sören hatten immer wieder vertrauliche Gespräche unter vier Augen. Hat Mikael eingewilligt, dass Sören sein eigenes Sperma einsetzen durfte?

Ihr wird schwarz vor Augen. Sie muss die Lider zukneifen und tief durchatmen, um sich nicht wieder zu übergeben.

Erst diese elende künstliche Befruchtung. Dann der erzwungene Notkaiserschnitt. Es war nicht nur ein Übergriff, dem sie ausgesetzt war. Es waren zwei.

Was Sören ihr angetan hat, war die schlimmste Form einer Vergewaltigung. Am helllichten Tag, im Schutz der Öffentlichkeit, der Institution.

Ihr fällt wieder ein, was Tom gesagt hat – dass eine Blutgruppe nicht alles erklärt. Von Sörens Vaterschaft würde sie sich nur mittels DNA-Test versichern können. Ein Vaterschaftstest würde möglicherweise auch rechtliche Folgen nach sich ziehen. Doch Lisa bezweifelt, dass die ganze Geschichte – wie Ebba zur Welt kam und wie ihr eigenes Leben und ihre Ehe zerbrachen – Einfluss auf ein potenzielles Strafmaß haben würde.

Für das, was er getan hat, kann keine Strafe der Welt ausreichend sein.

Und sie braucht auch gar keinen Vaterschaftstest. Es ist kein Zufall, dass Ebba die gleiche Blutgruppe hat wie Marlon und Sören. Die Art und Weise, wie Sören sie ansieht, wie er über sie spricht ... Er weiß, dass sie seine Tochter ist.

Und wenn Sören es weiß, dann weiß es Camilla ebenfalls. Weil sie dabei war. Die ganze Zeit über war sie dabei.

Wenn Ebba heute Nacht überlebt – was für ein Tag wird der morgige dann werden?

Dies alles kann Lisa der Polizei nicht erzählen. Sie kann es niemandem erzählen. Es würde Ebbas Leben zerstören. Und Lisa hat bereits ein Kind verloren.

Die Wahrheit würde sie niemals freimachen, kein einziges ihrer Probleme lösen, ganz im Gegenteil, die Wahrheit hätte das Potenzial, alles zunichtezumachen, selbst das letzte bisschen, was ihr noch bleibt.

Sie denkt an die Zeit zurück, in der sie selbst in Ebbas Alter war, in der sie selbst die eine oder andere Dummheit gemacht hatte, in Situationen, in die andere sie hineingezogen hatten, woraufhin ihr Vater seine Hände auf ihre Schultern legte und sie schüttelte. Ihr sagte, dass sie listiger sein müsse, wenn Jungs sie in eine solche Lage brächten.

Sie kann nicht länger den Kopf in den Sand stecken.

Sie greift zu einem der Medikamente aus dem Haufen. Bricht ein paar von den dunkelrosa Kapseln auf und kippt das Pulver in eine leere Schachtel, die sie sich in die Tasche schiebt.

Dann steht sie auf und geht.

45

Durchs Fenster zum Wohnzimmer im Obergeschoss kann sie die beiden sehen: Mikael und Camilla, die miteinander reden, jeder von ihnen mit einem Glas in der Hand.

Sie geht auf den Pool zu und macht die Gurte der Persenning los. Sie flattert im Wind auf, als Lisa sie beiseitezieht. Ein bisschen Wasser liegt auf der neuen durchsichtigen Glasabdeckung, die den leeren Pool überspannt. Darunter liegt die Poolbeleuchtung. Die Illusion wird perfekt, sobald sie die Lampen anschaltet.

Sie sieht wieder nach oben, doch Mikael und Camilla haben nicht reagiert, sondern unterhalten sich weiter.

Sie nimmt die Stufen an der Außenwand bis hoch zur Terrasse und stellt sich vor die Schiebetüren, die ins Wohnzimmer führen. In der Scheibe sieht sie ihr Spiegelbild, wie doppelt belichtet, die Frau, in die sie sich verwandelt hat. Sie ist die Einzige, die über alles Bescheid weiß, die Einzige, die weiß, was als Nächstes passiert.

Sie sieht die Entschlossenheit in ihrem Blick, eine nie geahnte Kraft. Endlich weiß sie, wozu sie imstande ist.

Sie weigert sich, weiter das Opfer zu sein.

Als Camilla sie hinter der Scheibe entdeckt, zuckt sie heftig zusammen. Auch Mikael reagiert und dreht sich um. Er sieht sie lange an, als erkennte er sie nicht wieder. Als verstünde er nicht, warum sie dort steht. Er dreht sich zur Stereoanlage um und stellt sie ab. Dann kommt er auf sie zu und schiebt die Glastür auf.

»Warum kommst du denn hier rauf?«, will er wissen.

Sie klopft sich den Schnee von der Jacke und tritt ein. Mikael lässt sie nicht aus den Augen.

»Ich bin unten am Wasser gewesen«, sagt sie. »Musste den Kopf freibekommen.«

»Du warst aber lange weg«, stellt Camilla fest. »Alles okay im Maria Regina?«

»Ja«, antwortet Lisa. »Ich glaube, wir können jetzt einen Schlussstrich darunter ziehen. Zumindest bis morgen.«

»Schön«, sagt Mikael. »Willst du noch was trinken?«

Er selbst ist ziemlich betrunken, auch wenn die meisten es ihm nie anmerken würden. Ob es daran liegt, dass er den Alkohol mit etwas anderem ausgleicht, oder ob er schlicht und ergreifend daran gewöhnt ist, könnte sie nicht sagen. Es spielt aber auch keine Rolle. Fentanyl hat er jedenfalls nicht intus. Nicht in dieser Nacht, nicht heute Nacht, noch nicht.

»Ist nicht noch etwas von dem Birnenkognak übrig, den ich so gern mag?«, fragt Lisa. »Du auch, Camilla?«

»Ach, warum nicht?«

»Bleib hier«, sagt Mikael.

»Nein, ich komme schon zurecht«, sagt sie. »Du hast die Musik ausgemacht, das wäre doch nicht nötig gewesen. Kannst du nicht irgendwas auflegen, was mir gefällt?«

»Klar, natürlich«, sagt Mikael.

In der Küche entdeckt Lisa ein leeres Rotweinglas auf der Arbeitsplatte, an der Sören gestanden hat. Sie sieht die Abdrücke seiner Lippen an der Kante. Seine DNA.

Sie geht an den Barschrank, nimmt sich die Kognakflasche und frische Gläser.

Aus den Boxen dringt wieder Musik. Mikael und Camilla gesellen sich zu ihr.

»Wo ist denn Sören?«, fragt Lisa.

»Er war müde und wollte sich unten im Fernsehzimmer

kurz hinlegen«, erklärt Camilla. »Wir sind bei der Taxizentrale nicht durchgekommen.«

»Na, so bleibt mehr für uns übrig«, sagt Lisa.

Sie dreht ihnen den Rücken zu, damit sie nicht sehen, wie das schnell wirkende Pulver aus den Kapseln in den Kognak rieselt.

Dann drückt sie Mikael und Camilla je ein Glas in die Hand und nimmt sich selbst ein Wasser.

»Ist wirklich alles okay?«, fragt Mikael erneut.

»Ja«, antwortet Lisa. »Hat sich Marlon bei dir gemeldet, Camilla?«

»Nein, aber das habe ich auch nicht erwartet.«

Sie nimmt einen Schluck.

»Und was machen wir jetzt?«, fragt Mikael.

»Ich dachte mir, wir könnten eine Runde im Pool drehen«, schlägt Lisa vor.

Mikael nimmt einen Schluck und muss lachen.

»Der Pool ist eingemottet«, entgegnet er.

»Tja, ist er nicht.«

»Was? Aber die Persenning liegt doch seit Wochen darüber, wenn nicht schon seit Monaten.«

Lisa zuckt mit den Schultern.

»Ist das dein Ernst?«, hakt Mikael nach. »Du meinst, der Pool ist immer noch befüllt und beheizt?«

»Ich hab die Persenning drübergezogen, ja, aber den Rest hab ich nicht mehr geschafft«, sagt sie. »Ich wollte eigentlich nichts sagen, weil du nur wütend geworden wärst.«

»Verdammt, die Stromrechnung wird gesalzen!«

»Aber vielleicht passt es ja trotz allem – ihr wolltet doch schwimmen gehen?«

Sie greift zu dem Haken an der Wand, an dem die Fernbedienung für die Beleuchtung hängt. Mit einem Tastendruck flammt die ganze dunkle Rückseite ihres Grundstücks auf.

Der Pool schimmert hellblau und Mikael starrt mit offenem Mund durchs Fenster.

»Das hast du also da draußen gemacht«, sagt er. »Du hast die Persenning abgezogen.«

»Genau.«

»Dann will ich jetzt diesen Schwalbensprung von der Terrasse sehen, Mikael«, sagt Camilla. »Denk daran, wir haben gewettet!«

»Du hast doch gar keine Badesachen dabei?«

Mikael sieht Camilla an und lacht.

»Ist doch egal«, sagt Lisa.

»Das wäre so cool!«, ruft Camilla.

»Es ist schweinekalt«, wendet Mikael ein. »Und du willst nackt baden?«

»Dann machen wir das auch, Mikael, oder?«, sagt Lisa. »Der Gast ist ja wohl König!«

»Stellt euch Sören vor, wenn der aufwacht und uns nackt draußen im Pool sieht!«

Camilla lacht und nippt erneut an ihrem Drink. Sie starrt ihr Glas an, sieht, wie wenig noch übrig ist, und kippt kurzerhand auch den Rest in sich hinein.

Auf Sörens Reaktion freut sich Lisa am meisten.

»Gott«, sagt Camilla, »der hat aber Umdrehungen!«

»Ich stelle die Sauna an«, sagt Lisa, »dann können wir uns anschließend aufwärmen.«

Mikael beäugt sie misstrauisch, will seinen Ohren nicht recht trauen.

»Du willst doch wohl jetzt nicht kneifen, Mikael?«, fragt Camilla. »Denk an unsere Abmachung!«

Sie lallt leicht.

»Warst nicht du es, Mikael, der meinte, wir sollten heute Abend ein bisschen *wild and crazy* sein?«, fragt Lisa. »Und dass ich die Frau sein sollte, die du einst geheiratet hast?«

Er zieht die Augenbrauen hoch.

Lisa hält seinem Blick stand, weiß, was er jetzt denkt – Mikael kann zu keiner Herausforderung Nein sagen.

»Von mir aus gern«, sagt er.

Dann leert auch er sein Glas. Als er es wegstellt, verzieht er leicht das Gesicht. Dann sieht er erneut Lisa an.

»Was?«, fragt sie.

»Der hat ein bisschen komisch geschmeckt.«

»Ach«, sagt Camilla. »Kommt jetzt, gehen wir schwimmen!«

Sie packt ihn am Arm und zieht ihn ins Wohnzimmer.

»Alles Chemie«, sagt Lisa.

Mikael bleibt wie angewurzelt stehen und dreht sich zu ihr um.

»Was hast du gesagt?«

Er neigt den Kopf leicht zur Seite, versucht, zu begreifen, was hier gerade vor sich geht. Warum er sich plötzlich so schläfrig fühlt. Er dürfte den Geschmack des Oxycodons wiedererkannt haben. Genau wie er das benebelt-euphorische Gefühl wiedererkennen sollte. Der Wirkstoff darf nicht mit Alkohol zusammen eingenommen werden.

»Warum trinkst du eigentlich nichts?«, fragt er.

Auch er lallt inzwischen.

»Ich wollte nur ein bisschen Wasser.«

»Und warum zitierst du meine Hochzeitsrede?«

»Fiel mir wieder ein, als ich draußen war. Mikael glaubt nicht an Gott, Camilla. Das hat er bei unserer Hochzeit allen klar zu verstehen gegeben. Er glaubt nicht an ein Leben nach dem Tod. Wenn wir sterben, zersetzen wir uns und vermischen uns mit der Erde und verwandeln uns in Nahrung für die Würmer. So ist es vorgegeben – nicht von einem Gott, nicht durch den Menschen, sondern von den Gesetzen der Naturwissenschaft. Jede Vibration, jede klitzekleine

Einheit Energie, die aberhundert Trillionen Partikel, aus denen wir bestehen, werden umgewandelt und leben in anderer Gestalt weiter.«

»Nur die Liebe kann nicht erklärt werden«, sagt Mikael. »Sie kann nicht erschaffen und auch nicht zerstört werden.«

Er lächelt. Eine Träne löst sich aus seinem Augenwinkel und läuft ihm über die Wange.

Lisa hört ihre Stimmen von der Terrasse. Sie geht ein paar Schritte nach vorn, damit sie einander sehen können. Mikael und Camilla stehen splitternackt oben, Kälte und Nacktheit scheinen ihnen nichts auszumachen, der Oxycodon-Rausch beflügelt sie, sie sind völlig entspannt.

Mit einem Trommelwirbel setzt ein neuer Song aus der Stereoanlage ein. Er klingt wie ein Maschinengewehr. Dann ein Gitarrenriff, und der Bass legt los.

»Stellt euch aufs Geländer«, ruft sie von unten. »Ich will einen schönen Tandemsprung sehen!«

Mikael ist als Erstes oben.

»Und du, Lisa?«, ruft Camilla. »Warum hast du immer noch deine Klamotten an?«

»Stell dich aufs Geländer, Camilla. Ihr zwei habt zusammen gewettet. Ich komme gleich nach.«

Mikael streckt Camilla die Hand entgegen, zieht sie hoch und hat einige Mühe, das Gleichgewicht zu halten.

Lisa summt leise den Song vor sich hin. Sie kennt jedes Wort, jeder Satz ist nur für sie bestimmt, jeder Taktschlag treibt sie an.

»Auf drei!«

»Okay, okay«, ruft Mikael.

»Eins!«

»Zwei!«

»Drei! *Springt!*«

Sie halten einander an den Händen, als sie abspringen. Lisa sieht jede Bewegung, das krampfhafte Aneinander-Festhalten, wie der jeweils freie Arm hochgerissen wird, das Abstoßen der Füße, die verzerrten Gesichter. Langsam drehen sie sich in die Waagerechte.

Die Glasscheibe bricht unter ihrem Gewicht und die Scherben drillen sich ihnen in Bauch und Hals. Blut spritzt nach oben weg. Dann gleiten die Körper sanft durch die Splitter und landen mit einem dumpfen Aufprall am Grund des Poolbeckens. Ein paar letzte Scherben regnen auf sie hinab.

Lisa macht einen Schritt vor und stellt sich an den Beckenrand.

Mikael und Camilla liegen ineinander verschlungen, reglos und still auf dem Beckengrund. Blut färbt die kleine Pfütze, in der sie gelandet sind, rosarot.

46

»*Camilla!*«

Sören ist vom Splittern des Glases aufgewacht. Er kommt aus dem Fernsehzimmer gerannt, hält sich den Kopf, starrt in den Pool. In seinen Augen steht das blanke Entsetzen.

Er sinkt auf die Knie, starrt fortwährend auf die leblosen Körper hinab, die dort unten inmitten von Glasscherben und Blut liegen.

Dann springt er jäh auf, rennt zur anderen Seite des Pools, klettert die Leiter hinunter, springt das letzte Stück auf den Beckengrund und stürzt auf die Leichen zu. Es knirscht unter seinen Füßen und er rutscht in der blutigen Wasserlache rund um die beiden aus. Als er Camilla bei den Schultern packt, um sie auf den Rücken zu drehen, quillt ein Schwall Blut aus ihrem Mund. Ihre Augen sind weit aufgerissen, der Blick ist leer.

Sören streift die Manschettenknöpfe ab und krempelt sich eilig die Ärmel seines Smokinghemds hoch. Er legt eine Hand auf Camillas Brustkorb und zwei Finger an ihre Halsschlagader. Beginnt mit einer Herzdruckmassage. Doch es kommt nur noch mehr Blut. Er kriecht über Camilla hinweg und versucht es bei Mikael. Doch Mikaels Körper reagiert ebenso wenig.

Sören brüllt in die Nacht hinaus – ein fürchterliches Geräusch.

Er steht auf, dreht sich um, starrt Lisa an. Seine Brust hebt und senkt sich unter der gewaltsamen Atmung. Sein

Hemd ist blutbesudelt. Die Hosenträger baumeln von seinem Hosenbund hinab.

»*Was hast du getan?*«

Sie geht ein Stück näher, bleibt einen Meter vom Beckenrand entfernt stehen.

»Du hast es doch selbst gesagt«, erwidert Lisa. »Camilla nimmt jede Gelegenheit zum Baden wahr. Und sie hat keine Angst vor großer Höhe.«

»Aber wie konnten sie ...«

»Du hast gehört, wie ich es gesagt habe, oder? Dass der Pool längst winterfest gemacht worden ist. Leider haben sie nicht auf mich gehört.«

Sören ringt um Fassung. Er starrt sie an, als wäre sie ein Gespenst, eine Erscheinung aus seinen schlimmsten Albträumen.

»Mikael hat die Medikamente aus dem Hospiz gestohlen. Und Ebba hat Fentanyl zu dieser Party mitgenommen. Sie liegt auf der Intensivstation und kämpft um ihr Leben.«

»*Was sagst du da?*«

Seine Stimme bricht.

»*Ebba liegt auf Intensiv?*«

»Ja«, sagt Lisa, »und das ist alles deine Schuld.«

Sörens Blick flackert. Huscht zwischen den Leichen am Beckengrund und Lisa hin und her. Er atmet ruckartig und sieht aus, als könnte er jeden Moment einen Herzinfarkt erleiden.

»*Du bist verrückt, Lisa!*«, kreischt er. »*Du hast ihnen eine Falle gestellt! Du hast sie umgebracht!*«

»Ebbas Krankenakte hat das Rätsel gelöst. Ebbas Blutgruppe – Mikael kann unmöglich ihr leiblicher Vater sein. Du hast es die ganze Zeit gewusst. Und keinen Ton gesagt.«

Er versucht, die Tragweite all dessen zu erfassen, was

gerade passiert ist, versucht, zu überlegen, was die Konsequenzen sein könnten.

»*Du hast eine Panikattacke. Du musst dich beruhigen! Wir müssen den Notarzt rufen! Wir müssen Camilla und Mikael aus dem Pool rausholen!*«

Er stürzt auf die Leiter zu und klettert wieder nach oben.

»Mein Handy«, keucht er, »es muss drinnen auf dem Sofa liegen.«

»Sie sind tot, Sören«, sagt Lisa. »Genau wie mein Sohn.«

Sören bleibt in der offenen Tür zum Fernsehzimmer stehen.

»Dein Sohn?«, fragt er. »Wovon redest du?«

»Ich rede von meiner Schwangerschaft – von der Geburt des Jungen, der gestorben ist, und dem Mädchen, das überlebt hat. Heute Nacht im Krankenhaus, wo Ebba liegt, habe ich erfahren, dass die Kinder, mit denen ich schwanger war, nicht von Mikael sein konnten. Und dass sie möglicherweise von dir sind.«

»Das ist doch Irrsinn!«

»Mikael muss gewusst haben, dass Ebba nicht seine Tochter war. Dass du ihn derart betrogen hast, hat ihn um den Verstand gebracht. Du hast den Mann, den ich geliebt habe, in einen rettungslosen Junkie verwandelt. Dein Betrug und seine Sucht haben zu Ebbas Überdosis geführt.«

Sören geht langsam auf sie zu.

Lisa nimmt ihr Handy hoch, um einen Notruf abzusetzen.

»Ich rufe jetzt die Polizei. Du wirst ihnen einiges erklären müssen.«

Sören macht eine beschwichtigende Geste.

»Lisa, ich bitte dich, komm zur Besinnung!«

Sie schüttelt den Kopf, will nicht auf ihn hören, will nicht hören, was er noch zu seiner Verteidigung zu sagen hat.

»Du hast mich mit deinem Sperma befruchtet.«

Sören starrt sie an, während er gleichzeitig seine Hose zurechtzieht und die Hosenträger abknöpft.

Lisa schluckt trocken, versucht, die Besorgnis und die Angst, die sekündlich in ihr anwachsen, zurückzudrängen. Sören starrt sie nur mehr eiskalt an. Ihr Blick huscht zum Handydisplay und sie wählt die Nummer der Polizei.

Sören macht einen langen Schritt auf sie zu und sie reagiert nicht schnell genug. Die Hosenträger schlingen sich um ihren Hals. Sören zieht an den Enden und die elastischen Bänder schnüren ihr die Pulsadern ein, quetschen Haut und Muskeln zusammen, nehmen ihr die Luft.

Das Handy rutscht ihr aus der Hand. Sie versucht noch, die Schlinge von ihrem Hals fernzuhalten, doch Sören ist so viel größer als sie, so viel stärker, und sie kriegt keine Luft mehr. Sie kann ihm nichts mehr entgegensetzen, als er sie in Richtung Haus zerrt.

Ihr wird schwarz vor Augen. Sie spürt nichts mehr außer ihren Fersen, die über den Boden schleifen.

Dann ein merkwürdiges Geräusch. Jemand rempelt sie an und Sörens eiserner Griff um ihren Hals lockert sich. Sie stürzt zu Boden, schnappt nach Luft, und irgendwo neben ihr kommt es zu einem Handgemenge. Sie zwingt die Lider auf, sieht die Deckenbeleuchtung des Fernsehzimmers, und eiskalter Wind fegt durch die offene Tür über sie hinweg. Sie fasst sich an den schmerzenden, brennenden Hals, hustet, holt ein paarmal tief Luft.

Noch immer am Boden dreht sie sich um.

Ein Mann fixiert auf Knien Sörens Schultern und schlägt ihm mit geballten Fäusten ins Gesicht. Sören wehrt sich, tritt mit den Füßen und versucht, ihn von sich herunterzuwälzen. Doch der Mann bleibt sitzen. Landet einen entfesselten Schlag nach dem anderen gegen Sörens Kopf.

Sein Rücken und die Kapuze sind mit Schnee bedeckt.

Die Bewegungen sind rasend, wutentbrannt, als er gegen Sören ankämpft, als er sich für sie prügelt. Unter dem Schnee ist die Kapuze zerschlissen und lila. Dieses spezielle Lila, das sie auf einen Blick wiedererkennt als die Farbe seines geliebten Footballteams.

Sören bekommt ein Kabel zu fassen, das zu ihrer Stehlampe führt, und zieht daran. Als er den Lampenfuß aus schwarzem Marmor erwischt, kreischt Lisa: »*Tom, pass auf!*«

Aber die Warnung kommt zu spät. Die massive Platte trifft Tom an der Schläfe und er geht schwer zu Boden. Sein Körper macht eine halbe Drehung, Tom fasst sich an den Kopf, an die Stelle über dem Ohr, wo ihn der Schlag getroffen hat.

Sören robbt von Tom weg, dreht sich um, lehnt sich mit Rücken und Hinterkopf gegen das Sofa. Sein Gesicht ist hochrot, die Lippen aufgeplatzt, und Blut sickert ihm aus beiden Nasenlöchern. Der Blick ist immer noch derselbe wie in jenem Moment, als er Lisa draußen am Pool regelrecht hypnotisiert hat, voller Entschlossenheit und Hass.

»Du hast immer noch nichts begriffen«, sagt er.

Sören sieht sich nach einem Fluchtweg um. Draußen schneit es jetzt heftig. Es ist pechschwarz und totenstill.

»Sieh dir an, was du angerichtet hast, Lisa. Zwei Tote. Die sperren dich für den Rest deines Lebens in die Geschlossene. Glaub mir, dafür sorge ich.«

Lisa steht auf, versucht, sich zwischen Sören und die Tür zu manövrieren. Sie wird nicht zulassen, dass er davonkommt. Lieber stirbt sie.

»Was habe ich nicht begriffen?«, fragt sie.

»Diejenige, die hier schuld an allem ist, bist du, Lisa. An allem.«

Sie blinzelt eine Träne weg. Schüttelt den Kopf, schluckt trocken. Sie darf nicht hinnehmen, dass er sie schon wieder manipuliert.

Sören kommt schwankend auf die Beine und macht einen Schritt auf sie zu.

»Camilla war deine Freundin. Sie hat dich um einen Gefallen gebeten. Wenn du nicht so egoistisch gewesen wärst, wäre nichts von alledem passiert.«

Ihr schießt Camillas Vorschlag von ihrem Spaziergang im Djurgården durch den Kopf. Nicht zum ersten und sicher nicht zum letzten Mal.

»Camilla hat versucht, sich umzubringen, wusstest du das? Ich habe es in letzter Sekunde verhindert.«

»Ihr habt doch eine Leihmutter gefunden«, sagt Lisa. »Ihr habt Marlon bekommen.«

Lachend schüttelt Sören den Kopf.

»Du glaubst, du wüsstest, wie alles gelaufen ist«, entgegnet er. »Aber ich sehe es dir an. Du hast immer noch nichts verstanden.«

Er kommt auf sie zu, mit der wuchtigen, schweren Lampe in der Hand.

»Wo ist Marlon?«

Lisa schüttelt den Kopf und weicht vor ihm zurück.

»Ich frag dich das nur ein einziges Mal.«

Sören nimmt die Lampe in beide Hände.

»Es ist in deinem eigenen Interesse, mir jetzt zu sagen, wo er steckt, Lisa. Auf der Stelle.«

»Wenn du die weglegst ...«, sagt Tom plötzlich.

Er steht auf, kommt auf sie zu, hält sich immer noch den Kopf.

»... dann sag ich dir, wo er ist.«

»Woher willst du das denn wissen?«, fragt Sören. »Hast du mit ihm gesprochen?«

»Nein, aber ich habe mit der Notärztin auf der Intensiv gesprochen und gefragt, wo sie Ebba abgeholt haben. Ebba ist nackt auf die Tanzfläche getaumelt und hatte dort einen

Atemstillstand. Das haben sie uns erzählt, weißt du noch, Lisa? Und wenn sie nackt war, dachte ich mir, war sie wahrscheinlich vorher in irgendeinem Zimmer mit ihrem Freund zusammen. Und wenn Marlon so verliebt in sie war, hätte er sie doch wohl nicht einfach so laufen lassen, oder? Und wenn Ebba Fentanyl genommen hat, würde ich wetten, dass Marlon das Gleiche gemacht hat. Was bedeutet, dass du keine Zeit zu verlieren hast.«

»Wo ist er?«, fragt Sören.

»Leg erst die Lampe weg.«

Sören lässt sie fallen, dreht sich zu Tom um, reißt die Hände hoch.

»Und jetzt erzähl Lisa, was genau du getan hast«, sagt Tom.

Sören presst die Lippen zusammen und schüttelt den Kopf.

»Sag mir, wo Marlon ist. Du hast gerade selbst gesagt, dass ich keine Zeit verlieren darf.«

»Sag Lisa, was sie nicht begriffen hat.«

»Ich warne dich, Tom! Du hast fünf Sekunden!«

»Lisa weiß nicht, wo Marlon ist. Wenn du mich noch mal mit diesem Ding schlägst, wirst du es nie erfahren.«

Nichts scheint ihn dazu zu bringen, es ihnen zu erzählen. Anscheinend ist Sören bereit, die Wahrheit und seine ganze Familie mit ins Grab zu nehmen.

»Irgendeine fremde Frau aus einem anderen Land zu kontaktieren, stand nie zur Debatte, nicht wahr?«, hilft Tom ihm auf die Sprünge. »Das wäre weder für dich noch für Camilla gut genug gewesen.«

»*Tom, hör auf!*«, schreit Lisa. »*Sag einfach, wo Marlon ist!*«

»Denk nach, Lisa! Du bist zum Routinecheck gegangen. An deinen Werten war nichts groß verkehrt. Sören hat deinen Zustand selbst heraufbeschworen. Dann hat er dich zu einem verfrühten Kaiserschnitt gezwungen – weil er an diesem Abend seine Chance gewittert hat.«

»*Hast du mich in diesen Zustand versetzt?*«

Lisa starrt ihn an. All die Jahre, in denen sie wieder und immer wieder darüber nachgegrübelt hat. Die Medikamente, die er ihr gegeben hat und von denen sie so müde wurde, dass sie kaum noch aus dem Bett kam. Die intravenöse Dosis des Blutdrucksenkers, die nachweislich zu hoch war.

»*Was soll das heißen, Tom?*«, schreit sie. »*Dass Sören seine Chance gewittert hat?*«

Der Ordner in Toms Wohnung. All die Unterlagen, die er zusammengetragen hat. Lisa weiß, dass Tom Sören damals schon damit konfrontiert hat. Den Rest muss er sich zusammengereimt haben, unmittelbar nachdem sie weggerannt war.

Sie beißt die Zähne zusammen, schüttelt den Kopf, lässt den Tränen freien Lauf.

»Sag es nicht«, fleht sie ihn an.

»Der Junge mit dem Muttermal auf der Lippe war nicht dein Sohn, Lisa«, sagt Tom. »Es war der Sohn dieser anderen Frau.«

Tom tritt auf sie zu, nimmt ihre Hand. Lisa starrt ihn an, sieht, wie seine gesamte Kopfseite und die Haare mit Blut verschmiert sind.

»Dein Sohn ist in jener Nacht nicht gestorben.«

»*Was sagst du denn da?*«

»Dass sie sich zueinander hingezogen gefühlt haben wie Magneten – das war kein Zufall. Das hat einen vollkommen natürlichen Grund.«

Sie muss an Ebbas Zimmer denken, an deren Schreibtisch, an den Laptop. Die Seite, die sie aufgerufen hatte. Der Screenshot. Ihre Profile mit dem nahezu perfekten Matching.

Die Kombination ihrer Sternzeichen, die für das makelloseste Paar sprachen – oder dafür, dass ihre Welt in tausend Stücke zerschlagen würde.

Sören starrt nur noch mit leerem, resigniertem Blick vor sich hin.

»Es gibt jede Menge Studien zu dem Thema – wie Geschwister, die man bei der Geburt getrennt hat, einander ihr Leben lang suchen und irgendwann finden. Wenn Ebba und Marlon behaupten, sie seien Seelenverwandte, dann haben sie keine Ahnung, wie recht sie damit haben.«

Ihre Augen füllen sich mit Tränen. Sie kann sich kaum noch auf den Beinen halten.

Sie muss an das Foto denken, an Papa Erland als junger Mann, mit seinem Fahrrad am Zaun vor ihrem Haus in Lyckeby. Und an Camilla, die es in die Hand nahm und so lange betrachtete. Die sagte, dass Ebba und Marlon vom Schicksal dazu auserwählt seien, zueinanderzufinden.

Tom nimmt ihr Gesicht in seine Hände und sieht ihr direkt in die Augen.

»Die beiden sind Zwillinge, Lisa«, sagt er. »Marlon ist dein Sohn.«

47

Storängen, Nacka,
in der Silvesternacht

Die unmittelbare Umgebung des Bahnhofs Storängen wird von den Laternen am Gleis und vom kreideweißen Vollmond erleuchtet, der sich durch die Wolkendecke geschoben hat. Der Holzhof ist von einem hohen Zaun umsäumt. Ein Giebel des Hauptgebäudes ragt nur wenige Meter neben den Gleisen auf. Mitten auf dem Hof steht eine Batterie abgebrannter Silvesterraketen, ringsum liegen leere Flaschen, Kippen und Plastikbecher. Die Tür zum Gebäude steht sperrangelweit offen. Es ist keine Menschenseele zu sehen.

»Sicher, dass es hier war?«, fragt Sören.

»Ja«, sagt Tom. »Hier hat der Rettungswagen Ebba aufgelesen.«

Sie folgen den Spuren im Schnee bis zu dem Loch im Zaun, durch das die Jugendlichen geschlüpft sind. Sie rennen über den Hof ins Hauptgebäude und lassen den Blick über das Chaos aus leeren Flaschen und Bechern schweifen. Am Boden geschmolzener Schnee, Dreck und jede Menge Unrat, den die Teenager haben liegen lassen. Ein Tisch mit Getränken. Ein improvisiertes DJ-Pult. Lisa versucht, sich auszumalen, wie es hier zuvor ausgesehen hat, mit all den feiernden Jugendlichen und mit Ebba, die plötzlich nackt und high bis an die Schwelle zum Fentanyl-Tod hereingetaumelt kam.

Erneut wird ihr schlagartig übel. Sie würde sich am liebsten hinsetzen, wieder zu Atem kommen, ihre Eingeweide beruhigen. Doch sie darf jetzt nicht stehen bleiben, nicht aufgeben. Sie muss weitersuchen. Sie muss Marlon finden, und wenn es das Letzte ist, was sie tut.

Tom zeigt auf eine Tür, die tiefer ins Gebäude führt.

»Komm«, sagt er, »da drüben.«

Lisa rennt an den beiden vorbei, stößt die Tür auf und läuft über einen staubigen Flur. Vor einer Leiter, die hoch zu einem Dachboden führt, bleibt sie stehen. Sören und Tom folgen ihr. Sie legt die Hände an die Sprossen und klettert nach oben.

Die Leiter führt über eine offene Luke zum Speicher. Noch während Lisa hinaufklettert, kann sie nicht fassen, wie Ebba es in ihrem Zustand hier wieder runtergeschafft hat. Doch sie kann sonst nirgendwo gewesen sein, sie *muss* dort oben gewesen sein. Aber warum ist sie wieder nach unten geklettert? Sie kann kaum noch bei Bewusstsein gewesen sein.

Als Lisa oben ankommt, macht sie einen Schritt in den Dachboden hinein. Es zieht durch die Ritzen in Wänden und Dach. Trotzdem ist es hier warm, eine erstickende, trockene Wärme. Eine Wärme, die einen unangenehmen Geruch mit sich führt.

Ein Stück weiter vorn fällt das Licht der Bahnhofslaternen durch ein Dachfenster. Die Szenerie sieht aus wie eine Kulisse, ausstaffiert mit Requisiten, und eine Wachspuppe liegt reglos auf einer Matratze. Im Licht von draußen schimmert die blasse Haut bläulich. Die Wachspuppe stellt einen nackten jungen Mann dar. Die untere Körperhälfte ist verrenkt, als wäre sie in einem Krampf erstarrt, die Lippen sind violett, Mund und Hals sind mit getrocknetem Erbrochenem bedeckt.

Lisa kreischt laut auf.

Tom schließt zu ihr auf, schlingt die Arme um sie und hält sie fest.

Sören rennt an ihnen vorbei und stürzt auf die Matratze zu. Er legt einen Finger an Marlons Halsschlagader, beugt sich über dessen Gesicht, um die Atmung zu kontrollieren, reißt den Oberkörper herum, schlägt ihm auf die Brust. Schiebt zwei Finger in Marlons Mund, befreit den Rachen, fängt mit einer Herzdruckmassage an.

Marlons Arm rutscht auf die Matratze. Um sein Handgelenk liegt ein Armreif. Ebbas Armreif.

Und endlich sieht sie es – die Bestätigung des Unbegreiflichen, den Beweis all dessen, was sie erst nach und nach begriffen hat. Sein Aussehen, seine Art.

Der Junge, der dort auf der Matratze liegt, ist ihr Sohn.

Sören kämpft darum, ihn zu retten, doch jeder Versuch kommt zu spät.

Er stellt seine Bemühungen ein. Stößt einen schweren Seufzer aus, der in ein unmenschliches Brüllen übergeht. Sein Oberkörper bebt, er schlägt die Hände vors Gesicht, legt den Kopf in den Nacken und schreit gen Dach und Himmel.

Neben der Matratze liegt das Nasenspray.

Wer außer Lisa kennt die ganze Geschichte? Zwei Personen. Und sie alle drei sind hier oben auf dem Dachboden versammelt.

Sören dreht sich um und nimmt sie ins Visier. Sein Gesicht ist tränenüberströmt. Sein Blick leer. Dann starrt er das Nasenspray an, und es sieht ganz so aus, als hätte er gerade den gleichen Gedanken wie Lisa.

Sie beugt sich vor und hebt es vom Boden auf.

Sören steht auf.

»Nicht, Lisa«, flüstert Tom ihr ins Ohr. »Das ist er nicht wert.«

Sören tritt ans Fenster und zieht es sperrangelweit auf.

Eisige, frische Luft schlägt ihnen entgegen. Er atmet tief durch, wischt sich die Tränen aus dem Gesicht und blickt über die Gleise vor dem Fenster.

Neben dem Fenster steht eine alte Werkbank. Darauf liegen ein paar rostige alte Werkzeuge, Dosen und Plastikflaschen. Ein Nageleisen lehnt an der Wand. Als Sören sich danach ausstreckt, ist Lisa schlagartig klar, dass der wahre Grund, warum er das Fenster geöffnet hat, nicht die frische Luft war. Er packt das Eisen mit seiner großen Hand.

Tom stößt sie zur Seite, stürmt mit der Schulter voran auf Sören zu – gerade noch rechtzeitig, ehe Sören sich umdreht – und rammt ihn mit voller Kraft um.

Sören verliert den Boden unter den Füßen, das Nageleisen gleitet ihm aus der Hand und fällt dumpf zu Boden. Er reißt die Arme nach oben, hält sich gerade noch am Fensterrahmen fest, um nicht durch das Fenster zu fallen. Dann wehrt er sich, tritt mit beiden Füßen nach Tom, ein Pferdekick, der Tom hart zu Boden schickt. Der fasst sich erneut an den Kopf, windet sich vor Schmerzen.

Lisa stürzt auf die beiden zu und greift sich das Nageleisen, noch ehe Sören das Gleichgewicht wiedererlangt hat. Sie schwingt es nach oben, nimmt alle Kraft zusammen und richtet den Schlag aus. Die gebogene Seite mit dem Nagelzieher trifft Sören mitten auf dem Scheitel und dringt in seinen Schädel ein. Als sie loslässt, sitzt das Eisen in seinem Kopf fest.

Sören sinkt in die Knie und fällt wie ein Baum mit dem Gesicht voran zu Boden.

Lisa kauert sich neben Marlons nackte Füße und legt ihre Hand darum. Sie zittert, hält seine Füße fest, streckt sich nach seinen Händen aus, nimmt sie, betrachtet erneut den Armreif.

Sie haben ihn ihr entrissen, vor siebzehn Jahren. Einen

Abend lang durfte sie ihn wieder bei sich haben, in ihrem Zuhause, für ein paar Stunden, das war alles, was ihr beschert war. Abgesehen von diesem letzten Augenblick.

Und nun ist er abermals verloren. Genau wie beim letzten Mal, diesmal jedoch für immer.

Tom versucht, etwas zu sagen, versucht, ihr eine Reaktion zu entlocken. Doch sie und Marlon sind in ihrer eigenen Blase eingeschlossen. Die Außenwelt, Geräusche und Eindrücke, alles, was an diesem Abend passiert ist, sind jenseits einer undurchdringlichen Hülle ausgeblendet.

Er ist der Junge, den sie in sich getragen hat, den sie betrauert und vermisst hat. Sie hätte so gern gesehen, wie er sich zum ersten Mal im Leben aufgesetzt hätte, seine ersten Schritte gegangen wäre, sie hätte ihn weinen hören wollen, ihren Namen rufen, sie hätte spüren wollen, wie er sich an sie gedrückt hätte.

Da ist keine Ungewissheit mehr, kein Zwiespalt, kein Grund mehr zur Besorgnis. Alles ist klar, alle Zweifel sind ausgeräumt.

Mit einem Mal platzt die Blase und die Wirklichkeit schlägt über ihr zusammen.

Draußen auf der anderen Seite des Zauns nähert sich ein Zug. Der erste am Neujahrsmorgen.

Der Bretterboden bebt, und es dröhnt in den Wänden, als der Zug auf den Bahnhof zufährt.

Tom steht im kalten Wind am Fenster. Er packt Sören unter den Armen und hievt ihn hoch in den Fensterrahmen.

Das Nageleisen fällt klappernd zu Boden.

Dann verschwindet Sörens Körper in der Dunkelheit. Im nächsten Moment ist ein dumpfer Aufprall hinter dem Gebäude zu hören, das Signalhorn des Zuges schrillt durch die Neujahrsmorgenstille. Und alles wird übertönt vom durchdringenden Kreischen der Bremsen.

48

Lisa läuft durch das dunkle Wäldchen entlang des Weges, der in die immer tiefer werdende Schwärze des Nacka-Reservats führt – weg von den Straßen Storängens, von den Straßenlaternen, weg von all den leisen Geräuschen der Wirklichkeit. Noch während sie rennt, denkt sie darüber nach, was Ebba wohl vorhatte, als sie nackt auf die Tanzfläche taumelte. Warum sie Marlon allein gelassen hat.

Ebba hat Marlon geliebt, sie hat versucht, Hilfe zu holen und ihn zu retten.

Die Liebe zwischen den beiden war stärker als das Gift.

Als sie die Fußgängerbrücke über den Järlasjön erreicht, bleibt sie stehen. Das Herz hämmert in ihrer Brust. Sie muss wieder zu Atem kommen und sinkt auf die Knie.

Durch das schneeschwere Geäst sieht sie am anderen Ufer des Sees das große Ziegelgebäude aufragen. In sämtlichen Wohnungen ist es dunkel, zu so früher Stunde ist noch niemand wach.

Dann hört sie Schritte, die sich nähern, über denselben Weg, jemand kommt auf sie zu. Schwere, kräftige Schritte. Jemand, der wesentlich schneller läuft als sie.

Sie packt das Geländer mit beiden Händen, lehnt sich darüber in Richtung Wasser, sieht ihr schimmerndes, verzerrtes Spiegelbild in der Oberfläche. Sie würgt, bekommt nicht genug Luft, schluckt, ist kurz davor, erneut zu erbrechen. Dann zieht sie sich am Geländer hoch, doch die Kraft in ihren Armen reicht nicht mehr aus. Sie versucht, irgendwo eine Stelle zu finden, in die sie die Füße setzen und übers Geländer steigen könnte. Sie schreit auf, als sie wegrutscht, und sackt auf der Brücke zusammen.

»*Lisa!*«

Tom rennt über die Brücke, schlingt ihr beide Arme um die Taille und reißt sie der Länge nach zu Boden.

»Denk an Ebba«, sagt er. »Sie braucht dich jetzt!«

Seine Hände sind ganz weiß. Er riecht stark nach Chemikalien.

»Die Polizei ist am Holzhof eingetroffen. Die Bahn muss dort angerufen haben. Ich bin ihnen gerade noch so entwischt.«

»Was machen sie jetzt mit uns?«

Ihre Stimme klingt fremd, wie die einer anderen Frau, wie jemand, der nicht sie ist, der sie nie war.

»Bleib hier«, sagt Tom. »Versprich mir, dass du dich nicht von hier wegbewegst.«

Er rennt ein Stück aufs Ufer zu. Als er am Wasser ankommt, zieht er einen länglichen Gegenstand aus dem Ärmel seines Hoodies.

Metall blitzt im Mondschein auf. Lisa weiß noch genau, wie es sich in ihren Händen anfühlte, wie ihre Finger sich um das achtkantige kalte Eisen gekrallt haben. Wie ein Rauschen durch die Stille auf dem Dachboden des Holzhofs ging, als sie Sören das Eisen in den Kopf hämmerte. Das verletzte Handgelenk pulsiert wieder. Sie weiß nicht, woher sie die Kraft genommen hat.

Es platscht, als Tom das Nageleisen in den See wirft. Augenblicklich versinkt es im teerschwarzen Wasser. Tom hält die Arme ins Wasser, wäscht sich die Hände und die Ärmel. Er trocknet sich an den Hosenbeinen ab, nimmt eine kleine Flasche Desinfektionsmittel heraus und verreibt es auf den Händen.

Dann blickt er auf und sieht, wie sie ihn anstarrt – vollkommen reglos.

Er rennt zurück auf die Brücke und geht neben ihr auf die Knie.

»Früher oder später wird die Polizei zusammensetzen, was auf dem Holzhof und bei dir zu Hause passiert ist. Ich kann alles bezeugen – als Außenstehender, als dein Kollege, der während des Abends nicht mit dabei war, aber in der Nacht mit dir Kontakt aufnehmen musste wegen der Ersatzmedikamente.«

Die sperren dich für den Rest deines Lebens in die Psychiatrie.

Sörens Stimme. Sein eiskalter schwarzer Blick.

Lisa schließt die Augen, versucht, die Erinnerung daran abzuschütteln.

»Ich habe ihn umgebracht, Tom«, sagt sie. »Und ich habe Mikael und Camilla umgebracht.«

»Aber das sagen wir doch nicht so zur Polizei, oder, Lisa? Wenn du mit ihnen redest, erwähnst du mit keiner Silbe, was wir heute Nacht in Erfahrung gebracht haben. Nichts von deiner Schwangerschaft, von deinem Sohn oder was Sören und Camilla dir angetan haben. Hast du das kapiert?«

Er schüttelt sie an den Schultern.

»Das ist wichtig, Lisa! Komm schon, sag jetzt, dass du mich verstanden hast!«

Tom keucht schwer, versucht, sich wieder zu beruhigen.

»Lisa, hör mir zu«, setzt er neu an. »Wir dürfen ihnen nichts liefern.«

»Ich schaff das nicht, Tom.«

Er packt sie erneut an den Schultern und schüttelt sie so heftig, dass ihr Kopf vor- und zurückgeschleudert wird.

»Du musst an Ebba denken!«

Sie sieht ihn an, sieht seinen todernsten Blick, seine traurigen Augen. Das Blut an seinem Kopf ist geronnen.

Sein Anblick verschwimmt, als ihr Tränen in die Augen steigen, sich von den Lidern lösen und ihr über die Wangen strömen. Widerwillig und langsam kehrt sie ins Hier und Jetzt zurück. Ihr dämmert, dass noch lange nicht alles vorbei ist. Und was sie jetzt noch tun muss und aus welchem Grund.

Selbst wenn Ebba überlebt, ist sie noch lange nicht sicher. Falls die Polizei die Verkettung der Ereignisse nachvollziehen kann – vom Einbruch bis zu den Todesfällen –, werden sämtliche Geheimnisse der Familien Kjellvander und Isaksson ans Licht gezerrt. Wie soll Ebba mit dieser Wahrheit weiterleben?

Tom hat recht, die Wahrheit darf nie ans Licht kommen.

In seinem Blick sieht sie noch etwas anderes. Die Antwort auf eine Frage, die sie über viele Jahre umgetrieben hat. Warum er in selbst gewählter Einsamkeit lebt.

Plötzlich ist alles klar, sie hat es nur auf unerklärliche Weise in all den Jahren verdrängt, in der sie ihre Lebenslügen aufrechterhalten hat. Hier auf der Brücke, in der Dunkelheit, im hoffnungslosesten Moment ihres Lebens, gibt es immer noch Licht, und sie sieht es in Toms Augen.

49

Nacka Strand,
am Neujahrsmorgen

Es ist keinerlei Sauerstoff mehr übrig in dem fensterlosen Raum. Lisa sitzt an dem schmucklosen Tisch, nestelt an ihrem Ehering, konzentriert sich auf ihre Atmung und darauf, dass die Minuten verstreichen.

Sie tastet mit den Händen über die Striemen an ihrem Hals, die Sörens Hosenträger und seine starken Arme verursacht haben. Die Polizisten haben sie über die Striemen befragt und sie gebeten, Toms Aussage zu bestätigen, dass er gerade noch rechtzeitig vor Ort war, um sie davor zu bewahren, sich das Leben zu nehmen.

Was würde wohl passieren, wenn sie jetzt alles herausließe? Niemand würde ihr Verhalten oder ihre Gefühle auch nur ansatzweise nachvollziehen können. Doch sie selbst weiß, was passiert ist. Was ihr geraubt wurde und was sie nie wieder zurückbekommt.

Sie hat bei der Vernehmung erklärt, dass sie blind gewesen sei für das Abdriften ihres Mannes, dass es schleichend und über eine lange Zeit hinweg geschehen sei. Dass auch sie darunter gelitten habe, co-abhängig gewesen sei und sich von den Täuschungen ihres Mannes habe blenden lassen. Wenn eine Frau anfängt, sich selbst zu belügen, um ihre Familie zu beschützen und um selbst zu überleben, ist es ihr irgendwann nicht mehr möglich, damit aufzuhören.

Die Polizei hat das Diebesgut in der Hütte zu Hause am Gränsvägen gefunden, zusammen mit Lisas Sporttasche, die aus dem Auto entwendet worden war. Dass Mikael ihren PIN-Code kannte, war nicht schwer zu erklären. Sämtliche Angaben wurden bestätigt und die Voruntersuchung zum Einbruch im Maria Regina damit kurzerhand abgeschlossen. Der Täter stammte aus dem engsten Umfeld, war jemand, der sich leicht Zugriff auf das Diebesgut und auf alles andere verschaffen konnte, was nötig war, um es sich anzueignen.

Marlon ist an einer Überdosis gestorben. Die Jugendlichen können unmöglich begriffen haben, was sie da taten. Der schicksalhafte Fehler wäre nie passiert, wenn Mikael ihnen nicht die Gelegenheit verschafft und das Diebesgut zu Hause verwahrt hätte.

Sören hat – so mutmaßt die Polizei – Selbstmord begangen, nachdem er seinen Sohn tot aufgefunden hatte. Seine sterblichen Überreste waren entlang der Gleise verteilt. Die Obduktion würde einige Zeit in Anspruch nehmen.

Sie haben Lisa auch Fragen gestellt, auf die sie keine Antwort hatte. Warum der Dachboden auf dem Holzhof an manchen Stellen desinfiziert gewesen sei. Warum sie sogar an Marlons Körper, an Händen und Füßen Spuren des Desinfektionsmittels gefunden hätten.

Lisa hatte auch keine Antwort dafür, warum Mikael und Camilla von der Terrasse in den leeren Pool gesprungen waren. Sie hatte ihnen allen erzählt, dass der Pool schon abgelassen und für den Winter gesichert war. Womöglich hatten sie sich im Rausch der Nacht eingebildet, dass der Pool doch mit Wasser gefüllt wäre. Vielleicht waren sie auch himmelhoch high gewesen.

Lisa hat Toms Rat sklavisch befolgt und mit keiner Silbe erwähnt, dass ein tot geborenes Kind nicht in die offiziellen Statistiken eingegangen war. Dass ihr am helllichten Tag ein Sohn geraubt worden war. All das, was Tom in seinem Ordner zusammengestellt und so viele Jahre lang aufbewahrt hatte, was ihn so lange an die Seitenauslinie ihres Lebens verbannt hatte – all das war sie bereit zu opfern. Er verlangte dafür auch keine Wiedergutmachung, keine finale Bestätigung dafür, dass er immer schon recht gehabt hatte.

Weil all dies für Lisa Motiv genug gewesen war, um sie alle miteinander umzubringen.

Die Tür zum Vernehmungsraum geht auf, und Jakob, der junge Polizist, kommt mit ihrem Handy in der Hand herein.

»Die Intensivstation des Söderkrankenhauses«, sagt er.

Lisa nimmt das Telefon entgegen und wartet, bis er wieder gegangen ist.

Dann wirft sie einen Blick auf die Kamera unter der Decke, die Lisa wie eine Schlange beäugt.

Wenn Ebba überlebt, wird Lisa klarkommen, das weiß sie. Doch wenn Ebba stirbt oder schwerste Hirnschäden davonträgt, weiß sie wirklich nicht, ob sie es noch schafft.

Ihre Hand zittert, als sie das Telefon ans Ohr drückt. Sie meldet sich mit ihrem Namen und lauscht der Stimme am anderen Ende der Leitung. Während Jessica Möller sie über Ebbas Zustand ins Bild setzt, weint sie vollkommen hemmungslos.

Sobald das Telefonat beendet ist, sackt Lisa in der Zimmerecke auf dem Boden zusammen. Sie nimmt den Armreif aus der Tasche, den sie Marlon vom Handgelenk gezogen hat. Tastet über die drei Ziffern.

Die Wärme kehrt in ihren Körper zurück und frische Tränen drängen herauf, überschwemmen ungehemmt ihre Wangen.

Sie schließt die Augen und sieht Ebba vor sich, wie sie von ihrem Krankenbett aufsteht, Zellstoff und Schläuche abwirft und als erwachsene Frau ins Leben zurückkehrt, auf jene geliebte blühende Sommerwiese, in ein Studentinnenleben voller Gesang und Gelächter eintaucht und nur mehr bessere Zeiten erlebt, wie all das, was auf jenem Dachboden des Holzhofs passierte, der Vergangenheit anheimfällt – so weit von ihr weggerückt, dass sie sich kaum noch erinnern kann – und irgendwann einer fremden Dimension angehört, so wie der Cache-Speicher eines Computers, den sie erst aktiv ansteuern muss, um an alles zurückzudenken.

Das hier schaffen wir auch noch.
Lisa küsst den Armreif.
Du bist geliebt.
Mehr, als du je ahnen könntest.

50

Storängen, Nacka,
in der Silvesternacht

Es ist genau so, wie sie es ausgemacht haben.

Ein heimliches Liebesnest, in dem sie niemand findet und keine Eltern stören, über ihnen nur der Himmel und die Sterne als Zeugen.

»Und was genau hast du dir überlegt, was wir hier machen?«, neckt Ebba ihn. »Hast du womöglich geglaubt, ich würde so etwas tun?«

Sie streift sich das Kleid von den Schultern, drückt die Brust raus und greift nach hinten, um ihren BH zu öffnen. Als sie mit nacktem Oberkörper vor ihm steht, legt sie die Hände über die Brüste.

»Fängst du an?«, fragt sie.

Marlon nickt.

»Zeig's mir.«

Er lässt die Jeans zu Boden gleiten.

»Jetzt du!«

Ebba zieht sich die Strumpfhose aus. Als sie nur noch ihren Slip anhat, beugt sie sich vor und nimmt das, was sie aus der Hütte am Ende des Grundstücks hat mitgehen lassen, aus ihrer Tasche.

Sie hat vorsichtig das Deckenpaneel im Arbeitszimmer ihres Vaters hochgedrückt, bis es nachgab und sie es zur Seite schieben konnte. Als sie dann die Hand durch das

Loch steckte, ertastete sie eine kleine Schachtel, die sie jetzt Marlon hinhält.

Es ist ein kleiner weißer Karton. Sie zieht den Deckel auf und nimmt etwas heraus, was aussieht wie ein piepnormales Nasenspray, so eins, was sie auch von ihrer Mutter bekommt, wenn sie eine verstopfte Nase hat. Doch das hier ist etwas anderes.

Sie hat davon schon öfter gehört. Ihre Mutter hat davon gesprochen, aber es kam auch schon in den Nachrichten und wird in Filmen und Songtexten erwähnt, die sie sich anhört. Sie weiß, wie stark dieses Mittel ist. Der beste Rausch, den man nur haben kann. Totale Entspannung.

»Bist du dir echt ganz sicher?«, fragt Marlon.

Sie hält seinem Blick stand und nickt. Sie hat sich bei nichts in ihrem Leben je sicherer gefühlt.

»Und was ist das?«, erkundigt er sich.

Ebba macht einen Schritt auf ihn zu, geht mit dem Mund ganz nah an seinen heran, sodass sie den Atem des jeweils anderen einatmen.

»Willst du mit mir schlafen oder nicht?«

Sie zieht den transparenten Verschluss vom Spray und führt die Düse in ein Nasenloch. Sie drückt, und eine kleine Dusche ergießt sich über ihre Schleimhäute.

Sie schluckt. Ihr Herzschlag und Puls werden augenblicklich langsamer. Das Pulsieren in ihrem Körper nimmt ab. Ein warmes, befreites Gefühl steigt in ihr auf. Fast hebt sie vom Boden ab.

»Oh Gott«, haucht sie.

»Alles in Ordnung?«

»Ja. Es ist herrlich. Noch ein bisschen …«

Sie wechselt zum anderen Nasenloch und drückt abermals. Ihr Kopf sackt nach hinten, als sie tief durch die Nase einatmet. Das Spray ist die Wucht. Ihr wird schwarz vor

Augen und ihr zittern die Knie. Allerdings nur vorübergehend, dann ist alles wieder gut.

»Ich will das auch probieren«, sagt Marlon.

Sie überreicht ihm das Spray. Der Boden unter ihren Fußsohlen fühlt sich nicht länger hart an, es wallt in ihr auf, sie zieht ihren Slip aus. Sie hat kein Gefühl mehr in den Fingerspitzen, kann den Stoff kaum noch spüren.

Marlon nimmt das Spray und sieht sie an, wie sie nackt vor ihm steht. Dann überfliegt er das Etikett, scheint zu zögern.

Für einen kurzen Augenblick ist ihr, als würde sie wegdämmern. Dann zuckt sie zusammen, als sie seine Stimme hört.

»Ich nehme an, ich brauche ein bisschen mehr als du?«

Er führt das Spray an seine Nase, drückt einmal ab. Zweimal.

Ebba legt sich auf die Matratze. Sie schwebt. Marlon steht über ihr. Er setzt auch ins zweite Nasenloch zwei Sprühstöße.

»*Zieh dich aus*«, flüstert sie.

Die Stimme kommt aus weiter Ferne. Sie ist wie betäubt und zutiefst ruhig. Es gibt kein Muss und keine Grenzen mehr. Sie kann alles tun – was auch immer. Ihre Lunge braucht keinen Sauerstoff mehr, sie muss nicht mal mehr atmen.

»*Spürst du das, Marlon?*«

»Ich weiß nicht, vielleicht brauch ich mehr ...«

Er drückt weitere zwei Mal ab.

Und plötzlich zuckt er so heftig zusammen, als hätte er einen Schlag in die Magengrube bekommen.

»Scheiße«, sagt er. »Ach du Scheiße!«

Er fummelt sich Hemd und Unterhose vom Leib. Seine Knie geben mehrmals nach, er fällt beinahe um. Ebba lässt die Augen zufallen und wartet auf ihn.

Als er sich auf die Matratze legt, ist sie bereits drauf und dran zu träumen. Marlon legt seinen Kopf auf ihre Brust, seine Hand tastet nach ihrer. Dann kippt sein Kopf zur Seite. Er rollt neben ihr auf den Rücken, die Arme rutschen auf die Matratze. Er zuckt, hustet.

Ebba kämpft darum, die Augen offen zu halten, als alles ringsum schwarz wird.

»Marlon, komm zu mir.«

Epilog

Nordfriedhof Nacka,
am 8. August,
gut sieben Monate danach

Es ist das Letzte, woran sie sich noch erinnert. Dass Marlons nackter Körper sie auf der Matratze streifte. Wie sie ihre Finger mit seinen verschränkte. Und dass sie ihn husten hörte.

Dann wurde alles schwarz.

Viel später im Krankenhaus erfuhr sie den Rest – dass sie noch versuchte, Hilfe zu holen, obwohl sie selbst kaum noch atmete.

Marlon ist nicht hier.

Er liegt woanders, zusammen mit seinen Eltern.

Ihre Mutter hat ihr erzählt, was alles passierte, nachdem sie und Marlon in der Silvesternacht losgezogen waren. Und auch ihr hatte die Polizei Frage gestellt.

Es ist sicher normal, dass ihr das, was dort oben auf dem Dachboden passiert ist, wieder und immer wieder durch den Kopf geht. Nachts ebenso wie tagsüber. Sie wird sich keine Schuld dafür geben, sondern sich Zeit lassen für die Trauer, nicht dagegen ankämpfen, sich nicht gegen ihre Gefühle wehren. Ein Schritt nach dem anderen. Eine Stunde. Eine Minute. Am Ende werden der Schmerz und der Zorn in etwas anderes übergehen.

Sagen alle zu ihr. Aber die verstehen nichts.

Sie schiebt sich die Airpods in die Ohren, klickt sich auf ihrem Handy zu ihrer Musik durch und ruft die Playlist auf, die Marlon und sie zusammengestellt haben.

Sie verschränkt die Hände vor dem Bauch und schließt die Augen. Stellt sich vor, dass eine Hand die von Marlon ist, die sie unter dem Sternenhimmel jenseits des Dachfensters umklammert hielt. Als die Raketen im Takt ihrer Herzen explodierten, bis alles ganz still und ruhig wurde.

Es ist ihr egal, was ihre Mutter, irgendwer anders oder die ganze Welt darüber denkt.

Es wird für immer der beste Moment in ihrem Leben bleiben.

Es knirscht unter ihren Sohlen, als Lisa den geharkten Kiesweg vor der Kirche entlanggeht. Die Nachmittagssonne brennt auf die rostbraune Ziegelfassade hinab und aus einem der hohen Baumwipfel ist das Zwitschern eines kleinen Vogels zu hören.

Von den drei Andachtsplätzen sucht sie sich denjenigen aus, wo die wenigsten Hinterbliebenen stehen, und legt ihre Schnittblumen auf die Erde. Dann legt sie den Kopf in den Nacken, spürt die Hitze der Sonne durch die Sonnenbrille. Leise spricht sie die Worte, die sie sich zurechtgelegt hat.

In einiger Entfernung hört sie eine Stimme, die ein Lied mit englischem Text singt. Es ist ein Lied, das sie zu Hause oft durch ihre Schlafzimmertür gehört hat, ein düsteres, aber auch beruhigendes Lied, in dem es darum geht, den Himmel von sich wegzuschieben, wenn er droht, über einen hereinzubrechen.

Ebba steht neben dem alten Mühlstein und dem perlenden Wasser inmitten des Friedhofs und singt – wie eine Luftspiegelung im Sonnenlicht. Die kabellosen Kopfhörer in den Ohren, die Hände vor dem Bauch verschränkt. Wie immer in letzter Zeit ist sie ganz in Schwarz gekleidet.

Lisa will sie jetzt nicht stören. Ebba braucht diesen Augenblick allein für sich. Es kommt eine Zeit, da sie wieder füreinander da sein können.

Stattdessen betritt sie die Kirche, geht über den roten Läufer im Mittelgang an den hell türkisfarbenen Bänken vorbei und unter den groben dunkelbraunen Deckenbalken hindurch bis vor zu dem Buch, in dem die Namen all jener aufgeführt sind, die hier begraben liegen. Auf dem Buchdeckel steht geschrieben: *Von allen Seiten umgibst du mich und hältst deine Hand über mir.*

Sie blättert vor bis zu der Seite, die mit dem Datum jenes Wintertags markiert ist, an dem das Friedhofspersonal die anonyme Bestattung von Mikaels Asche vornahm. Auf demselben Platz, wo achtzehn Jahre zuvor die Asche eines unbekannten Jungen verstreut wurde.

Sie liest den Namen, der dort eingetragen wurde, so wie sie sie darum gebeten hat. Der Name, der für die beiden steht, die sie verlassen haben und eigentlich nebeneinanderliegen sollten, in derselben Erde, wenn die Umstände andere gewesen wären.

M. Kjellvander.

Sie zündet zwei dünne weiße Stearinkerzen an und steckt sie in den Kerzenhalter.

Dann dreht sie sich um und geht wieder zurück.

Als sie auf den gekiesten Platz vor der Kirche hinaustritt, sieht sie draußen auf dem Andachtsplatz jemanden, den sie wiedererkennt.

Tom geht in die Hocke und steckt Blumen in eine freie Vase hinter einer Reihe brennender Kerzen. Es sind kleine lilafarbene Lisianthus, die er auf einer Wildblumenwiese gepflückt hat.

Er steht wieder auf, begegnet ihrem Blick.

»Ich musste eine Weile weg«, sagt er. »Ich dachte mir schon, dass ich dich hier finden würde.«

»Du weißt, dass ich an diesem Tag immer hier bin«, antwortet sie.

»Am Geburtstag von Ebba und ihrem Bruder.«

Lisa nickt.

»Wann bist du zurückgekommen?«

»Heute Morgen«, sagt Tom. »Ich habe einen Brief vorgefunden, als ich heimkam. Ein Einschreiben.«

Er zieht seine Jacke auf und zieht einen Umschlag aus der Innentasche, den er Lisa überreicht.

Sie blickt auf den Umschlag hinab. Er kommt von der Staatsanwaltschaft. Sie zieht den Brief heraus und fängt an zu lesen, bleibt bei einzelnen Wörtern hängen.

Mitteilung über Beschluss ... Voruntersuchung eingestellt ...

Sie gibt ihm den Brief zurück. Sie weiß bereits, was darin steht.

»Ich dachte, du würdest es vielleicht erfahren wollen«, sagt Tom.

»Und was passiert jetzt?«

»Wann kommst du zurück?«, stellt er die Gegenfrage.

Sie sieht ihn von der Seite an, versucht, auszuloten, ob er die Arbeit oder etwas anderes meint.

»Das dauert noch«, antwortet sie.

Behutsam legt er ihr die Hand auf den Arm und folgt ihrem Blick zum Mühlstein.

»Ist das Ebba?«, fragt er.

»Ja«, sagt Lisa. »Sie ist jetzt achtzehn.«

Ebba sieht in ihre Richtung, neigt den Kopf leicht zur Seite, zupft sich die Kopfhörer aus den Ohren und streckt den Rücken durch.

»Willst du Hallo sagen?«

Lisa streckt den Arm durch, sodass ihre Hand in die von Tom gleitet.

»Wir dachten, wir gehen in Sickla etwas essen ... und sehen uns anschließend einen Film an. Du kannst uns gern Gesellschaft leisten, wenn du nichts Besseres vorhast.«

Er lächelt – endlich wieder.

»Ich habe ganz sicher nichts Besseres vor.«